新潮文庫

マークスの山

上巻

高村 薫著

新潮社版

9233

目次

マークスの山 上巻

元警視庁刑事　故鍬本實敏氏へ

地図製作・綜合精図研究所

北岳周辺図
0
2000m
N
小太郎山
広河原
広河原山荘
樺
沢
伊那荒倉岳
白根お池小屋
草スベリ
ボーコン沢の頭
森林限界
北岳肩ノ小屋
二俣
バットレス
北岳
3192
両俣小屋
吊尾根分岐
八本歯
池山吊尾根
北岳山荘
長野県
中白峰
3055
北沢
黒檜山
間ノ岳
3189
本谷
農鳥小屋
西農鳥岳
3051
農鳥岳
3025
大唐松山
静岡県
大門沢へ

この暗い壁は何だろう——。ぼくは目を見開き、上も下もない闇《やみ》が割れるような音を立てているのを聞く。

山だ。黒一色の山だ。顔に刺さる冷たい棘《とげ》は風か、雪か。覚えているのは、少し前まで身体《からだ》じゅうの穴という穴を塞《ふさ》いでいたガス臭だ。夢中でその臭《にお》いから逃れた後、気がつくとぼくはそそり立つ真っ黒な垂壁の底におり、足の下の凍ったアスファルトが微《かす》かに光っていたのだった。しかし辺りは暗すぎ、道路らしいものがどこへ続いているのかも見えなかった。

山だ。黒一色の山だ。稜線《りょうせん》も何もないただ真っ黒な土塊の壁がのしかかり、路肩の下はまた黒い壁が落ちていくばかりの山だ。

ぼくはずいぶん歩き、どこかで峠の名前の書かれた標識を見たが、自分が登っているのか下っているのかも分からなかった。かきわけてもかきわけても垂れてくる雪のカーテンは網膜に張りついて消えず、風なのか山の音なのか、天空を回り続ける轟音《ごうおん》もいまは耳や脳髄に棲《す》みついて離れない。

そうだ、ぼくは父さんや母さんと車に乗っていたのだ。かすかに思い出し、振り向いたが、車などもう影も形もない。山だ。黒一色の山だ――。

一　播《は》種《しゅ》

昭和五十一年秋

岩田《いわた》幸平《こうへい》は夕刻から飲み始めた一升瓶を空にした後、飯場の床に敷いたゴザの上で眠り始めた。昨日から腕時計がどこかへ消えてしまったのだが、それで不都合があるわけではなかった。もう何年も、一升瓶一本を空けるのにかかる時間と、山の気温の下がり具合や夜陰の深さなどで、獣のように必要最低限の時刻を知り、それに従って自然に生きてきたからだ。空いた瓶を放り出して横になったとき、深夜零時にはまだ時間があると岩田は無意識に考えた。そうして我ながら下らねえ人生だと思い、なに、寝て起きてまた一日過ぎるだけだと独りごちたりした後、いつも通り睡魔がやって来た。

石炭ストーブはよく燃えていた。立て付けの悪い窓は、冬が近づいたこの季節には朝から晩までガタガタ鳴りっ放しだった。二日前に初雪が降り、その夜は今秋二度目の雪になっていたが、それも岩田は自分の目で見たわけではなかった。酒を飲んでいる間に飯場にのしかかる冷気の渦を感じ、樹林の震える音を聞き、林道を叩《たた》く風の音が変わったのに気付いただけだった。雪は積もり始めていた。この季節には珍しい。朝には数センチの積雪になっているだろう。工事はもう数日先には冬の休止期間に入るのだが、身延《みのぶ》から毎朝上がってくる堰堤《えんてい》工事のトラックは、明日は来ないかも知れなかった。

飯場は、野呂川《のろがわ》発電所から少し北へ上がった電源開発道路沿いに立っていた。やがて富士川と名を変えて駿河《するが》湾に注ぐ早川が、ちょうどその発電所の辺りで二股《ふたまた》に分かれ、一本は荒川となって沢筋に消え、一本は野呂川となって白峰三山の山麓《さんろく》をうねうねと蛇行していく。飯場は、その野呂川沿いから切り立つ北岳《きただけ》山塊の一つ、池山吊尾根《つりおね》の底にあった。すぐ先に、古くからの南アルプスの登山基地である広河原《ひろがわら》があり、反対方向へ下るとまた別の発電所や奈良田《ならだ》の温泉村がある。電発道路下の野呂川河川敷が梅雨の土石流で溢《あふ》れて以来四ヵ月、延々と崩れた道路と護岸の修復工事が続く間、岩田はほとんどこの飯場を常宿にしてきた。身延に生家があるが、兄夫婦が幅をきかせている家なので正月に足を運べばいいほうだった。

岩田は中学を出て東京へ出、昭和四十年ごろまで山谷《さんや》をうろついた後、故郷の山梨へ戻って土木建設会社の作業員になった。山に入ったのは四十二年だった。その年、野呂川対岸の三百メートル上を走る林道を広河原から長野県の戸台まで通すスーパー林道の大工事が始まったのだが、それ以来、岩田は工事が続く夏の半年はずっと、この白峰三山・鳳凰《ほうおう》三山と仙丈《せんじょう》ヶ岳《たけ》・甲斐駒《かいこま》ヶ岳《たけ》に囲まれた川筋の谷底をうろうろしてきた。五十億とかいう目の玉が飛び出るような金をかけたスーパー林道は、環境庁や自然保護団体の反対で、五年も前に北沢峠の辺りまで道をつけたまま中断されていたが、従来の治山用林道や電発道路の補修工事と毎夏決壊する野呂川・早川の補修工事は絶えることがなく、飯場暮らしも夏の恒例となって十年目だった。

岩田は山にも自然にも興味はなかった。人里離れた山中での作業が快適だったのは、ただ他人との付き合いが面倒臭いからで、事実、仲間うちでは、無口だという理由から《口なし岩》というあだ名を貰《もら》っていた。二度結婚に失敗した経歴があり、山中の飯場から町に戻ることも少なくなったのは二度目の女房に逃げられてからだ。一日一回、岩田は作業の終了時に仲間のトラックで一番近い村落か山小屋まで行き、酒一本を買い、徒歩で飯場へ戻る。それから昼の弁当の残りなどを肴《さかな》に飲み始め、深夜零時前後には眠り込む。そして朝八時前、山を登ってきたトラックの音で目覚めると、熟睡したあとの少し惚《ほう》けた気分で起き上がるのだった。そのときの岩田の顔は、三日に一度ぐらいしか剃《そ》らない髭《ひげ》に縁取られて浅黒く、背を丸めてのっそり飯場を出てくると、まるで老いぼれた狸《たぬき》だと仲間は笑う。見た目は熊《くま》のほうが近いのだが、元来おとなしい性格なので誰も熊とは呼ばない。昔は酒を飲んで暴れたこともあるが、人前で飲まなくなって十年、岩田が荒れるのを見たことのある者は誰もいなかった。酒のせいで作業をサボった記録もなかった。

岩田幸平はそうして、ある意味で規則正しく、変化もない、判で押したような日々を送ってきたが、秋の彼岸過ぎから脳味噌《みそ》のほうがちょっとざわついているのを岩田自身は感じていた。これまでは一度寝込んだら、台風で飯場の屋根が飛んでも気付かなかったのに、最近は夜中にちょくちょく目が覚める。ムササビが飛ぶ音を聞いて、女房が布《ふ》団《とん》をはね飛ばしたのかと思い込み、飛び起きてひとり暗がりで怒鳴っていたのが始まりだった。もっとも女房の名前が思い出せず、最初の女房だったか二番目の女房だったかも分からず、「このアマ」としか言えなかったのだが。それ以来、ちょっと川の水嵩《みずかさ》が増えるとその音で目覚め、飯場の残飯をあさりにくる猿の足音で目覚め、池山吊尾根の樹林や草藪《くさやぶ》の音が一晩じゅう額の裏で鳴り続けるので、これではたまらんと酒の量を増やしたが、便所が近くなっただけで逆効果だった。結局、一晩は寝不足を我慢し、二日目にぐっすり寝るというパターンを作って二ヵ月、十回目の南アルプスの晩秋もそろそろ終わろうとしていた。

十月二十日のその夜は、ぐっすり眠れるはずの夜だった。その前夜は、例によって寝たり起きたりで過ごしたからだ。岩田は事実、何時間かは一気に眠り、それからしばらくは額の裏で鳴り続ける北岳山麓の風雪を聞いていた。脳味噌の芯《しん》の辺りに赤い火が点《とも》っているのを手探りでたぐりよせようともがき、「このアマ」と唸《うな》る。赤い火は女の顔になり、怒号を発したり啜《すす》り泣いたりしながら遠くなり、また近くなる。最初の女房か二番目の女房か知らないが、寝ても覚めても男をなじり続けたあの声だった。どうせ姑《しゅうとめ》の話か、交通事故で胴体が真っ二つになって死んだ子どもの話か、借金の話か。「このアマ」と唸りながら、岩田は不穏な眠りの中をさまよい続けた。

何かの物音で目覚めたとき、岩田はざわめく脳裏で「うるさい」と怒鳴った。無意識に腕の時計を見ようとしたら、時計はなかった。そうだ、どこかへ消えちまいやがったんだ。もう一度その物音は聞こえた。降り積もったばかりの真綿のような新雪を踏む一瞬の音だった。不規則で軽く、サクサクと響いたかと思うと消え去った。あのアマが逃げていきやがる、と岩田は思った。ちょっとぶん殴っただけなのに、大晦日《おおみそか》の夜だというのに裸足《はだし》で飛び出していきやがる。「うるさい」と呻《うめ》きながら、岩田はまた眠りに落ち、額の裏には再び風雪の唸りが満ちた。

もう一度、何かの音を聞いて二度目に目覚めたとき、岩田は石炭ストーブの火が暗くなりかけているのを見、頭のどこかで反射的に午前六時前後だと考えた。豆炭が燃え尽きかけ、白っぽくなるのは、普段ならその時刻であり、そうなるように毎晩寝る前に豆炭を入れるからだ。だが、岩田は覚醒《かくせい》していたわけではなかった。磨《す》りガラスの外はまだ暗く、飯場の闇はどろりとした夢の闇と重なっていた。そこに、今度は新たな輪郭のある物音が響いた。誰かが表で戸口を叩いている。あのアマが帰ってきやがったか。一晩脳味噌に点り続けていた火が突然明るい炎を上げた。

「あのアマ」と呻きながら、岩田は立ち上がるやいなやそのまま戸口へ突進した。飯場の引き戸を開けたとき、黎明《れいめい》の吹雪は見たことのない輝きを発していた。その中心に輪郭も定かでない黒い塊が一つ、シミのように浮かんだ。塊は眼前にあり、ただ黒かった。

「お前——」と岩田は一声発し、その直後声は出口を失って絶えた。

熊か。猪《いのしし》か。岩田は飯場の戸口に立てかけてあった何かを摑《つか》むやいなや夢中で振り回し、殴りかかった。固いような柔らかいような複雑な手応《てごた》えがあり、数回殴りつけた後、獣は体軀《たいく》を傾けて沈み、動かなくなった。その黒い姿にたちまち新雪が被《かぶ》り始めると、山を覆《おお》う風雪と樹林や草藪の轟音《ごうおん》が初めて立ち戻ってきた。

岩田は飯場に引っ込み、息を切らせたまま横になった。燃え尽きかけているストーブに手をかざして、しばらく憤《いきどお》りに震え続けた。あのアマ、獣に化けてきやがった。そんなに俺が憎いか——。ひとり呻き続けるうちに、疲労困憊《こんぱい》して再びうたた寝に陥り、やがて山の唸りに満ちた深い闇が戻った。

十月二十一日午前十一時。変死体発見の一報を受け、甲府から南アルプス林道を登ってきた県警の捜査車両四台は、夜叉神峠《やしゃじんとうげ》付近のトンネルをいくつも越え、さらに広河原までの山道を登ってゆくところだった。林道から望む山々の稜線《りょうせん》は一夜にして灰白色に塗りつぶされ、山麓から中腹へ広がる晩秋の紅葉ももうほとんど色はなかった。三日前の初雪は樹氷を作っただけで消えたので、これが今秋初めての冠雪になる。昨夜からの吹雪は止《や》んだが、中腹まで一面のガスがかかって永遠に明けない薄闇のようだった。

捜査車両のうち二台は、実は三日前の初雪の日にも同じ林道を登ったばかりだったが、その十八日未明の事案は男女の心中と、一人助かった子どもが広河原の山荘で保護されたというものだった。男女は夜叉神峠の観音経トンネルを抜けた辺りの路肩で、神奈川ナンバーの乗用車の車内に排気ガスを引き込んで自殺しており、病気を苦に一家心中する旨《むね》の遺書を残していた。一方、九死に一生を得てその車を逃れ、歩けば四時間はかかる雪の山道を奇跡的に広河原まで歩いたらしい子どもは、一酸化炭素中毒による意識不明が続いている。

「こんなに立て続けに山に入ることになるとはな――」

佐野警部補はパトカーの助手席で独りごちた。南アルプスを管轄《かんかつ》に抱える山梨県警に二十年勤めてきた経験のなかでも、三日のうちに二度も捜査のために山に登ることなど初めてだったというだけでない。二度目のその日は、もう長年巡り合わなかった事件性のある変死体という一報に自分でも高揚していたか、知らぬ間にそんな一言を漏らしていたのだった。

「スーパー林道のたたりかも知れませんよ」

運転席の若い刑事が耳聡《みみざと》く聞きつけ、言った。名を戸部といい、三年前まで山岳遭難救助隊にいた実績が示す通り、山に入ったとたんに少々顔つきが変わり、心臓が倍ぐらいに膨らんで口数の多くなる男だった。同僚の間では、とっぽいという意味の《トッポ》というあだ名がついているが、広河原の登山口がもうすぐそこに迫った車中では、山男のなにがしかの血が騒ぐのか、とっぽいどころではない、危うげに鋭い別人の横顔を見せていた。

実際、戸部が口にしたスーパー林道は、国家事業の掛け声勇ましく巨費を投じて国立公園を切り刻んだあげくに、近年の自然破壊反対の声に押されて工事が中断したまま、すでに五年放置されているという代物《しろもの》だった。林道推進派と阻止派双方の怨念《おんねん》や、工事に携わった犠牲者の浮かばれない霊がこの山に渦巻いている、などと本気で考えたわけではなかったが、幼少から南アルプスを庭にして育った佐野自身、たたりだという山男の気持ちは分からぬでもなかった。

「ところで、《口なし岩》がこの辺りの有名人だったというのはほんとうか」

「有名人というのは大げさですが、この山に住みつくような土木作業員は珍しいですし」

「どんな感じの男だ」

「おとなしい男に見えましたがね。特にどうということは――」

戸部は山岳救助隊に配属されていたころ、夏期に何度かあちこちの登山口付近の飯場で岩田幸平を見かけたことがある、貴重な証人でもあった。当時、山道や沢筋でブルドーザーを動かしていた岩田は四十代後半のしごく平凡な相貌《そうぼう》の作業員の一人であり、付近の山小屋や村落の住人の間でも、毎夕一升瓶を抱えて林道を歩いてゆく工事関係者の《あの男》、もしくは《口なし岩》として知られていたに過ぎなかった。戸部は二度ほど当人に声をかけたこともあるらしく、飯場に一人でいたら寂しいだろうと話しかけると、岩田は腰も低くふわふわと照れ笑いを返すだけだったという。

そして月日の針が進んだ今日、県警に入った一報では、午前八時前にいつも通り電発道路を登ってきた工事会社のトラックが飯場に到着したとき、戸口の前にその《口なし岩》がひどく放心した顔つきで立っており、その足元には新雪に半分埋まった人間らしき塊があったというのだった。仰天した作業員たちは直ちに広河原から警察に通報し、芦安《あしやす》の駐在所から飛んできた巡査が岩田を緊急逮捕した後、奈良田や西山温泉から応援が駆けつけて、いまは何とか周辺を立入り禁止にして現場を保全したところらしかった。

実況見分も聞き込みなどの捜査も何もかもこれから始まるのだったが、車窓の外を仰ぐと空模様はまた怪しくなってきていた。ガスの動きが早く、雲もすでにかなり厚い。

「降るかな」

「降りますね」戸部は猫が顔を洗うように自分の顔を擦《こ》すり、鼻をうごめかした。

県警の一行は広河原まで出て野呂川を渡り、雪雲に覆われて消えてゆく早川尾根を背後に見ながら、電発道路を川沿いに現場《げんじょう》へ向かった。途中、小さな鉄製の永久橋を一本渡った。その橋には《あるき沢橋》という名前がついている。そのすぐわきには、東側から北岳へ登攀《とうはん》する池山吊尾根の登山口の一つがある。そこから山麓をくり抜いた暗い隧道《ずいどう》を三つ抜けると、四つ目の隧道に入る手前に飯場はあり、路肩の崖《がけ》っぷちに放置されたブルドーザーが二台、雪を被《かぶ》っていた。また、その先にある四つ目の隧道を抜けると、ほかに廃道に近い登山口が二つと、同じ北岳へ向かう別の北沢沿いのルートの登山口があり、登山者にはよく知られた野呂川発電所がひっそりと川岸に立っている。そういう場所だった。

飯場のそばで、巡査五人が寒そうに首をすくめていた。現場を発見した工事の作業員らは、隧道の出口付近で寒風を避けながらの見物だった。開けっ放しの飯場の戸口がまず目についた。一面の白と崖の褐色の中で、戸口のすぐ外に広げられたビニールシートの青色がやけに鮮やかに見えた。軽い粉末のような雪は強風で吹き飛ばされ吹き飛ばされして、吹き溜《だ》まりを作って凍っており、足跡など影もかたちもなかった。

「カチカチですな」と現場の巡査が言った。

「何が」と佐野警部補は聞き返した。

「遺体です。凍っちまって」

佐野は自分でシートをめくった。モナカ状に凍った雪が斑《まだら》に張りついた遺体は、大型のキスリングを背負ったまま仰臥《ぎょうが》していた。紺色のヤッケとニッカボッカーに手袋と雨具をつけ、足元は普通の革登山靴。キスリングには四本爪《づめ》の軽アイゼンと磁石、水筒がぶらさがっていた。右耳介《じかい》部から喉《のど》にかけてざっくりと割れ、額、頭部にもそれぞれ割《かっ》創《そう》があった。右眼球は眼窩《がんか》から半分飛び出しており、流れた血が凍って暗紫色《あんししょく》の潰《つぶ》れたブドウのようだった。岩場や稜線から滑落して頭の割れた事故死者の遺体は年に何度か拝むが、一目で刃器による損傷と分かる遺体の惨状に、佐野は少し息を呑《の》んだ。遺体のかたわらには懐中電灯が一つ、凶器と見られる血のついたスコップが一つ。それも雪を被って転がっており、そこから新雪の下に飛び散った血痕《けっこん》が飯場の戸口へと続いていた。地元の警察が真っ先に回収した運転免許証から、遺体の身元は静岡県御殿場《ごてんば》市在住の二十六歳の会社員であることが確認されていたほか、会社や実家ともすでに連絡はついており、被疑者の身柄も確保されているいま、当面の問題は現場の正確な検証だけのように思われた。

佐野は遺体に合掌し、数歩退いた。入れ代わりに同行してきた鑑識班が手早くフラッシュをたき始めた。そのかたわらで佐野はいつも通り自分の手帳を取り出し、現場の見取り図などをスケッチした。最終的に検証調書や実況見分調書を作成するのは鑑識だが、自分でも現場のスケッチをするのが二十年間の習慣だった。もっともその間も、目は四方八方へ動き、頭も口も休むことはない。

「おい、被害者は地図を持っているはずだ。探してくれ」

地図は被害者の雨具のポケットにあり、濡《ぬ》れないようビニール袋に入っていた。一般的な四万分の一の山岳地図で、書込みは何一つなかった。

「——で、岩田は『午前六時ごろだ』と言ったんだろう？　そんな時間に、登山者がこんなところにいたというのは、どういうわけだ」

地元の巡査は説明を始めた。この電源開発道路を奈良田方向へもう少し下ったところにある第一発電所脇に、北岳を含む白峰三山縦走ルートへの登攀路の一つである大門《だいもん》沢ルートの登山口がある。山小屋などに確認したところでは、被害者は十八日、その大門沢ルートの途中にある大門沢小屋に投宿、翌十九日午前五時にそこを出発して稜線を目指した。単独行だった。初雪の残っていたその日、農鳥岳《のうとりだけ》、西農鳥岳、間《あい》ノ岳《だけ》、中白峰《なかしらね》の四つの三千メートル級の山頂を踏破し、北岳山頂の手前の稜線上にある北岳山荘に午後五時に到着。その夜はそこで宿泊した。

翌二十日の稜線はガスがかかり、前夜の強風も止んでいなかったが、被害者は午前九時前に山荘を出発。北岳頂上を踏んだ後、下山を開始した。ただし、大樺沢《おおかんば》沿いの一般ルートを下山せず、吊尾根《つりおね》分岐点直下の《八本歯》と呼ばれる険しい岩場の鞍部《あんぶ》から池山吊尾根ルートを下っていったのを、同じ八本歯の岩場を下っていた下山者二名が目撃している。その下山者たちは八本歯の下降点で被害者と別れた後、大樺沢を下って、いまは広河原山荘に投宿している。

被害者は雨具とアイゼンのほか、緊急用のツェルトを備えていた。南アルプスは夏に五回来たことがあると、前夜北岳山荘の従業員に話したという。池山吊尾根ルートは大樺沢ルートに比べて平坦《へいたん》で長く、冬以外には利用する者はほとんどない。積雪期は雪崩《なだれ》の危険がない安全な尾根伝いのルートだが、雪のない時期は倒木や草藪《くさやぶ》でひどく荒れている。二十日は、午前中はまだ天候はもっていたが、午後には雪になりそうな気配だった。気温もかなり下がっていたので、従業員は下山時間の短い大樺沢を降りたほうがいいと言ったが、被害者は、「二年前の夏に一度下ったことがある。正月に初めて雪の北岳へ登る予定なので、ルートの現状を見ておきたい」と答えたという。

目撃者によると、被害者が八本歯の鞍部直下の分岐点で同行の下山者と別れて池山吊尾根に向かったのは、午前十一時前。順調に下山すれば、約五時間ほどで電発道路へ出るはずだった。だが天候は昼過ぎから崩れ始め、午後二時ごろには雪が舞い始めた。おそらくそのころには、被害者は樹林帯に入っていたはずだが、疲労のためか、夕闇が下り始めていたためか、途中でビバークすることに決めたのだろう。吊尾根ルートの途中には、無人のお池小屋があるので雪ぐらいは避けられる。小屋は、無理に下れば二時間足らずで電発道路に出られるところにあるが、下り道は急でしかも荒れているために、悪天候では危険だと判断したのか。あるいは、これ以上の下山を無理とみたのは小屋のもっと手前だったのか。いずれにしろ、被害者はその夜は下りてこなかった。

「道に迷ったのかな――？」

「可能性はありますな。冬の一時期にときどき通る者がいる程度のルートですから。いまの時期なら踏路なんか草藪だらけで、まともには通れませんよ」地元の巡査は言った。するど、「どうですかね」と戸部が早速口を出してきた。地元の巡査の説明が不満だという顔だった。「あのルートは、途中までは尾根伝いで迷いようがない。踏路がややこしくなるのは池山お池小屋から下の巻道ですが、少々道を外しても、とにかく下ればこの道路のどこかに出るのは分かっている。天候を見て、下山を急がなかっただけですよ、このホトケさんは」

「お池小屋付近からこの電発道路へ下りる道、いくつかに分かれていたな」

「三つです。しかし野呂川発電所脇《わき》の道を下ったのなら、発電所の宿舎の戸を叩《たた》けばいいことだし、この飯場まで隧道をくぐって歩いてくるはずがない。もう一本の道は河川敷まで下ってしまうので、もしその道を下りてきたのなら、この道路まで崖をよじ登るより、やはり発電所まで河川敷を歩いたはずです。だから、下りてきたのは多分、残る一本ですよ。あの《あるき沢橋》のそばの登山口です。あそこからここまで歩いて一時間ちょっとですし」

「もし君の言う通りだとしたら、被害者がその登山口に出てきたのは午前五時前後だったということか」

「そうなりますね。なんでそんな時間に下りてきたのか知りませんが」

普段は頭の中身をのぞいてみたいと思うことの多い戸部だが、山にかけては少なくともまともなことを言っているのだということは、佐野警部補には分かった。佐野自身、中巨摩《こま》郡櫛形町《くしがたまち》に生まれ育ち、警察に奉職するまでは週末毎《ごと》に南アルプスを歩き回る山男だったが、近年登山道の様子も登山者の装備もずいぶん変わり、自分の知識はもう古いということを佐野は自認していた。

戸部の言葉を聞きながら、佐野は切り立った樹林と草薮の斜面を見上げた。ツガの樹林は雪を被っているが、下草の積雪はない。凍ってはいるだろうが、気をつけて下れば下れないことはない。迷ったにしろ迷わなかったにしろ、ともかく被害者は下山ルートを見つけ、自力で下りてきたのだ。

「登山口を見てみなきゃならんな」と佐野は応《こた》えた。「ここをすませたら、見に行こう」

「せっかく下りてきたのに、こんなところで酔っぱらいの《口なし岩》に殴り殺されて、気の毒に——」地元の巡査が長閑《のどか》な口調で呟《つぶや》いた。「酔っぱらってスコップを振り回すような奴《やつ》が、こんなところにいるとは思いもしなかったでしょうな」

スコップ。

佐野はふと、鑑識班が雪のなかから掘り出しているスコップを見つめた。次いで、飯場の中を覗《のぞ》いた。物置を兼ねた飯場には、大小のスコップ六本、ツルハシ八本、鍬《くわ》三丁が並べて立て掛けてあった。戸口に一番近いところにあるのは鍬だった。スコップはその次だ。佐野の頭に自動的に注意信号が灯《とも》った。

未明に飛び起きた男が、自衛のためであったにせよ攻撃のためであったにせよ、とっさに掴《つか》んだ凶器がなぜスコップなのか。明かりのない飯場のなかで、手探りで掴んだのだとしたら、なぜ一番手近にある鍬を掴まなかったのか。また、もし極度の身の危険を感じたのであれば、あるいは初めから殺意があったのであれば、なぜ鍬かツルハシを選ばなかったのか。

佐野警部補は、工具の一本一本の寸法を測ってメモした後、離れた道路わきで見物している作業員らのところへ律儀《りちぎ》に自分の足を運んだ。試しに、作業員らのひとりひとりに、飯場に常時何本の工具が置いてあるのか尋ねてみた。誰も正確な数を言ったものはいなかった。次いで、各自を個別に呼び、鑑識が回収した凶器のスコップを見せ、飯場の備え付けのものかどうか確認した。返事は一人を除いてどれもあいまいだった。はっきりと「うちのだ」と答えたその作業員は、刃が潰《つぶ》れていない一番新しいやつだと言った。男はいつもその新しいスコップを選んで使うのだが、昨日の午前中、使おうと思って探したら、見つからなかったので別のを使ったという話だった。そのスコップは、十九日夕刻、男が自分の手で飯場に収めて帰った。そして翌二十日使おうとしたら見当たらず、一日そのスコップは見なかったという。だが今日二十一日未明、そのスコップは岩田幸平の手にあり、登山者を殴り殺した凶器となったのだ。

佐野警部補は、その話を自分の手帳にメモし、欄外にこう書き足した。

《岩田が凶器のスコップを摑んだとき、それはどこにあったのか》

「降り出しましたね」戸部が呟いた。

雪だった。あっという間に天地に白色のカーテンがかかり、飯場も道路もかすんでゆく。崖の上を覆う草藪と樹林のざわめきがうねりになっていく。

飯場の指紋と血痕の採取を終わった鑑識班が車へ走っていた。パトカーに本部からの無線が入ったと巡査が呼びにきた。岩田幸平が留置場の壁に自分で頭をぶつけて危険なので、病院へ運ぶという知らせだった。「だめだ」と佐野は無線に怒鳴った。「人殺しに薬が要るか。頭に絆創膏《ばんそうこう》貼《は》ってやって椅子《いす》に縛りつけておけ」

犯罪の被疑者は、お縄にした限りは少々頭がおかしくなろうが何だろうがまず送致だ。佐野は腕時計を覗き、「急げ」と皆を急《せ》かした。検察に送致する前に、岩田とはじっくり対面したいという思いが佐野の胸に膨らんでいたのだった。書類も作成しなければならないが、型通りの自白ではすませられないという予感があった。まず、あのスコップ。

そして、ほかにもまだ、分からないことが一つ残っている。

「さあ、戸部。登山口を見ておこう」

戸部が言った《あるき沢橋》の登山口は、帰路の途中だった。飯場の殺害現場からは徒歩で約一時間。橋を渡る手前の急な斜面の草藪に分け入ってゆく登り口に、目立たない道標が立っていた。草に被った新雪はわずかだが、あまりに茂り過ぎていて地面は見えず、踏跡など分からない状態だった。

「私が登ってみます」

そう言って、戸部は短靴と素手のまま、急角度の取りつきをよじ登り始めた。その姿が樹林のなかに消えてすぐ、「ありました、踏跡がありました」という声だけが降ってきた。

「新しいか？」と佐野は怒鳴り返した。

「新しいです。雪を踏んでいる跡がいくつかあります」

「靴跡は一種類か、複数か」

「一種類です。一対だけです。靴跡は鮮明です。鑑識さん、来て下さい」

鑑識班の三名が、道具箱を持って危うい足取りで斜面に入っていった。戸部のほうはさらに十分ほど踏跡を辿《たど》って上に登り、やがて下りてきた。

「間違いないです。だいぶん滑ったようですが、ホトケさんは確かにこのルートをしっかり下りてきています」と戸部は報告した。佐野は、地元の巡査を呼んだ。

「この白峰三山の小屋は全部、宿泊者名簿を当たったと言ったな？　ここ数日、池山吊尾根ルートを登降した者はほかになかったか？」

「いまのところ聞いてませんが――」

「小屋に届けを出してテントを張っていた者はどうだ？」

「この三日間にこの縦走ルートに入った小屋泊まりの登山者は、全部合わせても十名ほどですが、テント張りの者は届けを出さない者もいますし、正確なところはちょっと――」

小屋泊まりの十名と、テント張りで名前の分かっている者のリストをもとに、一名一名確認する必要はあった。だがおそらく被害者のほかには、このルートを下りた者はいないだろうと佐野は思った。悪天候の日に、わざわざ池山吊尾根を下る登山者など、たしかに普通ではない。

「しかし、変だな――」と戸部が樹林の斜面を見上げた。「この道、ここからずっと急なジグザグが続いているし、凍っているから相当危険ですよ。私ならこの道より、発電所脇に直接出られる道を取ります。あっちも平坦ではないですが、一応通れますからね。このホトケさん、避難出来る場所を求めて下りてきたのでしょう？　だったら、距離的に変わらないなら、道路に下りてから歩かずにすむほうを取るでしょうが」

「そう理屈通りにいくかどうか」

「被害者の地図には——ほら、ちゃんとルートは三つとも書いてある。道を知らなかったということはないと思いますが」

「地図にあっても、道が見つかるかどうかは別だ。未明の吹雪のなかでは分からなかったのだろう」

「いま見たのは、そうは思えない踏跡でしたがね」と戸部はしつこく続けた。「未明に吹雪のなかを、懐中電灯の明かり一つで、ほとんど踏路も定かでないところをしっかり歩いてきているんですよ、あのホトケさん。地図に書いてあるほかの脇道を見つけられなかったというより、何かの理由で、どうしてもこのルートを下る必要があったんじゃないですかね——」

戸部の言い分は一瞬、佐野の頭にひっかかった。過去に一度通ったことがあるとはいえ、被害者が廃路に近い登山道を知り尽くしていたという根拠はないが、もし知っていたと仮定すると、戸部の言い分は可能性がないことはなかった。だが、それならば、このルートを下りなければならない理由というのは何か。ほかの二つの道が崩れて通れなかったというなら別だが、通れるというなら、わざわざこのルートを取らなければならなかった理由など、ちょっと考えられない。

結局、被害者はこの道しか見つけられなかったのだろうと、佐野は自分なりの結論を出し、被害者がこの道を選んだ理由については検討対象から外した。ともかく、被害者は現にこの電発道路に下りてきたのだ。重要なのは、どの道を取ったかではなく、《なぜ下りてきたのか》だった。なぜ未明の吹雪の中を下りてきたのか。

戸部はしばらくぶつぶつ言い続けていたが、佐野の頭は当初からの大きな疑問のほうへ傾いていたので、戸部の声は聞き流してすませた。

その後、電発道路をもう一度戻って野呂川発電所脇のもう一つの登山口も見てみたが、それらしい靴跡は発見出来なかった。林道を戻っていく車のなかで、佐野警部補はしばらく寝たふりをした。考えごとをするときは目をつむるに限るし、そのまま寝てしまったときは、夢のなかで考え続けているのだった。

一つ、大きな疑問があった。被害者があの飯場のある電発道路へ下りてきた、午前五時という時刻だ。午前五時といえばまだ真っ暗だ。そんな時間に、たとえあと少しの距離だったとしても、被害者はなぜ下りてきたのか。しかも吹雪の最中に。

二十年ほど前まで、佐野自身、何度も夏の池山吊尾根ルートを登ったことがあった。まだ大樺沢のルートが開拓されていなかった時代の話で、そのころは、北岳への東側からの登攀路《とうはんろ》としては、その池山吊尾根ルートか、北沢沿いのボッカ路《みち》しかなかった。佐野の記憶にある吊尾根ルートは、北岳山頂直下のバットレスを正面に眺めることの出来る悪くない登山道だったが、電発道路から入る三本の登山道はどれもけっして楽な登降ではなかった。台風があるたびにあちこちで崩れ、深い草藪が踏路を覆《おお》っていて、池山お池小屋辺りまでは傾斜もきつかった。十二、三年前に大樺沢のルートが出来てからは、ほとんど利用する者がなくなったと聞くし、歩く者のなくなった登山道がいかに荒れているかは想像がつく。しかも夜間の新雪で凍っているような危険な道を、もし自分だったら、無理に下りたりはしない。戸部が言うように、もし道をよく知っているならなおさら、夜が明けるのを絶対に待つ。

しかし、現実に被害者は下りてきたのだった。そこがひっかかった。被害者は、入山二日目に、大門沢小屋から北岳山荘までを十二時間で踏破している。大門沢から農鳥岳へ向かう樹林帯の岩だらけの厳しい道を含めて、登り十二時間はかなりきつい。それをやっていることからみて、相当体力も経験もある登山者だとみてよかった。ただし、すでに夕闇《ゆうやみ》の下りた午後五時という時刻に北岳山荘に入るというのは、無謀といえば無謀でもあった。良識があれば、そこまで行かずに農鳥小屋で泊まるのが普通だ。そういう過信が、悪天候の日に長い池山吊尾根を下らせたのだとしても、最後には、無理を避けてビバークする冷静な判断も働いた。そういう男がなぜ、まだ暗いうちに吹雪のなかを無理に下りてきたのか。

わざわざ無理を避けてビバークまでしておきながら、未明に危険な斜面を下ってきた理由がどこかにあるはずだ。そして、理由があるとしたら、あの山のなかにある——。

佐野は寝たふりを止め、念のために戸部に声をかけてみた。

「なぜ、被害者は暗いうちに無理して下ったのだろう——？」

「さあ」と応えてから、戸部は「バカですよ」と吐き捨てた。「水筒に水は残っていたし、キスリングには缶詰やビスケットが入っていた。携帯コンロはガソリンが残っていた。ツェルトもあった。セーターも毛糸の靴下もあった。夜が明けるのを待てなかったはずがない。それなのに下りてきたのだから、たんなるバカですよ。それ以外にありますか？」

「賢い君なら、何があっても絶対に暗いうちに吹雪の中を下りたりしないか、え？」

「初めての道なら下りません。化けものでも出てこない限りは」

そういうことだろう。被害者は化けものでも見たのかも知れない。佐野警部補は手帳を取り出し、律儀にもう一行書き足した。《被害者が、吹雪のなかで下山を強行した理由は何か》

現場に残された事実の明白さに比べて、何か釈然としないものがあるというのは、佐野の嗅覚《きゅうかく》の迷いかも知れなかった。しかし、偶然酔っぱらいがいて、偶然登山者が現れ、偶然二者が遭遇し、偶然殺人が起こったというのは、九十七パーセントは事実だとしても、偶然を引き起こした誘因が三パーセントはある。それがスコップであり、吹雪のなかを下りてきた登山者の存在であり、そもそも岩田幸平なるアルコール依存症の男がこの山中にひとり住んでいたという異様な事実だった。

岩田幸平の事情聴取は、逮捕後通算二十時間に及んだ。うち十五時間は、医師の判断で投与した抗うつ剤が効きすぎて、岩田がとめどなく過去の思い出を語り続けた時間だった。子ども時代の祖父母の話に始まって、東京での労務者時代、二度の結婚生活の話、交通事故で急逝した子どもの話、離婚に至った恨みつらみと果てしなく話は続いた。《口なし岩》どころか、岩には言葉が溢《あふ》れ出るのをふさぐ栓がしてあっただけだったのだ。

佐野警部補は、忍耐の限りを尽くして逐一耳を傾け、その十五時間の繰り言を、供述調書の初めに二十行足らずでまとめた。要するに、多少複雑な生い立ちがあり、若いころから挫折《ざせつ》の繰り返しのなかで、酒で身を持ち崩した気の弱い男の歴史だった。それを振り返ると、男があの山中の飯場で夏を過ごしてきたのも、さして異様な話だとは思えなくなったのは事実だ。

男の時間は遅々としながらも進み、二十一日未明のその時に至った。岩田が自覚していることはわずかだったが、それはどれも明白に自覚されていた。寝苦しくしきりに夢を見ていたこと。二度も物音を聞いて目覚めたこと。二度目に戸口を叩《たた》く音で目が覚めたとき、ストーブの豆炭の燃え具合から、午前六時だととっさに判断したこと。女房が大晦日《おおみそか》の夜に家を出ていった夢の続きで、出ていった女房が帰ってきたのかと思ったこと。起き上がって戸口を開けにいったこと。戸口を開けたら、一面の吹雪で空が光っていたこと。そこで、突然目の前に黒い塊が見えたこと。

「で、その塊は何に見えたんだ？」

「あのアマ――つまり女房に見えました。それから、すぐに違うと気づいて、熊《くま》か猪《いのしし》かだと思い、立ちすくみました」

人間を熊や猪と見間違えるものかと思ったものの、岩田がそう言うなら、そのまま書くしかなかった。

「それでどうした？」

「とっさに何か摑《つか》んで、殴りつけました」

「何を摑んだ？」

「覚えていません。重いものでした」

「それはどこにあった？」

「すぐ手元です」

「あんたは戸口に立っていたのだろう？　そこに立ったまま、手の届くところにあったものだということか？」

「そうです」

「それは厳密に、飯場のなかにあったのか、外にあったのか、どっちだ？」

岩田は考え考え、首を縦でも横でもなく振った後、「多分、外です」と言った。

「外だ、という理由は？」

「凍っていたからです。摑んだとき、掌《てのひら》に張りついて動かなくなった。それで、そのまま振り上げました」

「それは外にあったということだな？　で、掌に張りついたのは、どんなかたちのものだった?」

「丸い棒でした」

「その黒い塊を殴っているとき、自分の振り回している物は見たか?」

「いいえ――」

「時間はあるから、ゆっくり思い出せ。あんたは見たはずだ。あんたが振りかざした凶器は、刀や包丁と同じように、角度を考えなければ用をなさなかった代物《しろもの》だ。あんたは無意識にせよ、角度を考えながら相手を殴った。それは遺体の傷ではっきり分かっている」

だが、結局岩田は思い出せなかった。佐野が凶器はスコップだと告げると、岩田はただ、驚いたようなうちひしがれたような表情を見せただけで、否定も肯定もしなかった。

「ところで、二十日に飯場からスコップが一本消えたという話を作業員から聞いたんだが、心当たりはあるか?」

「そういえば松村という奴が、そう言ってました。俺のスコップがなくなったと、一日中機嫌が悪かった。手入れもしないのに、いつも一番いい工具を使いたがる奴です」

「飯場で、工具がなくなるということは過去にあったか?」

「さあ――。なくなっているのかも知れませんが、いちいち数を数えているわけではないし、分かりません」

「十九日の作業終了後、あんたは広河原の山荘まで酒を買いに行ったな？　そのとき飯場に鍵《かぎ》はかけたか？」

「いいえ。鍵をかけたことはありません」

「その十九日夜、山荘から帰ってきた後、二十日の朝まで外出はしたか？」

「いいえ」

これで、当該のスコップが消えた時間は分かった。十九日、岩田が飯場に鍵をかけずに山荘へ酒を買いに行ったときだ。

「よし。先へ進もう。あんたは《とっさに摑んだもの》を振り上げ、振り下ろした。それを何回かくりかえした。めったやたらに殴りつけた。そういうことか？」

「そうです」

「黒い塊は何か声を出したか？」

「覚えていません」

「その塊はそれからどうなった？」

「倒れて動かなくなりました。もう大丈夫だと思いました」

「それで、殴るのを止《や》めたのか？　それからあんたはどうした？」

「飯場へ戻って横になりました」

「倒れた塊が人間だと気付いたのはいつだ？」

「朝、普段より早く目が覚めて、ひどく寒かったので、どれぐらい雪が降ったのか見ようと思って戸を開けました。そのとき、戸口の外に血が散っていて何か倒れていました。一瞬、わけが分からなくなりましたが、すぐに自分が殴った獣だと思い出し、近づいてよく見たら人間だった――」

「自分が殴りつけたものだとすぐに思い出したのか？」

「はい」

「初めに倒れている何かを見たとき、まだ獣だと思っていた。人間だと分かったのは、近づいて確かめたときだった。それで、間違いないか？」

「間違いないです。人間だと分かったときはもう身体《からだ》じゅうが震えだして――」

「あんた、目はいいほうか、悪いほうか？」

「いいほうです」

「夜に物を見間違えるというようなことは、過去にあったか？」

「酒を飲んでいるときはめちゃくちゃです。あるはずのないものが見えるし、耳がやたらに鋭くなるし――そういうことはよくありました」

「そういえば、あんたは二十一日の未明に二回物音を聞いたと言ったな？　起き出したのは二度目の物音だろう？　それは戸口を叩く音だったとあんたは言った。では、最初の物音は何だったんだ？」

「覚えていません。夢を見ていたんです。それで、何か聞こえたとき、あのアマが逃げていきやがると思いました。女房が、家を出ていったんだと思いました。裸足《はだし》で大晦日の夜に、出ていきやがったんです」

「人が裸足で走っていく足音だったのか？」

「そう聞こえましたが、違うかもしれません」

「雪は降っていたか？」

「ええ」

「自分の目で雪は見たか？」

「いいえ。でも、新雪を踏む音でした」

「何時ごろだ？」

「分かりません。腕時計が消えちまいやがって――」

「なくしたのか？」

「さあ――。多分そうでしょう。十九日ごろから見当たらないんです」

「そのときはストーブの火は見なかったのか?」

「覚えていません。多分、見なかったと思います」

「どのぐらいの時間、その足音は聞こえたんだ?」

「ほんの二、三秒です。風の音がすごかったし、ほんとうにかすかに聞こえただけでした」

「二回目の戸口を叩く音との間に、どのぐらいの時間があいていた?」

「分かりません——」

岩田幸平の話は、幻覚や幻聴の部分も含めて不整合はなく、途中で話の筋が変わることもなく首尾一貫していた。故意ではなかったにせよ、自分が殴ったことを明確に自覚し、それを認めもした。殴った結果死亡させたことも認めた。死んだ人に申し訳ないとくりかえし、改悛《かいしゅん》の情も拙《つたな》いながら示した。おかげで、殺人に至った心理的経緯、動機、時間的経過、行為の細部などに欠けている部分はなく、自白にいたった経過にも問題はなく、最後に《二度と酒は飲みません》という一句までついて、供述調書としては完璧《かんぺき》過ぎるほど完璧なものになった。

殺人事件の捜査という面では、これ以上望むものは何もなかった。遺体の損傷は、凶器のスコップで出来る創口、創角、創底と一致したし、スコップからは岩田の指紋も出た。岩田の作業着に付いた血痕《けっこん》と飯場で採取された血痕は、被害者の血液型と一致した。《あるき沢橋》の登山口で採取した靴跡は、被害者の登山靴と一致した。一つの殺人事件が起こり、被疑者は逮捕され、犯行を認め、物的証拠が過不足なく揃《そろ》ったいま、警察にはそれ以上何の問題もないといえばなかった。

だが、現実には佐野警部補個人は、どこへどう処分していいのか分からない荷物を二つ抱えて、しばし考えこんだのだった。事情の如何《いかん》にかかわらず、酩酊《めいてい》したあげくに人間と獣を見間違えて凶器を振り回すような輩《やから》は、しかるべき処罰を受けて当然だが、そもそも酩酊していた人間を、二十一日未明というその時刻に、現実の犯行へと触発したものがあるのだ。すなわち、一度消えて再び現れたスコップ。そして、吹雪のなかを下山してきた登山者。

スコップは、十九日夕刻、松村という作業員が飯場に収めた後、岩田幸平が広河原山荘へ酒を買いに行っている間に、何者かが鍵のかかっていない飯場から持ち出した。そしてそれは、二十日夜から二十一日未明にかけての間に、再び何者かによって飯場へ戻され、戸口の外に置かれた。これはただの窃盗ではあるが、ほとんど無人に近い山中での窃盗であり、飯場に盗品が戻された時刻が、吹雪の深夜だったことが尋常ではなかった。

そして、吹雪の闇をついて危険な登山道を下ってきた被害者。なぜ明るくなるまでじっとしていなかったのか。キスリングには充分な食料と携帯燃料があり、乾いた衣類も入っていた。解剖の結果、生前に凍傷にかかっていた痕跡も見つからず、特に病気などの異変もなかった。急いで下山しなければならない状態ではなかったにもかかわらず、なぜ下りてきたのか。これはどこまでも奇妙だった。猿や狐《きつね》に遭遇して脅えた可能性もないことはないが、獣のほうこそ吹雪の最中はむやみにうろつかない。

確かなことは、十九日夕刻から二十一日未明にかけて、現場付近には最低限、スコップを盗んだ何者かがいたということだった。地元の者ではなく、かつむやみに迷いこんだ者でもない。冬山で二日を過ごすことの出来る装備を持った者。すなわち登山者。いや、登山者だというのはあくまで推測に過ぎなかった。そもそも、スコップが確かに飯場から持ち出されたという証拠もない。松村という作業員は十九日夕刻にスコップを飯場に収めて帰ったというが、それを裏付ける証拠はない。松村の思い違いで、戸口へ置き忘れただけだった可能性もある。松村という人物は、供述を取った限りではそれほど堅物でもなく、細かい点を突くと言い直しなどが頻繁に出てきて、百パーセント信頼出来る証言だとは言いがたかった。

スコップの話をどうするか。ヘタな捜査をやって裁判の妨げになるのも困るし、わざわざ荷物を背負いこむことはないという気持ちも半分はあった。スコップも登山者も、岩田の犯行の自明性を損なうものではないし、それらについて、犯罪行為との関連をどう説明したらよいのかも分からなかった。

佐野は結局、無難な選択をした。所定の情状に関する意見に『理由もなく無防備な登山者を撲殺したその犯行は残忍をきわめ——』と書き、型通り『改悛の情は示しているものの犯行の結果は重大であり、相当処分を願いたい』と続けた。そして迷った末、『専門家による精神鑑定の必要あり』と付記するに留めた。

そうして登山者殺害事件は、事件発生後三十時間ですみやかに甲府地方検察庁へ送致され、岩田幸平の身柄も拘置所へ移された。山梨県警捜査一課は、その時点をもって捜査を終了し、佐野警部補が作成した捜査報告書を最後に、捜査書類一式は簿冊に綴《と》じられた。岩田は十一月二十日には正式に殺人罪で起訴された。

事件後、佐野警部補はほかの雑多な事件で忙殺され、数週間経《た》つうちにほとんど岩田の事件を思い出すこともなくなった。ちらりと思い出したのは、十一月初めに、地検の若い担当検事から「あんた、病歴照会しなかったのか」と非難がましい電話がかかったときだった。簡易鑑定の結果、かなりの意識障害があると判定され、刑法三九条の《心《しん》

《心神耗弱》の項に鑑みてぎりぎりの線だという。なにが《心神耗弱》だと佐野は思ったが、検事は「まあ、聞け」と言いつつ、電話口でどこかの病院が送ってきたらしい回答書を読み上げた。

それによれば、岩田幸平は昭和四十年、東京でウェルニッケ脳症なる病気の治療歴があるということだった。その脳症というのは、アルコールの飲み過ぎによるビタミンB_1欠乏が引き起こす代謝性疾患らしい。不穏・せん妄などの意識障害と発熱、眼球運動障害などの身体症状を伴い、運動失調・健忘・失見当識《しつけんとうしき》などを起こして普通は死にいたるところを、岩田は九死に一生を得たのだったが、いま現在は、甲状腺《こうじょうせん》機能低下の内分泌《ないぶんぴ》疾患もあり、これもまた、似たような意識障害を伴う場合が多い、というような話だった。要するに、現時点での幻聴・幻覚・失見当識などの諸症状がそうした疾患によるものなら、裁判でもめるのは必至だという若い検事の繰り言だった。

佐野は一瞬当惑したが、すぐに思い直した。

「供述調書、見たら分かるでしょうが。岩田は普通に喋《しゃべ》って、自分が殺したこともちゃんと分かっていました。私は本人が自発的に語ったことしか書いてません」

不愉快な思いで佐野は電話を切り、その件はそれっきり考えないことにした。だが、やがて二度目に事件を思い出させられたときは、そうはいかなかった。師走《しわす》を迎えたある日、忘年会で二次会・三次会と飲み歩くうちに、《トッポ》の戸部や山岳救助隊の数人と相席になったときのことだった。

話題は自然に《口なし岩》の殺人に及んだ。事件の数日後、地元の山岳会が冬山シーズンに備えて道標整備のために山に入ったとき、あの池山吊尾根の登山道わきで水筒を一つ拾ったという。どこかの登山者が落としたにしても、まだ汚れていない新しいものだったし、《口なし岩》の事件があった電発道路へは、下りで二時間足らずのお池小屋から、野呂川発電所脇へ至る道へ少し入った場所であったので、被害者のものではないかとしばし話題になったらしい。もちろん、被害者の水筒は遺体と一緒に発見されているし、山岳会が拾った水筒を事件と結びつけるものは何もなかったが、水筒を落としたかも知れない登山者をほかに探すと、これがまたいないのだという。

あの初雪の降った日の前後三日間は、白峰三山縦走ルートへ入った一般登山者はごく少なかった。少なくとも、小屋泊まりで名前が判明している者はたった十名。うち五名は広河原から大樺沢ルートで入山、大門沢ルートで下山する一般コース。二名は同じ広河原から大樺沢ルートで入山、北岳と間ノ岳、三峰岳《みぶだけ》を経て塩見岳《しおみだけ》へ向かうはずだったが、悪天候のために山麓西側の両俣《りょうまた》小屋へ下山。この七名は予定通り全員がそのコースを踏破し、池山吊尾根は全く通っていない。被害者を含む残り三名は大門沢から縦走ルートに入り、うち二名は大樺沢ルートで下山、被害者ひとりが池山吊尾根を下った。

ほかに白根お池小屋、肩ノ小屋、北岳山荘、農鳥小屋周辺のキャンプ指定地には合わせて約十ほどの幕営組がいたが、すべて身元の知れた山岳会、同好会などであり、いずれも池山吊尾根は通っていないことが確認されている。ただし、正確にどこのキャンプ指定地にいくつのテントがあったかは、必ずしも定かではなかったが。ともかくそういう状況であったから、どこの小屋にも泊まらず、小屋に届けも出さずにテント走行をしていた何者かがおり、その何者かが池山吊尾根ルートを通り、水筒を落としたとしか考えられない。そういう話だった。

その話を聞きながら、佐野はちらりと遅過ぎる後悔に陥った。事件の直後、あのルートを登ってみるべきだった。スコップを盗んだ何者かと、吹雪のなかを下山した登山者の足跡を拾ってみるべきだった。池山吊尾根を下ったのは被害者ひとりだと思っていたが、事件の前後、あの山にはほかにも何者かがいたのだ。水筒を落とした者が。

後悔先に立たずだった。すでに南アルプスの雪は深くなり、細い踏路は埋まり、山々は正月までは登山者の姿もない静寂に返っていた。その後、佐野は山梨交通のバス営業所に足を運び、事件のあった十月二十日前後に甲府や身延から南アルプス林道や電発道路へ乗り入れた登山者の顔ぶれをかき集めたが、それも実りなく終わった。かろうじて身元の分かった登山者は、すでに判明している各山小屋の宿泊名簿と一致しただけだった。もちろん、水筒を落とした者もいなかった。

十二月半ば、岩田幸平の第一回公判が行われたその日、県警捜査一課は市内で起きた新たな強盗傷害事件の捜査で追われていた。捜査本部に加わって地どりで歩き回っていた佐野警部補には、また再び《口なし岩》の事件は遠いものになった。

その日の夕刻、宿直のために大部屋へ戻ったとき、佐野はニュースを二つ聞いた。一つは、地裁での公判の罪状認否で、岩田幸平が検察の訴状をすべて認めたというニュースだった。もう一つのニュースは、歩き疲れた足を労《いたわ》りながら番茶一杯にありついているときに、《トッポ》の戸部が持ってきた。

「十月に広河原で保護された子どもがいたでしょう。夜叉神峠で心中した夫婦の子ども。今日退院して親戚《しんせき》が引き取りに来るというんでちょっと様子を見にいったんですが、見て下さい、これ」そう言って、戸部は新しい包帯を巻いた自分の右手を突き出してみせた。「その子にハサミで突き刺されたんです。信じられますか、こんな話」

聞けば、心中事件を担当した刑事の心情で戸部がわざわざ親切に病院を訪ねたとき、親戚の某は退院手続きの最中で、その間子どもは玄関ロビーで待たされていたということだった。ところが見ると、その子は片手に握ったハサミをソファの座面に振り下ろしてビニールに穴を開けており、戸部が急いで飛んでいくと、子どもはいきなりハサミを向けてきて、一瞬のうちに戸部は刺されていたというのだ。

「ハサミです、ハサミ。巡回用のワゴンの上に何本も備えてあるハサミの一丁でした。それで私はすぐに取り上げて、なんでこんなことをするんだと怒鳴ったら、その子、まったく無反応で、代わりに一言いったことが『どけよ、暗くなる』です」

「暗くなるというのは、どういう意味だ」

「私がソファの前に立ったら、外からの光が遮られて陰になるから《暗くなる》という意味です。いや、そんなことはとっさには分かりませんでしたよ。あとから担当医に聞いたんです。病室でも、看護婦や医師が太陽を遮るような位置に立つと、急に怒り出したということで――」

「一酸化炭素中毒だろう？　予後はどうなんだ？」

「難しいことは知りませんが、あんまりよくないみたいですね。あの中毒の場合、いろいろなケースがあるらしいですが、あの子どもは初めのうち、一週間おきに間欠的に昏《こん》睡《すい》状態が起こっていて、それが回復したから退院になったらしいですが、ハサミを振り回すような状態で退院なんて」

「子どもが障子や襖《ふすま》に穴開けて回るのは、別に珍しくない」佐野は先入観を退けて水を向けたが、戸部は珍しく真顔で首を横に振った。

「その子、私の顔をじーっと見るんですよ。まるで私が《暗さ》の根源だってな目で。その目ときたら、ちょっと口に言えない異様な感じで——。たんに虫のいどころが悪いってな目じゃなかったですよ、あれは」

「まあ、君はよっぽど嫌われたんだと思えよ」

「どうでもいいですがね。はっきり言って先が思いやられますよ、あれは。けっこう利口そうな顔してやがったし——」

戸部の無粋な真顔を見ていると、ただの軽口とも言えない奇妙な電流が伝わってきた。もちろん戸部の頭の中身もそうとう雑だが、こいつの頭は何かの特殊な電気は敏感に通すのだ。まるで山にかかるガスのように。

一瞬、何かよく分からない不穏な放電を感じたのち、佐野警部補は結局「バカ」と一言応《こた》えた。病院でハサミを振りかざしていたという子どもの話には胸が痛んだが、正直なところ想像の域を越えていて、結局思い浮かぶ像は何ひとつなかった。

昭和五十七年秋

真知子は、看護婦詰所の壁に並んだ釘《くぎ》にひっかけてある保護室の鍵《かぎ》を一つ取った。夜勤の同僚が机に広げた菓子袋の煎餅《せんべい》を齧《かじ》りながらそれを見ていた。

「真知ちゃん、彼氏のところへ行くの」

「そうよ」

「ヘンタイ」と笑ってから、同僚は「暴れても知らないから」と横を向いた。

真知子は詰所を出た。隣のリネン室からタオルとシーツ一式、男物の寝巻一枚を取り、洗濯室で大きなバケツ一杯に湯を満たし、それをぶら下げてエレベーターに乗った。

廊下には、暴れたり、自殺や自傷の危険のある患者を隔離する保護室が並んでいた。刑務所の独居房というのは見たこともないが、『そっくりだ』とある回復期の患者が言ったことがある。どの患者も夜間は強い鎮静剤や睡眠剤を投与されているために、廊下は薄暗く静かで、糞尿《ふんにょう》の臭気を消すための強烈な消毒剤が臭《にお》っていた。清掃は行き届かず、所定の見回りや回診などもほとんどやっていない病棟だった。

バケツの湯がぴちゃぴちゃ音を立てた。医師も看護婦も誰にも出会うことがないのは分かっているので、真知子は何も気にしなかった。靴音を立てて早足に歩き、鍵を取ってきた部屋を開け、なかに入った。患者を驚かせないために、明かりはつけなかった。

鉄格子《てつごうし》のはまった磨《す》りガラスの窓から、夜陰の明かりが射《さ》していた。闇《やみ》が光るものだというのを知ったのは、週一回この部屋に通うようになってからだ。その輝く闇のなかで、ベッドの寝具から首だけ出している一人の若者の目が恒星のように光った。

「気分は?」

若者はまばたきで《いい》と応《こた》えた。口がきけないわけではないが、若者の口は、ある特別な者とお喋《しゃべ》りをするためだけにしか開かなかった。その者の名前は知らないが、それは若者の脳のなかで喋り、若者はそれを聞き、自分の口を開いてそれに応える。《お前》と呼びかけているから、一対一の対話のようなものだろう。

「《彼》は?」

真知子は若者の話し相手に人格を付けて《彼》と呼んでいた。若者はわずかに頭を縦に振った。《彼》の声は今夜も健在らしい。

「《彼》も気分はいいのね」

《そうだ》と、若者の目が応えた。

「薬、入れなかったのよ。大丈夫ね——?」

その問いかけには応答はなかった。《彼》の声が聞こえ始めるとき、若者の目線は水のようにすみやかにどこかへ流れ去ってゆく。いまもきっとそうなのだと真知子は理解し、対話の邪魔をしないように心がけた。専門的な配慮などではなかった。人が誰かと話をしているときに、第三者が割り込まないのは当たり前のことだと思うだけだ。

「薬、入れなかったのよ。大丈夫ね――？」真知子はそっと繰り返した。

若者が寝ていないことは分かっていた。午後八時に点滴に入れるよう指示されていたアモバルビタールの睡眠薬五百ミリグラムを、真知子は故意に入れなかった。同時に処方されていたアナテンゾール二十ミリグラムの筋肉注射もしなかったが、午後まで投与していた薬がまだたっぷり血液中に残っている時刻だった。

まともな看護婦や医師は誰も来ない病院に流れてきた自分も、こんなところに放りこまれている患者たちも大差ないのだと思い始めたのはいつごろだろう。抗精神病薬のなかでも特に作用が強く、半減期も長いために普通は十日おきぐらいにしか投与出来ないフルフェナジンのアナテンゾールを三日周期で注射し、間の二日はこれも作用の強い抗うつ剤のスルピリドを投与し、病状の種類も進行期も回復期も関係なく、患者を眠らせる。抗精神病薬につきもののパーキンソン症状を抑えるための抗パーキンソン剤は一応投与しているが、副作用など誰も診る者はなく、心電図も取らず、肝機能検査も血液検査もしない。そういう病院だった。おかげで総じて患者がおとなしいのは手がかからなくて楽だが、どこかに残っているに違いない良心がときどき胸を刺す。真知子は自嘲《じちょう》半分、それが自分の救いだと思っていた。

薬、入れなかったのよ。あんた、きっと大丈夫だと思ったから。

若者に目で囁《ささや》いて、真知子は微笑《ほほえ》みかけた。私もこれまで流れに流れてきたけどね、ほんの少し、いまはどこかに光が見えるのよ。あんたと同じよ。

若者の眼球は、ゆっくりと動きながら、静かに規則正しく瞬《またた》いていた。それは、薬による賦活《ふかつ》作用でも鎮静作用でもない、普通の状態に戻ってゆく回復期の目の静けさだった。医師ではない真知子は、医師より多く患者たちを見てきた者の直感で、ただ単純にそう信じた。薬を絶ったせいでよくなったとは思わなかったが、より悪くならなかったことだけは確かだ、と。

あんたと同じよ。ほんの少し光が見えるわよね、私たち。

真知子は手を伸ばし、若者の頬に触れた。頬や顎《あご》の筋肉は、硬直や振戦もなく静かに緩んでいた。発汗も発熱もない。半年前まで垢《あか》と嘔吐物《おうとぶつ》で汚れ、悪臭を放っていたその肌は、真知子が湯で拭《ふ》くようになってから見る間になめらかな乳白色に戻り、いまは冷たいほどの輝きを放っていた。

半年前、ベッドに手足を括《くく》りつけられ、自分の排泄物《はいせつぶつ》にまみれて唸《うな》り声を発して暴れていた若者に近づいたのは真知子だけだった。もう何日縛りつけられたままだったのか、紐《ひも》で括られた手首がすりむけて血が流れているのを見たとき、自然に足が動いただけだ。そのころはまだ強い筋強剛があったが、石のように握りしめた拳《こぶし》の指を開かせ、手首を握り、紐を解いてやると、氷がいっぺんに水になるように、若者の手から力が抜けた。そうして、真知子は一本ずつ紐を解き、傷の手当てをし、包帯を巻いたのだった。若者は最近は暴れることも少なくなったが、手足を自由にすると壁やガラスを素手で殴り始めることもあり、普段の身体拘束はいまも欠かせなかった。

「《彼》、何言ってるの？」

「山の話」

若者ははっきりした言葉で応えた。

真知子は一瞬ビクリとした。これまでたまに洩《も》れる言葉のなかで、これほど明瞭《めいりょう》に響いた声を聞いたのは初めてだった。気のせいだろう。そう思い直すうちに、若者の目からは再び反応は流れ去ってしまった。

山の話。若者が対話している《彼》は、ときどき山の話をしている。押《お》し退《の》けても押し退けても闇の垂れかかってくる、暗い山らしい。

真知子は淡々と作業を始めた。まず、点滴の針を抜く。寝具をのけ、汚れた寝巻の裾《すそ》を開いて、初めにおむつを剝《は》がす。それを剝がすとき、真知子はいつも怒りを感じ、特殊吸水紙のガサガサしたそれを丸めて投げ捨てた。尿道に差し込まれている管を抜くと、楽になった若者の身体《からだ》は自然に伸び、やすらぐのが分かった。両手首の紐を解かれた若者は、自由になった身体をゆるやかにねじって横向きに伏した。いつもそうした。床ずれを起こしている背が痛むのだ。

真知子は、湯で絞ったタオルを機敏に動かした。慣れた作業であり、特別な作業でもあった。日ごとに若者の皮膚が薄くなり、筋肉や骨がその分浮き出て、確実に男の身体になっていくのが分かる。十八で子どもを堕《おろ》した真知子自身、まだ二十七で成熟には遠い年齢だったが、子どもがそうして大人になっていくのを見ると、自分の子宮が震えるような感じを覚えるのだった。そうしてときどき、気がつくと若者に自分の身の上話をしたりして、ひとりで泣いたり笑ったりしているときがある。捨てるほうも捨てられるほうも、一緒に暮らしているときはどちらも下劣で愛《いと》しい男と女なのだと、こんなところで年端《としは》のいかない若者に話してひとりで感情を乱した後、若者が訳知り顔の聡明《そうめい》な目をじっとこちらに向けているのを知って、どぎまぎするのだ。

「あいつ、来た——？」

「来た」

「殴られた？」

若者はまばたきで《ああ》と応えた。

「どこ？　痛む？」

「痛くない」

病院には、暴れる患者を手当たり次第に殴って歩く山崎という看護士がおり、若者も半年前に入院した直後からあざの絶えることがなかった。山崎が薬局にある抗うつ剤を盗んで常用し、昼間からラリっているのは医者や看護婦全員の知るところだったが、誰もあえて問題にもしない病院の体質に自分もまた馴染《なじ》んでいるのだと思う真知子はしかし、いまさらこの若者一人に同情している自分自身をいつも嘲笑《あざわら》うほかなかった。若い男の患者に惚《ほ》れたかと同僚に嗤《わら》われるまでもなく、自分が滑稽《こっけい》なのは百も承知だったが、そのつど世間から隔絶された病院の暗がりだからこそ、自分のような女でも夢を見られるのだと開き直るほかなかった。

タオルで足の裏まで拭くうちに、若者はほんの少し身を固くし始めた。まばたきする瞼《まぶた》の下で、虚空《こくう》をさまようように眼球が動く。サインだった。

気持ちいい？

真知子はタオルを置き、若者の股間《こかん》に片手を差し込んだ。もう片方の手で若者の髪を撫《な》でた。近づくと体温が伝わり、呼吸が伝わった。薬のせいで血圧が低下し、普段は耳をそばだてても聞こえないほどの吐息しかしない若者が、いまはわずかに息を荒くしていた。真知子の手の中で、まだ大人のものではない一物が少しずつ固くなってゆく。いいのよ、真知子は囁いた。指を少しずつ動かし、動きを止め、また動かす。強い抗精神病薬を長期間投与された患者は身体のさまざまな機能が低下し、神経も筋肉も鈍麻して勃起《ぼっき》することなどなくなっていくのが普通だったが、若者の身体は間違いなく活発にうごめいていた。それが真知子には愉快だった。

気持ちいい——？

若者はうなずき、虚空に漂わせた目をゆっくりしばたたいた。やがてその身体がねじれ、伸ばした腕が真知子の首にからみついた。若者はときどきそうした。真知子は枕元《まくらもと》に片肘《かたひじ》をついて倒れながら、そうして若者と同じ興奮を味わい、生きている肉体のうねりを分かち合い、自分自身の夢想を楽しんだ。輝く闇。濃密な呼吸。解放される肉体。なんて娘っぽい夢想だろうと自嘲しつつ、一人の若者を自分の腕のなかに抱いている実感、それをどうにでもしてやれる悦《よろこ》びに酔わずにいられなかった。自分の手のなかで射精し、吸いつくように寄り添ってきて動かなくなるこの若者一人、どうして手放せるだろう。

もっとも薬の投与を止めたとたん、こんなふうに反応する患者の症状は実はもうかなり改善されているということであり、若者自身それを知っているのも間違いないのだった。そのくせ《彼》と山の話をしているふりを続けながら、素知らぬ顔をして看護婦に甘えてくるのだから、何というやらしい子。真知子はいいように操られている自分に少々恥じ入ったが、それでもいつもの夢想を自制することもしなかった。そうよ、長い流浪《るろう》が終わり、闇が光りだし、どこかへ延びる道を照らしだすのだわ。ねえ、光が見えるのよね、私たち——。

そうして真知子は数分ぼんやりしたのだったが、その間に自分の肩に載っている若者の顔のなかで、二つの眼球が一瞬ぐらりと動いたことは知らなかった。またそれより少し前、若者の手が自分の白衣のポケットから体温計を一本かすめ取っていたことも知らなかった。

冬のおぼろな太陽が鉄格子を通して射してくる、その影の角度で若者はいつもほぼ正確な時刻を計っていた。ほかにも、廊下を歩く看護士のスリッパの足音や、その男の腰にぶら下がった鍵の束がじゃらじゃら鳴る音が聞こえてくると、あいつはいまは階段口付近だ、廊下を歩いてくる、近づいてくる、そら立ち止まる、と逐一聞き取るのが常だった。

《あいつだ。チャンスだ》
若者の頭のなかで始終聞こえる《彼》の声がわめいた。分かってる、と若者はその声に応えた。
《いまだぞ》
その声は、脳髄にぶら下がって足を揺すりながら、鼻先で命令するような口調だった。若者は返答する代わりに、脳髄のなかに居すわるその声の主のほうへ振り返るようにして、眼球をぐるりと回した。
そう——これまでは、お前の声は確かに絶大だったさ。初めは、上も下もない割れるような音の渦のなかから現れた唸り声だったくせに、いつの間にかくっきりした言葉になったお前。まるでこの脳髄の破れた穴を埋めるようにひょいと立ち上がってきては、意味があるのかないのか分からない言葉をまき散らして、あれをしろ、これをしろと俺に命じてきたお前だが、最近そのお前の声が、少し退いたところから聞こえるようになったことを知ってるか。
『あんた、治ってるわ』とあの看護婦が言うので、少し考えてみたのだが、それは熱が下がるとか、痛みが止まるというような意味ではない。お前がいる限り、暗い山は背中に張りついている。お前はあの闇をさまようしか能のない奴《やつ》だ。そのお前が脳髄にぶら下がっている限り、この俺も山にいるということだ。だから、『治ってる』とあの看護婦が言ったのは、この俺がある谷筋から別の谷筋へ移ったという話に過ぎないのだろうが、移ったのは俺であり、お前ではない。分かるか、要は俺がお前を置き去りにしたということだ。谷を隔てた尾根越しのお前の声が、いまは遠く聞こえるのはそういうことだ。尾根の向こうでわめけ。主従の逆転だと思え。これからは俺が主人だ。

《あいつが来る――》

分かってる。

《怖い》

そう、お前はずっと怖がっていた。だが、お前のすすり泣く声はもう聞きたくない。

若者はひとつ大きく息を吸い、吐いた。膨らんだ肺とともに身体のさまざまな臓器や体液や筋肉が存分に動き、呼吸し、伸縮した。気持ちよかった。脳のすみずみに巡る血がきらきら光っていた。どこかに光が見える。あの看護婦が微笑むときにこぼれた光のカスが、空気に散っていると言ってもいい。『治ってる』というのはたぶんあの女の幻想だが、何しろ形のいいあのおっぱいの、あのもったりした手触りといったら――。

そうして若者はまたひとつ悠々と深呼吸をした。両手を括りつけている紐は、あの女がいつも少し緩く結んでくれるおかげで、好きなときにするりと抜ける。その気になれば自分で紐の輪から抜き差し出来る手を若者は自由にし、両腕を伸ばし、肺腑《はいふ》いっぱいに満ちた笑い声を噴き出させた。そうして響かせる声は、正確には数秒毎《ごと》に遠くなったり近くなったりし、いったい笑っているのは自分なのか、谷の向こうに残してきたあの野郎なのかとたびたび混乱したのだったが、それももうどうでもよいことだと若者は強引に自分に呟《つぶや》いた。光はたしかに見える。明るい稜線《りょうせん》が見える。この三年ほど夢にまで見た暗い山が明ける！

そして、廊下を近づいてくる看護士の足音がふいに病室の前で止まるのを聞いたのは、そんな歓喜のさなかだった。鍵《かぎ》の音がして扉が開き、白衣をだらりと着流した男の姿が現れるのを若者は見たが、その数秒後には、若者は自分の寝具の上に降り注ぐ拳骨《げんこつ》の衝撃の一つ一つを、これまでにない鮮やかさで味わいながら、脳髄で怯《おび》える《彼》に嗤いかけていたものだった。こんなものがどうした、これのどこが怖いんだ、意気地なしめ、と。

山崎がふるう暴行の手順はいつも決まっており、そのときもまずは若者の足首の紐を解いて自由にさせると、下半身をベッドの下に引きずり下ろしての足蹴《あしげ》りだった。まさにこの山崎こそ自分の気分と本能のままに爆発する獣だったが、一旦《いったん》暴力をふるい始めると男が相手の顔すら目に入らなくなるのをこうして冷静に見抜けるのも、思えばそれこそあの看護婦が薬を止めてくれて頭が少しすっきりしたおかげというものだ。光が見える。間違いなく明るい山が見える！

そうして若者が突然上半身を起こして片手を振りかざしたとき、山崎看護士はだいぶん遅れて棒立ちになった。山崎は一瞬自分の眼前に突き出してくる若者の拳を見、次の瞬間喉《のど》の奥に突っ込まれた何かを自分の歯でかみ砕いていた。それから、砕けたガラス片や水銀を呑《の》み込んで絶叫し、自分の首に巻きついてくる紐のようなものと、眼前に迫ってくる異様に明るい眼球二つを見た。

「山は山でも、今日は山崎の山！」

若者はけたたましい哄笑《こうしょう》を噴き出させた。ああ、ついに明るい山が来たのだ——。

平成元年夏

梅雨明け前の豪雨が去って一週間後、夜叉神峠は夏日の日差しになり、白峰三山の尾根は眩《まぶ》しい緑一色だった。山梨県警捜査一課の佐野警部は、その日もまた捜査車両五台を連ねて山道を急行しながら、首に巻いたタオルで汗を拭《ぬぐ》い拭い、車窓のはるか下にかすむ早川に目をやった。眼下のその早川が二つに分かれていく辺りには発電所があり、分かれた川の一つ、野呂川が大きく蛇行して広河原へ続いているが、その蛇行の先の電発道路わきの崖《がけ》が一週間前の豪雨で崩落し、いまは茶色の地肌をさらしていた。そういえば十三年前、ちょうどその付近に建設会社の飯場が一棟立っており、そこに住みついていた作業員が登山者を殴り殺したのだったと思い出しながら、佐野は崖崩れの現場を仰ぎ見た。

先週の豪雨で北岳山麓《さんろく》は谷筋のあちこちで土砂崩れを起こしていたが、すでに廃道と化している電発道路からの三本の登山道も例外ではなかった。それらの廃道の一つに、野呂川発電所脇《わき》から小尾根伝いに登って池山吊尾根《つりおね》ルートの本道と合流する細い踏路があったが、その合流地点から少し発電所の方へ下った地点が今回の事案の現場だった。地理的には、池山お池小屋から樹林帯を四、五十分下った地点になる。そこからは発電所脇に至る当の登山道とは別に、電発道路へ至る廃道がほかに二本あったが、うち一本は野呂川河川敷に至る道、もう一本はかつて《口なし岩》に殺された登山者が雪のなかでビバークした後に下山を強行したと思われた道だ。そして今回県警が向かっていたのは、例の事件直後に元山岳救助隊員の若い戸部刑事が〈普通なら、登山者はこちらの道を下りていたはずだ〉としつこく主張した、発電所脇に至る廃道だった。

その日の朝、発電所のある荒川対岸の道路工事の監査に来ていた県企業局の職員が、土砂崩れの状況を双眼鏡で確認中、その廃道付近の大きく崩れた土砂の斜面に、赤や青の不自然な色が散らばっているのを発見した。職員は登山者のヤッケかテントだと判断し、警察に通報した。そして、所轄《しょかつ》の小笠原署から駆けつけた捜査員が現場の廃道で発見したのは、土砂から覗《のぞ》いたナイロン布地の赤や青と、そこから突き出した人間の白骨だったというわけだ。所轄の一報では、遺骨はきれいに白骨化しているので死後数ヵ月から数年。雪などに埋もれて未《いま》だ遺体の発見に至っていない遭難者のリストに該当者がいるはずだという長閑《のどか》なものだったが、報告を聞いた佐野は違った。そもそも十数年来通る者も少なかった登山道での単独行の遭難は、それだけで特異なケースというべきだったし、装備から推察される登山時の季節や天候によっては、さらに特異になる可能性もあったからだ。そうした直感はいわば、《口なし岩》の事件でいやというほど身に沁《し》み込ませた後悔と逡巡《しゅんじゅん》が発酵した末の、佐野なりの嗅覚《きゅうかく》だった。

もっとも、とくに当てがあったわけでなく、そのとき佐野はふいに《水筒》の話を思い出したに過ぎなかった。偶然の符合にしろ、《口なし岩》の事件の数日後に持主不明の水筒が発見された場所が、ちょうど今回遺体が出てきた廃道の辺りであるというのも何かの因縁だと、自分を納得させた。季節を問わず水筒を持たずに山に入る登山者はいない以上、まずは白骨遺体の所持品を確認することであり、もしも水筒が見つからなければ、今回の死者がかつてあの水筒を落とした何者かである可能性も、最低一パーセントくらいはあった。

発電所脇の登山口から、佐野は同行の捜査員たちとともに草藪《くさやぶ》の斜面を登り始めた。いくら地元だと言っても山登りをやめて三十三年、五十を越えた身体《からだ》にはきつい登りであり、草深い南アルプスの夏は相変わらずブヨや藪蚊がすさまじかった。強い日差しを浴びながら辿《たど》る登山道の風景はもうほとんど覚えていなかったが、記憶では、荒れた踏路はやがてあの《あるき沢橋》からの登山道と一つに合流し、池山お池小屋へ、吊尾根へと至る。登り続けると、ボーコン沢の頭と呼ばれる峰に出、そこに立つと北岳の東斜面にそそりたつ六百メートルの褐色のバットレスが目前になる。一昨年、あの《トッポ》の戸部が遂《つい》に伴侶《はんりょ》を得て、バットレス直下の八本歯の鞍部《あんぶ》で撮った新郎新婦の写真を佐野も一枚貰《もら》ったが、その戸部もいまは巡査部長に昇進して富士吉田署に移っていた。

草藪が途切れ、深いツガの樹林の中を過ぎ、いきなり視界が開けて崩落地の裾《すそ》に辿り着いたのは二時間後だった。池山吊尾根ルートとの合流地点へ続いている踏路の脇が倒木と土砂に埋まっており、斜面に散った地元署の捜査員たちが捜索用の棒で土砂をつつき、掘り返していた。崩落は幅十メートル、上下五十メートルにわたり、堆積《たいせき》した土砂の深さは二メートルはあろうかと思われたが、土砂の量が崩落の表面積に比べて多いのは、地面をかなり深く抉《えぐ》る地滑りだったということだ。

青いビニールシートの上には収集された骨の一部と遺品が集まっていたが、骨は土砂崩れでばらばらになり、一部には衣服片が付着していた。ほかに赤いナイロン製ヤッケ。青いシュラフ。ベルトの金属製バックル。崩れた現場付近はツガやシラベの樹林が深い一帯で、標高は二千メートルを切っており、冬の積雪はさほど深くはない。冬に下草が枯れると、《あるき沢橋》から池山吊尾根を目指す冬の登山者の視界に入る可能性も充分ある。吊尾根沿いには再生林があるので、営林署や治山関係の入山者の目に触れる可能性も高い。こんな場所で長期間、登山者や獣の目に触れずに真っ赤なヤッケを着た死体が横たわっていたというのは、ないとは言いきれないが、まず考えられなかった。

「前に、ここが崩れたことはあるか？」

「初めてですね」と地元の誰かが答えた。

遺体が地中にあったか地上で風雨に晒《さら》されていたかは、白骨遺体の身元と死亡時期さえ分かれば、科学鑑定による骨の風化の算定で割り出せる話だった。佐野は現時点でのそれ以上の推測を退け、捜索に集中した。しばらくして斜面の一角で「あったぞ」という声が一つ上がり、遺体の頭部が掘り出された。土砂で洗われて虫もついていない、亀裂や骨折もない、白いきれいな頭蓋骨《ずがいこつ》だったが、臼歯《きゅうし》数本を除いたほとんどの歯が欠けているのが異様といえば異様だった。「入れ歯か」という声が上がったが、残っている臼歯は治療痕《こん》もない白く固そうな若い歯であり、佐野の頭にはまた一つ注意信号が灯《とも》る結果になった。

それから間もなく、急激に積雲が湧《わ》きだしたかと思うと夏山特有の驟雨《しゅうう》が通り、一気に気温が下がって、山はしばし割れるような雨音に覆《おお》い尽くされた。全員ビニールシートを被《かぶ》っての作業中断となったが、その間も流れだす土砂に目を凝らし続け、土のなかから何かが覗くたびに雨中へ飛び出して、人骨数点、青色のザック一つを土中から回収した。ザックはナイロン製の大型のもので、蓋《ふた》は閉じられていたが、なかは隙間《すきま》から入り込んだ土で埋まっていた。土をかき出すと、出てきたのは下着らしい布の一部、プラスチック製ボールペン一本、ビニール袋二枚、スプーン二本、缶切り一個。それだけだった。

「こんなところで遭難しますかねえ」雨の廃道を仰ぎながら、捜査員の誰かが言った。

「このルートを通ったということは、初心者ではなかったでしょうに」

「急に体調が悪くなったのかも知れない。雨にでも遇《あ》ったら、夏でも凍死はある」

佐野はそう答えながら回収されたばらばらの骨を眺め、そうは言っても正確な死因の特定は不可能だろうと思わざるを得なかった。数年も人知れず眠っていた死者のために自分たちがしてやれるのは、せいぜい遺骨を出来るだけ拾ってやることだったが、それとてこの土砂の量ではどうなるか分からない。捜査員たちも同じことを思うのか、ビニールシートを被って雨に叩《たた》かれながら、所在なげにスコップで土塊をつついていた。

そうして何げなくスコップを眺めていた間、佐野の脳裏にはまたふと十三年前の《口なし岩》の顔が浮かんでおり、あらためてどうにも腑《ふ》に落ちなかった種々の疑念を呼び戻してみたのだったが、その中心にあったのもまずはスコップだった。事件の前々日に消え、その後再び現れて結果的に凶器となったスコップ一つ。当時スコップを飯場から盗み出した何者かは、いま思えば当然、それを使用する必要があって盗んだに違いなかったが、その者はスコップを盗んだ日からそれを飯場に戻すまでの最低二日間山中におり、その間スコップで何をしたか。もちろん穴を掘ったのだ。幕営に使う小型スコップでは間に合わない大きな穴を。

しかし、だから? 佐野はあまり実があるとも思えない自問を押《お》し退《の》け、通り雨が過ぎていく廃道脇の斜面を眺めた。傾斜はきついとは言えない。一時間少々下れば発電所に出られる。冬に雪崩《なだれ》が起こる場所でもない。足を滑らせても樹林にぶつかるのがせいぜいであり、頭を割るような岩もない。不慮の事故と遭難のどちらも考えるのが難しい現場ではあったが、予断を排してあと一日か二日は骨や遺留品の回収に努めるほかないと、佐野は結論を出した。

「水筒が出てきたら、知らせてくれ」

そう言って、佐野は雨上がりの斜面に真っ先に飛び出した。

探索は予定を大幅に超えて、死体発見から五日目もまだ続いていた。二日目に、回収された骨のうち腰椎《ようつい》と胸椎《きょうつい》の骨に樹木の根が入りこんでいるのが見つかったためだった。現場は過去に一度も崩れたことのない場所である以上、遺体は土中に人為的に埋められていたということになり、他殺もしくは死体遺棄である可能性が濃厚になったのだ。堆積した土砂は、連日五十人がかりの発掘作業ですでにあらかた浚《さら》われていた。遺体が埋められていた穴は、どうやら土砂と一緒に抉られてしまったらしく、未だ痕跡も見つかっていなかった。

五日目までに拾い集められた骨は頭蓋骨一つ。頸椎《けいつい》・胸椎・腰椎などの椎骨が二十。鎖骨二。胸骨一。一対の肋骨《ろっこつ》は一部欠けていた。その他、肩甲骨《けんこうこつ》一。骨盤一。上肢・下肢の細かい指骨を除くほとんどの部分。組み立ててみると、ほぼ完全な成人男子一人分の姿になった。

回収された遺留品は、六十リットル容量の大型ザック一つとその中身。ベルトのバックル。金縁眼鏡の枠。四本爪《づめ》のアイゼン一組。ナイロン製ヤッケ一枚。同じくナイロン製のシュラフ一組。携帯コンロ用の金属製の五徳。金属製のコップ一つ。缶切り一つ。スプーン二本。折り畳み式ナイフ一本。化学繊維や金属といった風化しないものばかりだった。水筒はまだ見つからなかった。なぜか登山靴も出てきていなかった。

一方、櫛形町の小笠原署に置かれた捜査本部は県警本部に保存されている十年分の家出人原票を調べていたが、特異家出人の届けにも、当てはまるような行方不明者はなかった。遭難届けの出ている者のリストにも、各山小屋に残っている宿泊者名簿にも該当者はなし。結局、照会作業は警察庁へ回され、全国の山岳会と歯科医師会へも照会が続けられる一方、地元紙にも記事を書かせてかなり大きな扱いにしてもらったのだが、情報提供も問い合わせも、未だ一件も来ていなかった。

骨はほぼ完全な形で回収されたが、鑑定の結果判明したことは多くはなかった。性別は男性。身長約百七十三センチ。椎骨上下面の放射状溝、及び残っている歯の磨耗度から推定される年齢は三十歳以下。歯は歯石の付着もなくよく磨かれており、失われた歯は自然の風化によるものとは認められない。上下及び左右の中切歯《せっし》・側《そく》切歯・犬歯・第一小臼歯《きゅうし》に残った象牙質《ぞうげしつ》の状態から、外的な要因で折られた痕跡がある。骨は全く損傷がなく、死因の特定は不可能。死後経過時間は、骨髄が消失しかけていることなどから、約十年から十五年。

そうして探索が続いていた五日間、不明のままの身元とともに、死体の異常さはより克明になっていった。

第一に、この死者が残した荷物が少な過ぎる。佐野は初めからそれが気になっていた。薄蓋のしまっていたザックから出てきた道具は、ザックの容量から見ても少な過ぎた。薄いヤッケから見て、これは冬の登山者ではなかった。軽アイゼンを持っていることから雪の降り始める晩秋か、雪渓が多く残る初夏の登山者だと思われるが、夏山の登山者でも持っていそうなものがいくつも足りなかった。たとえば雨具。テント。テント用の金属のペグ。シュラフを持っているのに、テントが出てこないのはどうしたわけか。テントを持たない小屋泊まりの登山者であったのなら、六十リットルのザックは大き過ぎる。

ザックに詰まっていた土砂は新しかったから、土砂崩れで流される前には、ザックのなかは無事であった可能性が高い。そうであれば、そこに詰まっていたものは土中にさらされていた着衣などよりは保存状態がよかったはずだ。アイゼンまで持っていた登山者だから、着替えのシャツや下着を持っていなかったはずはないが、実際に残っていた布片はわずかしかない。ライター、磁石、シェーバー、カメラ、フィルム、懐中電灯、ヘッドランプ、鍵《かぎ》類、地図、ノート、免許証や財布、時計、何も出てこない。

五日間、捜索隊が毎日少しずつ拾い集めてくる遺留品を前に、佐野も捜査本部の刑事たちも次第に顔をこわばらせ、口数も少なくなっていった。回収した遺留品は、ザックやヤッケを除けば、販売店や製造元を特定することが難しい小物ばかりであり、逆に現場から出てこないものは、人物の特定につながる可能性のあるものばかりだったからだ。財布や免許証やカメラなどは言うに及ばず、持主の足に合わせた誂《あつら》え品が多い登山靴が出てこないのも然《しか》り。あるいはまた、もし残っていたら真っ先に身元確認の決め手になる歯がほとんど失われた頭蓋骨も然り。被害者を土中に埋めた何者かは、身元が割れるようなものをあらかじめ周到に消し去ったのだと言わざるを得ない、異様な事態だった。

また何よりも、山中で遺体の持物を細かく調べてえり分け、歯まで叩き折るような行為は、事が偶発的に起こった際の動揺とは無縁の冷静さを窺《うかが》わせていたが、加えて、人けのない山中に死体を放置することをせず、わざわざ時間と体力を費やして穴まで掘ったとすれば複数犯の犯行も考えられるのだった。その場合、行きずりの登山者同士が殺人を犯すほどのトラブルに至ったとは現実に考えにくいため、被害者と犯人は同行のパーティだったと見るのが自然だったが、テントの有無からもそれはあり得ない話ではなかった。なぜなら被害者の六十リットルのザックには、標準的な夏装備の容量から逆算して、おそらくテントが入っていたはずであり、それが見つからないということは、元々テントの担《かつ》ぎ役でなかった同行の他者が持ち去ったと考えるほかなかったからだ。

遺体発見から五日目の時点で、事件についての佐野たちの心証は最悪だったが、もっともそれで殺気だったというのでもなかった。いろいろ推測は出来るが何しろ古い話であったし、ただでさえ日々忙しいところへもってきて、ひょっとしたら時効を過ぎている可能性もある事件のために費やすことの出来る現実の熱量は限られていた。もしも警察庁の身元照会が不発に終わり、記録による身元確認の道が絶たれたら、あとはわずかな遺留品のヤッケやザックなどの販売先を辿る常套《じょうとう》手段しかないが、全国に数ある山岳用品専門店からスポーツ用品店まで逐一、販売先を訪ねて回るような捜査態勢を取る必要があるのか否《いな》か、それも大いに疑問だった。佐野自身、十三年前の《ロなし岩》の事件で残されたスコップや水筒への未練はないわけではなかったが、今回の事案との関連を裏付けるようなものは初めから何もなく、個人的ないっときの興奮もやがて立ち消えになっていった。

そうして五日目の午後、とりあえず捜索作業の打切りが決まり、捜査は警察庁や各山岳会などの回答待ちとなった、その日の夕刻のことだった。最後の捜索を終えた一行が小笠原署の捜査本部に戻ってきたとき、思いがけない形で事態は一変した。捜索隊が最後に持ち帰ってきたのは指骨二個、欠けていた肋骨一本、空き缶二個、セブンスターの空き箱一個、そして腕時計の七点。そのうち、空き缶とタバコの箱はまだ新しく、最近の入山者が捨てたものだとして除外された。骨も、すでに見つかっている部分と重複してはいなかったため、とりあえず被害者のものと考えられた。

問題は腕時計で、いまはもうほとんど見られなくなったネジ巻き式のそれは、錆《さ》びて褐色に変色し、ガラスも針も失われている代物《しろもの》だった。現場から浚《さら》えた大量の土砂のうち、最後まで手つかずだった粘土質の土塊を潰《つぶ》したところ出てきたというその時計が佐野を驚かせたのは、裏蓋の刻印だ。《勤続十周年記念　木村建設株式会社　昭和五十年》。そう刻まれた会社の名称は、記憶違いでなければ、あの《口なし岩》岩田幸平が十三年前に勤めていた土木建設会社のものだったからだ。事件現場となった飯場の看板にあったその名前を突然ありありと脳裏に蘇《よみがえ》らせながら、佐野は冷や汗が噴き出すのを止められなかった。

十三年前の事件のどこに、腕時計はあったか。どこかで聞いた。岩田幸平の周辺のどこかにたしかに腕時計はあり、だからこうして記憶に残っているのだったが、それがどこだったのか、腕時計の何がどうだったというのか、とっさには思い出せなかった。

「《口なし岩》の事件のときの──?」すでにおおかたは世代交代している若い捜査員たちは、これで被害者の身元が割れるという期待も一気に萎《しぼ》んだ落胆の表情を見せたが、佐野はそれには構っているひまもなかった。すでに午後五時前という時刻だったため、一般事業所が開いている間にと大急ぎで木村建設の電話番号を捜査員に探させた結果、かつて身延町にあった会社は甲府の別の会社に合併されていることが分かり、とりあえず合併先の新しい会社へ電話を入れたのが午後五時ちょうどだった。

電話に出た総務担当者は、旧木村建設のことは分からないと素っ気なく、旧木村建設から移った社員は全員すでに退職しているとのことだった。そこで今度は退職者名簿を繰ってもらい、何とか判明した元社員数名の連絡先に電話を入れたところ、各々《おのおの》、合併前の木村建設が勤続十周年と二十周年の記念品を社員に渡していたこと、及び十周年記念は腕時計だったことを証言した。しかし、元社員はいずれも岩田幸平の事件が起こった当時はまだ入社しておらず、また、記念品を授与された社員の資料などはすべて会社合併の際に処分されたため、いまとなっては詳細は分からない、という。しかし、それでも当時の木村建設の社長や総務課長ならば、何か記憶しているのではないか。

佐野は捜査員たちに直ちに元社長らの現住所を調べて問い合わせをするよう命じ、自分は県警本部に電話を入れて、十三年前の捜査書類を至急ファックスで送ってくれるよう頼んだ。年次毎《ごと》に保管庫に収められている捜査書類一式はなかなか届かず、一時間も待たされてやっと手にしたそれは、十三年ぶりに眺めてみると、記憶とは裏腹にひどく薄っぺらかった。いかにもやる気のない捜査担当者が、ひたすら字数を減らすことだけに腐心していたのは明らかなそれらを前に、あらためて冷や汗を噴き出させながら、佐野はそのなかに《腕時計》の一語を探した。

腕時計。どこで聞いた言葉だったか。

現場に最初に踏み込んだときか？　いや、違う。実況見分調書にも領置調書にも、腕時計は出てこなかった。捜索差押え——も違う。あのときは後日の捜索はしなかった。では、捜査報告書は——？　十項目に分けて捜査の端緒と経過を詳細に書いているが、腕時計には触れていない。

被疑者から録取した供述調書。これは十ページに亘《わた》っており、目を走らせるうちに、括弧《かっこ》でくくった岩田幸平の言葉が一行ポロリと現われた。

『腕時計をなくしたので、時間は確かめられなかったのです』

前後のページをさらに調べたが、腕時計について自分が書いているのはそこしかなかった。念のために、参考人であった同僚の作業員松村某の供述調書も確認したが、松村が述べているのはスコップのことだけで、腕時計は出てこなかった。

『腕時計をなくしたので、時間は確かめられなかったのです』

こうして出てくると、佐野はあらためて、この言葉は何を意味していたのだろうと当惑した。岩田は夜中に目覚めたとき、腕時計がなかったので時間を確かめることが出来なかった。いま残っているのは、それだけの事実だった。時計について、自分はそれ以上何か聞いたのか、何も聞かなかったのか。全く思い出せなかった。時計をなくしたということについて、岩田がどういう反応をしたのかも思い出せなかった。

『腕時計をなくしたので――』と自分が書いている限り、岩田はたしかにそう言ったのだろう。しかし、なくしたのはいつだったのか。なくしたというのは本当か。なくしたと岩田が思っていただけで、実はあの飯場のどこかに転がっていたのではないか。あるいは、例のスコップのように誰かが盗んだのか。

午後八時過ぎ、旧木村建設関係者の聞き込み捜査の結果はすでに出ていた。佐野の机には、二通の捜査復命書が載っていた。

《木村建設元社長木村勇夫は昭和五十六年死亡。長男健一と面会したところ、『父から聞いたことがある。あんな男に記念品をやるんじゃなかった、という言い方だったと記憶している』とのことでした。『あんな男』とは、岩田幸平のことであります。以上》

《木村建設元総務課長野崎達夫に、証拠品である時計を見せたところ、『記念品の時計は年ごとに異なっていたので、いつどんな時計が渡されたのかは覚えていないが、裏蓋《うらぶた》の刻印はたしかにうちの会社のものだ』との回答を得ましたので、報告します。以上》

当該の時計はすでに鑑識へ回され、錆や付着物の詳しい検査が始まっていた。佐野は意を決して警電の受話器を取り上げ、県警本部の捜査一課長に事態のあらましを報告した。一課長は開口一番《分かっているだろうな。これはとんでもない話だぞ》と言った。顔は見えずとも、受話器を通した声だけでその憤激や焦燥感は佐野の耳に突き刺さった。

《要するに、岩田は二人殺していた可能性があるということじゃないか。刑事部長と本部長は、この期《ご》に及んで、今回の被害者が十三年前に岩田の時計を盗んだ可能性もある、といった寝言は聞きたくないという意向だ。警察の信用にかかわる大問題になるのは避けられんが、ともかく明日、即刻岩田の身柄を取れ。岩田の現住所の確認、管轄《かんかつ》管区との連絡はこちらでやる。以上》

取りつく島もない一課長の最後通告を聞くまでもなく、十三年前岩田幸平がくわえていたもう一つの獲物を結果的に見落としていたとなれば即、佐野の刑事生命は終わりだった。一課長たち幹部も訓戒くらいは食らうだろうが、一刑事の自分はどこかの閑職に飛ばされてアウト。これまで大した失点もなく無事に勤め上げてきて定年まであと四年、警官の父親がいやだいやだと言い続けてきた子ども二人もやっと成人して独立し、そろそろ定年後の再就職先を考えるかたわら、退職金や年金の皮算用などをしていた矢先に降ってわいた事態には、佐野自身ほとんど実感がわかず、なおも夢ではないかという気がし続けた。

その一方で、佐野は年々おぼろになっていた《口なし岩》の顔を何度もぼんやり呼び戻し続けたのだったが、浮かんでくるのは不精髭《ぶしょうひげ》で覆《おお》われたおとなしい狸《たぬき》のような顔ばかりで、そこにはどんな残虐《ざんぎゃく》な表情も重ならないのだった。どんなに想像しようとしても、人を二人も殺し、身元判明を防ぐために死者の歯を叩き落とし、遺留品を周到に選り分け、大きな穴を掘って死体を埋めるような男の顔にはならなかった。

岩田が殺した——。理屈の上では可能だ。人っ子ひとりいない山中の飯場での長い夜、岩田が何をしようと見ていた者は誰もいない。また、山で穴を掘っているときに腕時計を外したまま持ち帰るのを忘れたのだとしても、一応『腕時計をなくした』ことにはなる。加えて長年山にいた男だから、あの廃道の様子を知っていたとしても不思議はない。わざわざ穴を掘ったという異様な周到さも、精神鑑定で種々の精神障害を認められた男には、似合う話だと言えないことはない。

しかし一方で、身元判明を防ぐために遺留品を細かく選り分けることまでした犯人が、腕時計をうっかり現場に置いていくというのもまた考えにくい話だった。飯場で登山者を殺したときに、犯行を隠すような細工を何ひとつしなかった岩田と、その山中の犯人は、佐野の頭のなかではどうしても結びつかなかった。だいいち、岩田には動機がない。

そうして、佐野は個人的には、十三年前の岩田の供述に嘘《うそ》はなかったという振り出しに戻るほかなかったが、問題の腕時計が岩田にとって確かに『なくした』ものだったとしたら、事件の展開はさらに不透明にもなるわけで、一課長に言われるまでもなく、佐野としては至急に岩田本人に会わねばという思いを強くする結果になった。今回の腕時計の出現が岩田への嫌疑につながるのは事実だとしても、刑事捜査の手続きの面から眺めれば、決定的な証拠というには遠く、《身柄を取る》どころか実際には任意で事情を聞くのがせいぜいだというのがせめてもの救いだった。

その後、県警本部から岩田幸平の東京の現住所と勤め先などを記したファックスが届き、明朝一番に自分と同行させる刑事一人を指名して、佐野は長い一日を終えた。午前零時前に帰宅したとき、珍しく《トッポ》の戸部から電話があったと家人に知らされ、遅い時刻を気にしながら佐野のほうから富士吉田署へ電話をかけ直すと、今夜は当直ですから退屈で、と戸部は相変わらず長閑《のどか》な声だった。

《腕時計の話、小耳にはさみましたんで気になりましてね。あの岩田が二人殺していたとかいうことですが、私は十三年前の捜査に関わった一人として、あり得ない話だと確信しています》そう電話口で話す戸部は、昔と同じ、少々危うい思い込みたっぷりの口調だった。

《岩田は、たとえ熊《くま》に追われても自分の足で登山道を登ったりしない。あの男、あれほど草藪《くさやぶ》や樹林の音が嫌いだと言ってたでしょう。どんな事情があっても、自分から山に入ることなど考えられません。間違って山に迷い込んだとしても、あの病的な神経では半時間も持たないだろうし、とてもじゃないが冷静な犯行など考えられません。あの樹林帯で人を殺して、時間をかけて周到に身元を隠す工作をして、穴を掘って埋めたのは、岩田ではない。少なくとも山に慣れている人間、始終山に登っている人間です》

「しかしまあ、山の音が嫌いだと言いながら、実際にはあの飯場に住んでいた男だからな」

佐野は適当に言葉を濁したが、頭のどこかでは戸部の言う通りだとも考えていた。風や樹林の音に怯《おび》えながら、酒の勢いでそれを紛らしていた岩田幸平に、山中での長時間の冷静な犯行などたしかに不可能だ、と。被害者が登山者であったように、犯人もまた登山に慣れた者だったと考えるのがやはり一番自然なのだ、と。

戸部はもう一つ、以前甲府刑務所の知り合いの刑務官から聞いた話として、収監中に岩田が洗礼を受けてカソリック信者になったらしいという話をした。戸部は戸部なりの思い込みで、右の頬を打たれたら左の頬も差し出すのがイエス・キリストの教えだというから、岩田がおかしな自供をしなければよいがと真面目《まじめ》に案じているふうだった。

《私らの名誉がかかってますんで、どうか捜査のほう、よろしくお願いします》

戸部は言い、佐野はいろいろ言いたいことがあったのも呑《の》み込んで「そのつもりだ」と応じ、短い電話を終えた。

東京は暑かった。京成本線町屋駅から隅田川方向へ歩く間、似たような錆色の家屋とビルと工場の凹凸が地上に見えるものの全部で、焼けたアスファルトの熱がそれらをすっぽり押し包み、ゆらめかせている感じがした。日差しは薄ぼんやりした埃《ほこり》の皮膜がかかって空も街もひどく白っぽく、同行の若い刑事が汗を拭《ふ》き拭き「これが光化学スモッグですか」と感心したように言った。

岩田幸平の勤め先があるという足立区小台《おだい》は、地図によれば蛇行する隅田川と荒川にはさまれた中洲《なかす》のようなところだった。真っ昼間に歩いている者などいない隅田川の橋を渡ると、対岸の中洲には油槽所のタンクと工場の群れがあり、河川敷に沿ってしばらく行くと、今度は町工場と町家と小さな事業所の密集地区が行く手に現れた。岩田の現住所は荒川区町屋だが、甲府から一番列車で上京しても岩田が出勤する前に自宅でつかまえるのは時間的に無理だったため、佐野たちは小台の勤め先までやって来たのだ。

同行の刑事が地図を確かめ、「あれですかね」と指さした先に廃品解体工場のトタン塀と看板があった。プレス機のガシャンガシャンという騒音が路地いっぱいに響き、トタン塀越しの空は二階屋より高く積み上げられた冷蔵庫や洗濯機の山だった。佐野たちが着いたとき、工場の正門前にパトカーが一台止まっており、若い男が一人、ボンネットに尻《しり》をひっかけてタバコを吸っていた。男は白い半袖《はんそで》の開襟シャツに白いスニーカーという涼しげな軽装で、よもや同業者ではないだろうと思ったそのとき、男は白熱の空を仰ぎ、指先でタバコの灰を軽くはじき飛ばすやいなや、「おい」と佐野たちのほうへ顔を振り向けた。

「ここは立入禁止や」

男は突然機械が喋《しゃべ》ったかと思う、鋭い一声を発した。関西言葉か。佐野は耳に届いたそのほの暗い響きに一瞬神経を逆なでされながら、開襟シャツの声の主へあらためて目を据えた。

歳《とし》のころは三十前後だろう。未《いま》だ青年の匂《にお》いの残る清涼な面差しに比して、無機質な石を思わせる眼光もその声も市井《しせい》の同年代のものではなかった。佐野は三十年以上も昔、警察大学校で身体に沁《し》み込ませたある臭気、ある硬さ、ある高揚をとっさに呼び戻しながら、やはり同業者かと思いなおしたが、すでに自分自身からは抜け落ちてしまって久しいなにがしかの気迫に少し圧倒され、同時に違和感も覚えた。男はけだるそうに片足をぶらぶらさせたまま、なおも悠然とタバコを吸い、自分のほうから先に声をかけておきながら、まるでお前たちに用はないというふうな不遜な風情《ふぜい》だった。

「この工場に用があるなら、あとにして下さい」男はもう一言無表情に言ったが、今度はなぜか訛《なま》りのない標準語に戻っていた。

「私たちはこういう者です。急いでいるので入らせてもらいます」

佐野は警察手帳を掲げてみせた。すると男は、するりとパトカーのボンネットから腰を外して立ち上がり、軽い会釈《えしゃく》をよこした。しかし、なおも表情一つ変えるわけでない。すっきりと伸びた背筋がなかなか凛々《りり》しい一方、その石の眼差しや口許《くちもと》は意外にもひんやりと暗い岩稜《がんりょう》の静けさを感じさせ、佐野のほうが不本意にも再び気圧《けお》される結果になった。

「そちらの事案は存じませんが、うちが先です。すぐ済みますんで、お待ち下さい」男は言った。ぞんざいというより、これ以上はない事務的な口調だったが、佐野も急いでいたし、そうですかと警視庁を前に引き下がるわけにはいかなかった。

「うちは死体遺棄事件の参考人に話を聞きに来たんですが、そちらの事案は？」

「強盗傷害です。押し入った先で、手伝いの女性が階段で転んで足を骨折して、まあそんなところです」

若い同業者は事も無げに言い、ちらりと手首のスナップをきかせたかと思うと、その指先からタバコの吸殻がひゅうと十メートル飛んで、廃品の山へ消えた。

手伝いの女性が階段で転んだ？　佐野は一瞬、ここ数日南アルプスで白骨遺体を掘り返してきたのは夢かと思い、あらためて眼前の男の鋭く清々《せいせい》と澄んだ無表情を眺めた。自分が連れてきた巨漢の刑事がひたすらゆったり構えた仙丈ヶ岳の山塊なら、こちらは奥穂・槍《やり》ヶ岳《たけ》間の大キレット、あるいは北鎌尾根の垂壁だ。とっさにそんな比喩《ひゆ》を思い浮かべながら、それにしても山梨県警はからかわれたのかと考えたりした。

「それで、被疑者がここに？」

「参考人です」男は即座に訂正した。

「うちのほうの参考人は岩田という男なのですが」佐野は相手の反応を探るつもりでその名を口にしてみた。相手は話に乗ってくる様子もなく、やはり無表情に「そうですか」と言ったきり、その口は開かなかった。

「死体遺棄現場で、当人に関係があると思われる遺留品がでてきたので、こちらは重要参考人です。急いでいるので、入らせてもらいます」

階段で手伝いの女性が転んだくらい何だというつもりで、佐野がそう繰り返すと、警視庁の男は初めてかすかに困ったという顔をし、涼しく刈った短髪の頭を軽くひと撫《な》でした。

「どういう偶然か知りませんが、うちも岩田幸平です。しかしこちらは被害者宅へ侵入するのに使ったスパナから指紋がでただけですから、長くはかかりません。そちらも任意ということであれば、うちが事情を聞く間、少しお待ちいただけますか」

「岩田が強盗ですか――」とっさには信じがたい気持ちで、佐野は聞き返していた。しかし相手は「指紋が出た以上、話を聞かないわけにはゆきません」と素っ気なかった。

そのとき、敷地にあるプレハブの社屋のほうで足音が立った。佐野が首を伸ばすと、私服の刑事二人に付き添われて強い日差しのなかに姿を現したのは、皺《しわ》くちゃの黒い狸だった。昔より数センチ小さくなって、腰が曲がり、五分刈りの頭がすっかり白くなっているのを眺めて、佐野は歳を取ったなと奇妙な感慨すら覚えた。あの《口なし岩》岩田幸平も、もう六十を越えたのだ。

「主任! どうにもこうにも話が――」付添いの刑事の一人が声を上げ、《ここが》というふうに自分のこめかみを人指し指でつついてみせた。いままで佐野と相対していた男は、主任と呼ばれて速やかな足取りで岩田のほうへ歩み寄っていき、長身を屈《かが》めてその顔を覗《のぞ》き込んだ。

「いいか、岩田さん。あんたのスパナが、この作業場から確かになくなったということが分かったらええんや。最後に使ったのはいつか、最後に見たのはいつか。せめてそれぐらい思い出せ」

再び男の口から関西言葉が聞こえた。それは何かの拍子に無意識に飛び出してくるようだったが、テレビなどで佐野が耳にする関西弁とは違う、硬質で、物静かで、くぐもった響きだった。しかしそれにしても、男が岩田に言った短い文言から察するに、住居侵入に使われたというスパナの経緯は、十三年前の事件のときのスコップとまるで一緒ではないか。事件の重要な証拠品が、あるとき当人の知らない間に消え、犯行現場に再び現れたというのは。

しかし、老いた岩田幸平の反応は十三年前よりさらに鈍かった。「覚えてません」と消え入りそうな声で呟《つぶや》いた後は、首を縦でも横でもなくあいまいに動かし、下を向いた。その背をドンと一つ叩《たた》いて、若い主任は「口、ないんか！」と怒鳴った、そのときだった。ふいに廃品の山の上から「おーい！」という鋭く明るい声が降ってきたかと思うと、何者かが社屋のそばの廃品の山の上に立っていたのだった。光を背にしたそれは、佐野たちの目に一瞬ほとんど真っ黒に映った、若い男の肢体だった。

「その爺《じい》さんをどうする気だ！」

廃品の山のてっぺんからその男は大声で怒鳴り、振り上げた真っ白な片腕が炎天の日差しのなかで弧を描いた。ぐるぐる回した腕と一緒に身体が躍り上がり、一瞬太陽を受けた額もまた、雪渓のなかから現れたのかと思う白さだった。

「爺さんは何もしてないぞ。代官山の泥棒は俺だ。俺が爺さんのスパナを借りたんだ。分かったか！」

炎天を突き抜けるように笑うその口が左右に裂け、白い歯が光った。その高笑いの、一点の曇りもない人工的な響きはちょっと聞いたことのない明るさで、佐野が思わず立ち尽す間に、男の肢体は跳ぶように翻《ひるがえ》り、しなやかに廃品の山を駆け降りて逃げ出していた。そして間髪を容《い》れず岩田に付き添っていた刑事二人が飛び出してゆき、鉄くずを蹴《け》る軽やかな足音が遠ざかり、何か叫ぶ刑事の声だけが遅れて聞こえてきた。

「いまの奴《やつ》、誰だ！　知っている人はいますか！」

若い主任は、社屋から顔を覗かせていた従業員たちに怒鳴ったが、返事はなかった。入れ替わりに「私の近所の子です」と、ぼそりと口を開いたのは岩田幸平だった。「名前は知りませんが、私のアパートの近所の豆腐屋で働いている子です。私がよくそこで豆腐を買うんで——」

「豆腐屋の屋号は？」

「山商《やましょう》です」

「名前を知らないと言ったが、男との関係は」

「ときどき豆腐をただで分けてくれる店員です。それだけです——」

「どうしてただで分けてくれるんだ」

「さあ——」

「いま、すぐに当人だと分かったのか」

「はい」

「この工場へはよく来るのか」

「前に二、三回来ました。小型テレビと、トースターか何か拾っていきました」

若い主任は矢継ぎ早に質問をし、手帳にメモを取りながら「あの男、変わった感じだったが」と言った。すると岩田は、ちょっと目が覚めたような鈍い表情をかすかに歪《ゆが》ませてそれには応《こた》えず、「そうは言っても、こっちも前科がありますし」と呟き、出所後の平穏なシャバの生活でも、種々の心の病が依然完治していないことを覗かせるように、へへと嗤《わら》ったのだった。

そこへ「確保、確保！」という声が廃品の山の向こうから聞こえ、刑事二人に腕を抑えられた当の若者の姿が現れた。これから連行されるというのに、若者は手錠をかけられた両腕を振り上げて「おーい！」と明るい声を張り上げてはひょいと軽やかなジャンプを佐野たちに披露し、表のパトカーのほうへ連れ去られていった。佐野は、同行の刑事と何度目かの顔を見合わせるほかなかった。一方、警視庁の若い主任は、寸暇を惜しむように岩田を促して歩きだしながら、「署のほうでお待ちになるなら、どうぞ」と佐野たちへ短く声をかけるのも忘れなかった。いったい神経が行き届いているというべきか、その逆の事務機械というべきか、相変わらず不明だった。

佐野と同行の刑事は、岩田幸平の強盗傷害事件という予想外の展開のおかげで、捜査本部が立っているという渋谷署に足を運び、そこでさらに二時間を潰《つぶ》す結果になった。運転免許の更新に来た一般市民の体《てい》で一階のベンチで待たされる間、佐野はあらためて自分の不運を思い返してみたが、その忍耐さえも、昼食を取り損ねた空腹に負けて続かなかった。初めはもの珍しげにきょろきょろしていた同僚は、気がつくとチェーンスモーカーと化しており、そのうち「結局、東京もヒマなんですかね」と吐き出して、ふふんと鼻を鳴らしたりした。「代官山とか言いましたっけ。どんなご大層なところか知りませんが、手伝いの女性が階段で転んで足を骨折したら、捜査本部が立つんですか、東京は。それとも、盗られたのが三億円入りの金庫だったとか、被害者宅がお偉方だったとか」

こいつもなかなか鋭いなと苦笑しながら、佐野は「さあな」とだけ応えておいた。県警でも不透明な情実がらみの話は山ほどあったが、そんなことにいちいち構っていたら身が持たないというより、長年いつも事件そのものに割く能力だけで手一杯だった自分の不器用、そしてその肝心の事件さえ所々で取りこぼしてきた自分の無能に、そのときは殊勝に思い至らざるを得ない気分だった。一方、同僚はひまに任せて隣で地図を広げ「ほら見て下さい」と続けた。「町屋とか小台から代官山はこんなに離れてますよ。スパナ一つ持って侵入するなら、もっと近くの金持ちを狙《ねら》うのがふつうでしょう。東京はこんなに広いってのに」

「いまどきの若僧に常識は通用せんよ」

「そういえばあの若僧、何でしょうね。気味が悪いというか――」

同僚はおおかた「病気だ」と言いたかったのだろうが、かろうじてそれを呑《の》み込み、黙り込んだ。

午後一時を過ぎて、やっと捜査本部の人間が姿を現し、佐野たちは聴取の終わった岩田幸平と取調べ室の一室で対面することになった。岩田は日差しのなかで見たときと同じ、ひどく老いた印象だった。八年の刑期を終えて出所してから五年、東京の下町でどんなふうに暮らしてきたのか、ちょっと想像がつかなかったのは、目の前の一人の老人が、日々の健康や楽しみや世間とのつながりなどには無縁だったに違いない、冬眠から無理に覚まされた熊《くま》のような鈍さだったからだ。

ある種の硬直が見えるその顔面にはたえまなく汗が噴き出し、「暑いのか」と尋ねると、首を縦でも横でもなく動かすが、それも硬直した筋肉の動きだった。見ていると、膝《ひざ》の上に置いた手指は始終何かを丸めるような仕種《しぐさ》をしているし、濁った眼球は間近の物体には焦点の合わない犬のそれのように動き続け、かたときも止まることがない。何を射ているのか分からない、奇妙な光がちらりちらりと翻る。軽度の眼球振盪《しんとう》だろうが、昔より病気は進んでいるのかも知れず、頑迷な静けさは病気による自律神経症状の一つなのだろうと確信するにつれて、佐野たちの当惑と落胆は次第に深まった。

佐野たちが持参してきた古い腕時計を、岩田は表情一つ変えるでなく、ただじっと眺めていた。あんたのものか、という問いには答えず、ただ「忘れました。覚えていません」と岩田はくり返した。裏蓋にある十周年記念の刻印も同じだった。木村建設にいたことは認めたが、十周年記念に何かを貰《もら》ったということは覚えていないという。

十三年前の事件当日の『腕時計をなくした』という話にいたっては、岩田は心外だという表情さえ見せた。その当時、腕時計などというものを自分が持っていたということ自体、ピンと来ないようだった。そういえば、岩田の腕にはいまも時計はなく、普段時計をはめているような日焼けの跡もなかった。逮捕後、八年刑務所にいた間はもちろん腕時計など無縁だったし、出所後もそんなものは買っていないという岩田の言葉は、真実だったろう。

「しかし、あんたは昭和五十年にたしかに会社から腕時計を貰った。これはあんたに時計を渡した会社の人間がそう言っているんだ。そして、その時計が山のなかで死体と一緒に掘り出された。普通に考えて、この事態が意味する可能性は三つしかない。一つ、あんたが被害者を殺した。一つ、被害者が生前にあんたの腕時計を盗んだ。一つ、どこかの殺人者があんたの腕時計を盗んで、殺害現場で落とした。この三つのどれかだ。分かるだろう?」

「分かります」

「警察は、三つの中から正解を一つ見つけなければならないのだ」

「はあ」

「十三年前、あんたは警察にこう言った。『腕時計をなくしたので、時間は確かめられなかったのです』とな。あんたがそう言ったんだ。腕時計をなくした、と。あんたはそのとき、ほんとうに腕時計をなくしたからそう言ったのだと思う。どこで、いつ、なくしたのか。私たちが聞きたいのはそれだけなんだ。思い出してくれ」

岩田は神妙にうなずき、しばらくうつむき、やがてまた何度目かの首を横に振る。

「思い出せません」

「思い出してくれなかったら、甲府へ来てもらわなきゃならなくなる」

「はあ」

「あんたが思い出せない限り、警察は出てきた事実と前後の状況で、判断することになる。死体と一緒に出てきた時計の持主は、もっとも有力な容疑者になる。あんた、また取調べ室に坐《すわ》ることになるぞ」

「山から出てきた死体の話を聞かせて下さい。若い人ですか――？」

「そうだ。若い登山者だ。あんたが昔、飯場で殴り殺したのと同じぐらいの歳《とし》だ。季節は分からないが、同じ山、同じ登山道だった。覚えているだろう？　あの野呂川発電所の脇《わき》から入る細い道で、草藪《くさやぶ》で覆《おお》われていて――」

岩田の頭はあっちへ揺れこっちへ揺れ、しばらくまるで草藪のようにふらふらと動き続けた。その目のなかで、光を増した眼球が高速で走る車体のようにびりびり振動していた。

「草藪は嫌いでした——」と突然岩田は言い出した。「あれはいつも足音に聞こえました。あいつが逃げていきやがる足音です。あのアマがガサガサ、ザワザワ逃げていく音です」

「あいつ、とは奥さんだったな？」

「いろいろな足音が混じっていました。ともかく草藪は嫌いでした。頭がざわざわし始めたのは、あの飯場に来てからでした。飯場の後ろの斜面が、草藪で覆われていたのです。それを毎晩聞いているうちに、いろいろなことを考えるようになって——」

「何を考えるようになったんだ？」佐野は努めて静かに尋ねた。

「あのアマが密通してた若い男のことです。大晦日《おおみそか》の夜、家内はその男のところへ走りました」

佐野は、心臓に悪い話を聞いたと思った。十三年前には、影もかたちもなかった《若い男》の出現だった。裏付け捜査で事情聴取した親類一同の口からも、そんな男の話は語られなかった。ともかく、あのころ漠然とした被害妄想《もうそう》のイメージの域を出なかった《大晦日の家出》の実態がより具体的になったいま、これは当時の岩田がたんに思い出せなかったということなのか、それとも自分が尋ねなかったから語られなかったのかと佐野は自問せざるを得ず、いまごろになってと思う端から、冷や汗が玉になった。

「それで、その若い男と草藪はどういう関係なのだ」

「そいつが、ときどき現れました。いや、ほんとうに現れたのではありません。夜中に草や木の音を聞いたりすると、そいつが来たのかと思ったり、女房がそいつと笑っている声が聞こえたり――。あのころは、あの男のことは無意識に考えないようにして、そういうときはいつも女房のことだけ思い浮かべるようにしていました。いま思うと、あのころ私が聞いたり見たりしていたものは、《あのアマ》というより、ほんとうは、あの男のほうだったのかもしれません」

その種の抑圧によるすり替えや作話がときどき人の心に起こるのは、犯罪者との長い付き合いのなかで珍しい事例ではなかった。だが、それに続いて岩田が語り出したことは、もはやそんな範疇《はんちゅう》の話ではすまなかった。

岩田は続けた。「あのころ、働いているときによく若い登山者に会いました。夏でした――。登山者の笑い声が聞こえると、頭が爆発しそうになりました。夜寝られないのは奴らのせいです。みんな殺してやりたかった。女は見逃してやってもいいが、男は許せなかった。私の女房を連れ出すような奴は、みな殺してやると思いました」

「頼むから、あんたの奥さんを連れ出した男と、山で見かけた一般登山者は別にして話してくれ」

「同じです」と岩田は語気を強めた。「私には同じでした。最近、頭がもやもやして、昔のことはほとんど思い出せないですが、あのころ、私は多分、何人か殺したと思います。よく思い出せませんが、殺しました。二人か、三人——」

「二人か、三人というのはどういうことだ。いつ、どこで、誰を殺した。どうやって殺した。遺体はどうした——」

「スコップで殴り殺したと思います——。遺体をどうしたかは思い出せません」

「いつ殺したんだ。殺したのは登山者か」

「夏か秋でした。登山者を二人か、三人殺したと思います——」

「思います、とはどういうことだ！」

佐野は反射的に声を荒らげながら、その実激しく狼狽《ろうばい》し、絶望に駆られていた。岩田は、かつて飯場で誤ってスコップで登山者を殴り殺した現実と、繰り返し繰り返し見た幻想をとりまぜ、混同し、錯乱に陥っているのだろう。佐野にはそうとしか思えなかったが、警察としては本人が『殺した』と言う限り、供述に沿って捜査を進めるほかない。何年のことかも定かでない或《あ》る夏か秋に、或る登山者を二、三人殺したという話に、付き合わなければならないのだった。

「岩田さん。しっかり思い出してくれ。あの五十一年の夏に飯場があった電発道路沿いの登山口は、夏に利用する登山者なんか誰もいなかったはずだ。あれは冬の登山道だぞ」

「しかし」と岩田は頑迷に首を横に振った。「その白骨が、あの草藪の道で見つかったのなら、きっと私です。若い登山者だったというなら、きっと私がやったのだと思います——。すみません」

佐野は机を一発拳《こぶし》で殴りつけ、自分の動悸《どうき》を一旦《いったん》鎮《しず》めた。自分の目がおかしいのか。自分の目が何か見落としているのではないか。あらためて眼前の岩田幸平の顔貌《がんぼう》をつくづくと眺め直し、観察しようと努めてみた。しかし佐野の目には、それはどこからみても何らかの病気を疑わざるを得ない一人の老人であるという以外の何ものでもなく、ましてや郷里の戸部が電話で言ったような、右の頬を打たれたら左の頬も差し出すキリスト者の心情だといった理解も現実味に乏しい、岩田の奇怪な表情であり、物言いだった。

岩田は殺したのか、殺さなかったのか。事実は二つに一つであり、佐野個人としてはなおも、岩田の自供は真実味がないという確信は動かなかったが、本人が殺したと言い、それを裏付ける腕時計の証拠が挙がっている以上、結果は目に見えていた。精神鑑定でどういう結果が出ようと、今度の殺人事件は十三年前の登山者撲殺事件以前の発生であるから、登山者撲殺事件で責任能力ありと判定された岩田が、それ以前の事件についても同様の判定がなされる可能性は大だった。多少の不整合は、自白がある以上問題にならない。スコップで殺したと岩田は言うが、白骨にはそれらしい痕跡《こんせき》がなかったし、本来なら供述の証拠能力そのものを問わなければならない岩田の現況だが、それは弁護側の理屈であって、捜査側の理屈ではなかった。

では、岩田は殺していないという証拠はあるか。十三年前の岩田は、作業員としての体力もあった。登山口に近い場所に住み、スコップを持ち、精神障害があり、現に別の登山者を撲殺している男だ。可能性はゼロとは言えない。

ともかく、岩田が自供してしまった以上、捜査は、自供の裏付けとなる物的証拠の収集に集中する。それは白骨死体に関する限り、すでに出揃《でそろ》っていた。被害者の身元が分からないままでも、殺人の立件は出来る。被害者の身元が不明なのはひっかかるが、そういう事例もないことはない。佐野は、長年の酷使ですり減った自分の意欲をまたぞろちらりと省み、自分に言い聞かせた。本来なら、歯まで叩《たた》き落とされた異様な被害者の身元探しこそ、捜査の本道ではあったが、十年以上昔の無名のザック一つ、ヤッケ一枚のルートを辿《たど》る忍耐など、誰にあるか。定年まで四年しかない男に、県警と地検を敵に回せという方が無理というものだった。

そうして佐野の忍耐は使い果たされ、岩田の聴取を一旦打ち切って、県警への報告と護送の手続きをするために渋谷署の電話を借りた。県警本部の捜査一課長は、佐野たちが警視庁の世話になったと聞いて電話の向こうで喉《のど》が詰まったような声を出したが、佐野の腹はすでに固まっていた。ひとまず小笠原署の留置場で岩田の頭を冷やさせ、あらためて聴取をし、それでもだめなら供述通り調書を作成し、送致するだけだった。調書に鑑定留置が必要との意見をつければ、担当検事によっては起訴を引き延ばせる微《かす》かな望みはあった。

それやこれやの用事を済ませた後、佐野は偶然署の廊下で例の若い主任の姿を見かけたのだったが、どこからか最後の未練というやつが湧《わ》きだして、知らぬ間に一寸《ちょっと》声をかけていた。岩田が自供したので山梨へ護送することになったと告げると、若い刑事は相変わらず冷たい石のように、先《ま》ずは一言「自供は自供ですから」と言った。それから、ふいにその面差しには何かの若々しい感情がよぎっていき、続いてこんなことも言ったのだった。

「さきほど被疑者の若者を聴取したとき、岩田の前科を新聞の縮刷版で調べた上で、あえて岩田のスパナを借りたということでした。しかし岩田は出所後に自分の前科を人に話したことはないというし、工場には前科を隠して就職していたらしい。そうなると、どこで岩田の前科を知ったのかを含めて、被疑者は岩田について正確な話をしていない可能性もあります。その一点、ちょっと心に留めておいて下さいますか」

「被疑者と山梨の接点は？」

「豆腐屋の養父母に確認しましたが、いまのところないようです」

「その点について本人の供述はなし、ですか」

佐野がそう問うと、若い刑事はまた少し青年らしい苦笑を覗《のぞ》かせて「会話が成立しない状況はお宅の岩田幸平と一緒です。ちょっと精神状態に問題があるようでして」と言った。

「そうですか——。奇妙な符合ですな」佐野も苦笑を返した。

「何かありましたら、捜査一課の合田《ごうだ》までご連絡下さい。ご健闘をお祈りしています」

合田と名乗った刑事は、最後は背筋の伸びた一礼をして足早に立ち去っていき、佐野の目のなかで、その足元の真っ白なスニーカーがしばらく点滅し続けた。

夏が過ぎていった。岩田幸平は精神鑑定の結果、責任能力ありと診断され、数々の不整合にもかかわらず、腕時計一つと頑迷な自白によって、登山者殺害及び死体遺棄の容疑で起訴された。犯行の時期は、十三年前の昭和五十一年にあの静岡の青年登山者を殺した時期とほぼ同じ、という自供だった。『二、三人殺した』というあいまいな自供について は、岩田が山にいた昭和四十二年から五十一年までの間に、行方不明となった登山者の該当者がなかったために、捜査は頓挫《とんざ》し送致せずに終わった。

佐野はしかし、最後の悪あがきも試みた。肝心の被害者の身元が分からないままだったので、これではかっこうがつかないと課長を説得して、あまり事例のない白骨死体の復顔を東大法医学教室に依頼し、八月初め、自分で風呂敷《ふろしき》に包んだ頭蓋骨《ずがいこつ》を東大へ持ち込んだのだった。一ヵ月後、頭蓋骨に粘土をはりつけて蘇《よみがえ》った死者の顔は、二十代後半の細面の青年のもので、発掘された眼鏡と同じかたちの眼鏡をかけて写真に撮られ、全国の警察に手配された。

当初、結果はほとんど期待されず、晩秋には被害者の身元不詳のまま岩田幸平の公判が始まったが、年が明けた平成二年一月中旬、復顔写真は佐野たちが想像もしなかったかたちでヒットする結果になった。問い合わせは京都府警からあり、ある失踪者《しっそうしゃ》について、過日の山梨県警の復顔写真と骨格が一致するかどうか照合を依頼してきたのだったが、結果はすぐに出た。送られてきた当該人物の顔写真とスーパーインポーズされた頭蓋骨はほぼ一致し、あれよあれよという間に、忽然《こつぜん》と死者の身元が浮かび上がったのだ。

氏名野村久志。昭和二十三年東京都生まれ。同四十六年暁成《ぎょうせい》大学法学部卒。同年四

月京都府へ転出。京大大学院を中退。左翼系同人誌活動の後、同五十一年十月ごろ失踪。同六十年、近親者の請求により家裁で失踪宣告。

もっとも、そうして判明した野村某の身上は、捜査に携わった佐野たちにとって、ある種興ざめと言わざるを得ないものでもあった。昭和五十一年十月に失踪した者がその直後に南アルプスで山登りをしていたという事実は明らかな不整合だったが、その不整合を《左翼系同人誌活動》と並べてみれば、佐野たちには京都府警の問い合わせ自体が公安関係だと、即座に理解出来たからだ。一般の刑事畑を歩いてきた人間にとって、同じ警察のなかでも公安は不可侵・不可解の水と油であり、捜査の目的も手法も相容《あいい》れない別世界だという条件反射が今回もまた働くやいなや、佐野たちに残ったのは唾《つば》でも吐きたい気分だけだった。

とはいえ、翌日には担当検事の指示で、佐野は東京の暁成大学法学部に問い合わせて卒業者名簿やアルバムを入手し、八王子市の実家に足を運ぶこともした。インターホンに出た家人は、事前に予想した通り「久志のことは忘れました」と、けんもほろろだった。失踪後十三年、南アルプスの土中で人知れず眠っていた野村某は、あたかも日の目を見てはいけない死者だったかのようだった。そう考えてみたとき、佐野はあらためて何か理不尽な心地に押しやられたと同時に、自分たちの目には見えなかったもう一つの地平がどこかに広がっている不快さを新たにしたが、この期《ご》に及んで、県警の一刑事に出来ることはもう一つも残っていなかった。

数日後、佐野は昨夏、身元不明死体が発見されたときに芦安《あしやす》村役場に提出した死亡報告書に続いて、死体の本籍等判明報告書なるものに必要事項を記載し、村役場宛《あ》てに郵送した。それをもって佐野警部は、岩田幸平関連の事件についてすべての肩の荷を下ろしたのだった。数年後、下ろしたと思った荷物が再びのしかかってくるとは想像だにせず、その夜はひさしぶりに妻相手に二合の雪見酒を空け、苦いほろ酔いになった。

同じ夜、東京は乾いた寒風の吹きっさらしだった。赤羽駅西口に降り立ったわずかな人影が帰宅を急いで散ってゆき、合田雄一郎《ゆういちろう》もまた一人、赤羽台団地の方向へ歩きだした。途中、二十四時間営業のファミリーマートへ立ち寄り、カウンター横の《あったか〜い》と書かれたケースの中の缶コーヒーを二缶買い、さらに五分ほど歩く。やがて高台になった団地の入口の石段を上がると、赤い常夜灯のついた小さな交番があり、いつものようにガラスを叩いてそこに入ってゆくと、顔見知りの年配の当直が「今夜は早いですな」と長閑《のどか》な笑顔をよこした。しかし早いといっても、壁の時計はもう十一時過ぎなのだ。

合田は当直の巡査長の机に買ってきたコーヒー一缶を置き、自分は石油ストーブの前に椅子《いす》を引き出して腰を下ろした。そうして一缶のコーヒーを呑《の》む。夏は冷たいコーヒー。冬は温かいコーヒー。甘ったるい缶コーヒーを一缶、近所の交番で呑んでから帰宅するような習慣を自分はいつ作ったのか、なぜ続けているのか、もう思い出すことも出来ず、ましてや週に一度か二度、理由もなく立ち寄ってゆく男一人を相手がどう思っているのかも、考えなくなって久しかった。気がつけば途中で缶コーヒーを買い、交番に立ち寄り、名前も知らない年配の警官としばらく他愛《たわい》ない話をする。それだけの些細《ささい》な日常だった。

「今夜は、そちらはどうですか」

「さっきまで立て続けに酔っぱらいが三件。季節ですからなあ——。ひでえのがいて、自転車に小便かけていたから、どやしつけたら吐きやがって」

五十がらみの巡査長は差し入れの缶コーヒーを啜《すす》りながら、のんびり笑った。逞《たくま》しく日焼けした頬や鼻先には赤い毛細血管の斑紋《はんもん》が広がっており、肝臓にそろそろ危険信号が灯《とも》っているのは明らかな顔色だったが、本人はまるで気にしている様子はなかった。それで、いったい立ち小便の酔っぱらいをこの巡査長は軽犯罪法違反で処理したのか、しなかったのか。

「一度くらい、そんな酔っぱらいになってみたいもんです」そう言うと、巡査長も「ほんとですな」と再び鈍い笑い声を響かせた。

警官の人生は、あるいは一人の男の人生は、かくも無頓着な、些細な起伏の繰り返しで終わるのだろうか。合田はときどきそうして無意識に年配警官の顔を眺め、この人は早死にした自分の父親のように早晩肝臓を患《わずら》うのだろうと考えていたりするのだったが、数秒にしろそんなことを考えたこと自体、いつも速やかに忘れ去ると、さて俺はこの三、四日何をしていたのだろうと思い、それもあいまいに押し流すと、あとはしばしぼんやりするのが常だった。

「右手、どうしたんですか。腫《は》れてますよ」

「ああ、これですか。今夜は何となく竹刀《しない》を振り回したくなって、久しぶりに稽古《けいこ》に行ったら、スキだらけで。まともに小手《こて》を取られてこのザマです」

「剣道をやるんですか。いいですな――。小生も昔、警察学校で剣道を習ったが、お前は素質ないから柔道にしろと言われましてな、ハハ」

合田はコーヒーを呑み干し、「じゃあ帰ります。おやすみなさい」と声をかけて腰を上げた。交番へ立ち寄るようになってもう一年以上になるのに、依然相手が同業者だとは気づかない巡査長は、その夜も悠長な笑顔で《団地に住む独身のヒマな勤め人》を見送ってくれた。

交番の筋向かいの三十八号棟に合田の住まいはあった。一階の階段口の郵便受けは、四日分の新聞が溢《あふ》れて散らかり、『困ります』と団地自治会の貼《は》り紙が貼ってあった。

四日前、四日交替勤務の初日に殺しが入り、ほかの七つの係が全部出払っていたために、合田の配属されている係が出なければならなかった。事件はすぐに解決し、三十時間で送致にこぎつけたが、三日目が宿直で、それが明けた今朝、またちょっとした傷害事件で一日出歩いた末の帰還だった。

疲れがたまってくると余計なことを考える前に、いつも本庁の武道場へ足を運ぶ。若手を相手に地稽古をやり、今夜はたまたま相手が全日本選手権の経験者だとは知らず、したたかに打ち込まれたが、欲も得もなく疲れ切ると、安堵《あんど》のようなものを覚える。あとは四日間履きっ放しだったスニーカーと身体《からだ》を洗い、密《ひそ》かに飢えていた脳味噌《みそ》にウィスキーを流し込んでやるだけだった。

その夜は、四日分の新聞と一緒に封書が一通届いていた。もう何年もの間、近しい身内もいない一刑事に宛てて私信をよこすような奇特な人間は一人しかおらず、差出人の氏名は確かめるまでもなかった。名を加納祐介といい、大学時代からの知己だったが、ある時期その実妹との婚姻で戸籍上の義理の兄になり、その後離婚によってまた他人に戻った人物だった。もっとも、その間の経緯も種々にこじれた感情も、最近はもうどうでもよくなって、年に数回相手が自分に手紙をよこす理由をもはや深く詮索《せんさく》することもない。当人は、ほぼ二年毎《ごと》に地方転勤を繰り返す検事稼業のせいで、いまは京都におり、先月か先々月には嵯峨《さが》豆腐が云々《うんぬん》と、浮世離れした長閑《のどか》な話を書き寄こしたところだった。そうして、今度は何を言ってきたのかと思い、手紙を開きながら、合田は自分が変わったのだろうかと一寸自問していたりしたが、数年前なら開封もせずに捨てていただろうに、最近は内容によっては返事を書こうという気持ちにさえなるのは、自分でも不思議な気分だった。

その日の元義兄の手紙は、『前略　虚礼だとは思わぬが、怠惰につき賀状を失礼させていただいた』という達筆の書出しに続いて、『先日、頭蓋骨から復顔された顔写真なるものを見る機会があった』などと続いていた。

『――あれは実に醜悪だった。そもそも土に還《かえ》った肉体の復元などというものは、モンタージュ写真とは完全に別種のものだと思う。あの生々しい凹凸のある粘土の顔を前にしたら、誰しもおのれの知力に危機感を覚えるだろう。目前でかたちになっているばかりに、あの似て非なる別物があたかも本物のように思えてくるのは、これこそ人知の限界というやつだ。

しかし、巷《ちまた》にはもっと醜悪な話がある。小生が聞き及んだところでは、あの青年が行方不明になった直後に、こちらの公安当局は青年が南アルプス方面に出かけたことを摑《つか》んでいたということだ。それについて、当時は関係各警察への連絡も本格的な捜索も行われなかった。これは明らかに人知の限界内の話だ。事情の如何《いかん》にかかわらず、このようなことはあってはならない。

ともかく、かような話を耳にするにつけ、小生の若白髪はまた数本増えたような気がするが、君のほうはいかがお過ごしか——』

新年早々、何ということを書いてよこす奴《やつ》だと思いつつ、合田は加納の若々しい美貌《びぼう》を思い浮かべた。一人一人が独立した国家機関である検察官の建前が、加納という男の中では名実ともに生き続けている。その結果の若白髪だが、あと十数年我慢すれば、それも美しいロマンスグレーになるだろう。同じように私生活は最低だが、貴様のほうがまだマシだと思いながら、合田は、四日分まとめて呷《あお》ったウィスキーの勢いで、拙《つたな》い返事を書いた。

『——小生のほうは、先日は、口論のあげくに同級生をナイフで刺し殺した中学生の取調べに立ち会って、こんな事件を未然に防ぐ力は警察にはないことを痛感した。家裁に送致したが、それで少年のかかえる問題が片づくわけではない。

南アルプスの事件については、昨年秋、例の山梨県警の手配写真が届いた時点で、こちらの公安部にも少々動きがあったので、貴兄の言わんとしている事柄は想像がつくが、小生には、先日のような子どもの事件一つのほうが、公安のご大層な事案よりはるかに身近で深刻だ。足元のぬかるみを気にしているうちに、社会はどんどん悪くなってゆく。目を据えるべきところに据えて、小生も貴兄も貴重な時間と神経を浪費しないことだ——』

二　発芽

平成四年春

湿った熱風が頭の左上に吹いているのに気づいて、マークスは目を動かした。五十センチ左上の闇《やみ》に男の白目があり、熱風の洩《も》れる男の口の端から半透明の涎《よだれ》が糸をひいて垂れてきた。マークスはゆっくりと目を戻し、頭だけ壁のほうへ向けた。布団《ふとん》から出した両手を頭の下で組み、軽く呼吸を鎮《しず》めて壁を見る。そうだ、どこまで思い出したんだったか――。落下してきた黒い熱の岩盤に押しつぶされながら、マークスは沈着に、中断していた自分の夢想に戻ろうとした。

――そもそも、約三年周期で、明るい山と暗い山が交替するのだ。理由など知らないが、あるときふと、物心ついたころからずっとそうだったと気付いた。これが自分に定められた不変のリズムだというなら、自分の人生は結果的に、使いものになる年数が人より三の整数倍だけ短いことになる。暗い山にのっかっている三年間は、死にかけの魚よりひどいザマだからだ。

マークスはしばらく、まな板の上でのたうっている魚を想像し、絶望の記憶を新たにした。割った足の間にのしかかってくる汗ばんだ男の身体《からだ》を腹筋で支えながら、あんた分かるか、と腹のなかで囁《ささや》く。分かるか、あの暗さが。

そうだ。この前その暗い山にいた時期は、三年より少し長かった。長引いたことに何か特別な理由があったとも思えないが、山頂を越えてそろそろ下りにかかったはずなのに、次の登り道がいつまでも見えなかったのだった。もう何回も経験したことだが、押《お》し退《の》けても押し退けても闇が垂れかかってくる、あの道だ。ともかく、そうして身体も頭も変調をきたしたまま、それが三年以上続いたのだから、よくもったものだった。もうあと一ヵ月もあの山が続いたら、出来立ての豆腐に頭を突っ込んで自分の息の根を止めているところだった。

だが、その下り道もある日突然終わった。前後の事情など忘れたが、あの代官山へ出かけた日だ。あのときはこれまで見えなかった扉が突然開いたかのようで、ひとりでに笑いたくなって、ああ笑ったこと笑ったこと。長い間目の前に垂れていたカーテンが、いきなり消え去ったときの驚きと快感といったら！

一回。二回――五回。六回――。息切れの始まった身体の揺れを数えながら、マークスはしばし目を閉じた。闇が霧散したあとの歓喜がどんなものだったか思い描こうとしたが、それは失敗に終わった。突き上げてくる男の余計な呻《うめ》き声と、深く入り込んで動かない鈍痛に邪魔をされた。

そう。リズムはだいたい三年周期と決まっているが、この前はいきなり下り道が終わって登り道が現れたので、少々計算が狂ってしまい、自分でも何が起こったのか分からなかったのだった。そして代官山のあと、明るい山の三年が始まったのはいいが、その間いたのがここだ。だが、三年数ヵ月ぶりに巡ってきた登り道のおかげでこの二年九ヵ月、落ち込むことなどなかったし、実のところ、来る日も来る日もわけもなく幸せだった。現実の自由・不自由など、この頭と身体を動かす生命のリズムにとって、塵《ちり》ほどの意味もなかったのだ。

しかし、予定ではあと三ヵ月でこの明るさも終わるはずだった。もうすでに下り坂にかかっているのが分かる。山の下り、すなわち交替の節目に向かってゆく時期は、回転数の落ちてゆくエンジンそっくりだ。ピストンが重くなるように、まず手足が重くなってゆき、この目に見える世界の色調が変わってくる。まだそれほどひどい状態ではないが、そのときはやがてやってくる。三ヵ月後には確実にやってくる。弾力のない豆腐のようなもろさが――。

夢想は中断した。身体に注ぎこまれた熱が軽い爆発をおこしたからだった。男の重い下肢が勢いよく跳ね、マークスもつられて跳ね、短い叫び声を洩らした後、いつもの鈍い痺《しび》れを味わった。明るい山にいる間は、肉体の苦痛さえ飛び跳ねる光のように感じられるのだが、暗い山にいるときは身体の感覚に応《こた》える感情も言葉もない。苦痛も快感もみな名付けようのない痺れとしてやってくるだけの、あのゴムのような感じに比べれば、身体の感度はまだいくらか残っているが、それは日に日に鈍くなっており、初めにほんの少し期待した歓喜の気分は、今夜は結局訪れさえしなかった。翳《かげ》りが出始めたこの心身をあの明るい山の頂上へ引き戻せる者がいたら、ひれふして足をなめてやるのに。

ウゥン。フゥ。ウゥン。奇怪な声を上げて自分の上にのしかかっていた男は動かなくなり、いつものように湿った土嚢《どのう》になった。マークスはそれを自分の腕に抱いてやり、汗と脂《あぶら》でねっとりしたその頭を撫でて「なあ、あの話を聞かせろよ」と囁いた。すると、自称前科十犯の元スリは「またかよ」と嗤《わら》い、もう何度も繰り返した或《あ》る話をまたぞろ子守歌のように語りだすのだった。

この一ヵ月、何度聞いたことだろう。それは、まるで打ち出の小槌《こづち》のような企業恐喝の話だ。物心ついたころから置き引き専門だったというその男が、あるとき深夜の都電内でサラリーマンのカバンを失敬したところ、なかから出てきたのは自社製品の欠陥が云々《うんぬん》という大手家電メーカーの内部文書だった。そこでちょうど株主総会のシーズンだったため、一か八か五百万という金額を会社にふっかけると、難なく交渉成立となって笑いが止まらなかったというのだが、何度聞いても驚かされるのは、男が菓子折りに詰めた帯封付きの札束を手にしたときの快感を語るくだりだった。菓子折りの入った紙袋を手に喫茶店を出た瞬間、街じゅうの色がぐるぐる回り、音という音が耳元でさえずり、血が沸き立って熱くなった身体は羽根が生えたかと思うほどふわふわして、勝手に笑い声が飛び出してくる。一日で福沢諭吉が五百枚！　街じゅうの人間がうらやましげに振り返り、ざまあみろ、ざまあみろと男は叫び、笑い、飛び跳ねると、世界も一緒に飛び跳ね、メリーゴーラウンドのようだったという。

「一日で福沢諭吉が五百枚！　ひゃはは、ひゃはは」

元スリは壊れたレコードのように身体を震わせて笑い、マークスはもう耳にタコが出来るほど聞いた男の口ぶりを、飽きずに脳裏で反芻《はんすう》した。福沢諭吉の顔を五百個、縦に並べたり横に並べたりしても少しも面白くないが、街じゅうの色や音がメリーゴーラウンドのように回り出すという感覚は、自分が明るい山にいるときのそれとひどく似ているのだった。そして、いまはすでに翳り始めている世界から手を伸ばしてでも掴《つか》みたい、眺めたいという思いに駆られると、マークスは何かじりじりするほどの心身の蠢《うごめ》きを感じ、そうだ、こういう感じはこれまではなかったものなのだとあらためて考えていた。いつもなら、やがて訪れる暗い山の予兆と同時に身体も頭も鈍ってゆくのに、今回はどういうわけか、未《いま》だにこうして何かを考えている自分がいるのだ、と。数ヵ月先には必ずやって来るのが分かっている暗い山を、あまり怖がっていない不思議な自分。これはきっと何かのいい兆候だ。

マークスはいくらか穏やかな心地で夢想に戻った。元スリの話だが、たぶん札束なんか見たこともないせいで、自分には肝心のところがピンと来ないのかも知れない。あるいは福沢諭吉五百枚というのがいまひとつ中途半端《はんぱ》なのか。いっそ千枚、一万枚ならどうだろう。マークスは同じ顔が一万個という想像にぼんやりした愉快さを感じ、もしも一万枚の札があったら、男が味わったというメリーゴーラウンドより二十倍明るいものを見られるんだろうと想像した末に、我ながら冴《さ》えていると思い、「福沢諭吉が一万枚」のアイデアに満足を覚えた。

新しい自分。夢想のなかでマークスは珍しく微笑《ほほえ》んでいる自分を発見し、驚いた。

それからの数日間、マークスの頭は多忙をきわめ、しばしば自分でついていけなくなるほど種々の記憶や閃《ひらめ》きが飛び交ったのだったが、その結果かたちになったある行動計画は、本人が思う以上の整合性を備えた、なかなか抜目ないものだった。受刑者は、毎日決められた時間に監房から作業所へ、運動場へ、食堂へと一列縦隊で行進する決まりになっているが、ある日マークスは一、二、一、二と屋外を行進中、めまいを起こしたふりをしてブロック塀の補修工事が行われているそばでひっくり返り、看守の目を盗んでセメント粉をひと摑み、すばやくポケットに忍ばせた。

そしてその夜、三十グラムほどのセメントを水で溶いて飲み下した結果は、狙《ねら》った通り救急車になり、激しい嘔吐《おうと》を繰り返して搬送された病院では胃洗浄と下剤をたっぷり施された。それから四日間病院に入院して点滴治療を受け、府中刑務所に戻ってくると、これもまた狙った通り、通常の金属加工の強制作業から外されて五日間の懲罰房行きになった。そうしてマークスが待ち望んだのは三つだ。一つは頭のなかで練り上げた或る計画の実現。一つは数日来自分の頭を満たし続けている穏やかな明るさが一日一日持続すること。最後に、その二つを可能にするために必要な、一人の人物の登場。

その人物については、一ヵ月ほど前に手製のサイコロを振って懲罰房に入った受刑者から聞いたのだったが、懲罰房では一日三度の食事を各独房に配膳するのは高齢の受刑者たちで、そのなかには南アルプスで登山者を二人殺した奴《やつ》もいたぜ、という話だった。南アルプスの殺人者。それを聞いたとき、マークスの頭の中で突然〈その男を知っている〉という思いが弾《はじ》け、〈いつ〉〈どこで〉といった細部は抜けていたものの、〈知っている〉という直感が確信に変わるのに時間はかからなかった。もっとも確信といっても、これまでと同じく霧の彼方《かなた》の山稜《さんりょう》を仰ぎ見るようなもので、いわゆる既視感というやつに毛が一本生えた程度だったし、その時点でマークスの記憶は、かつて暮らしていた豆腐屋の店先や、足立区小台の廃品解体工場で見かけた一人の年寄りと、南アルプスの人殺しを正確に結びつけていたわけではなかった。

しかしそれからしばらく後、また別の受刑者の口から、その人物が岩田という名前であることや、パーキンソン病を患《わずら》って甲府の刑務所から府中に移ってきたことなどを聞き及んだとき、マークスの頭のなかでは、あの声が久々に《知ってるぞ、知ってるぞ、ずっと昔から知ってるぞ》とわめき出したのだった。いや、そんな男は知らない、会ったこともないとマークスはその声に言い返したが無駄だった。暗い山から声をあげるあいつ。ときに甲高く、ときにのろのろと沈んだ声を出し、かと思えば突然痙攣《けいれん》するように笑い声を響かせるあいつは《知ってるぞ、知ってるぞ》と言う。《お前は岩田が何者か知っていて、岩田のスパナを盗んだんじゃないか。人殺しをした男なら、ここでもう一つくらい罪を被《かぶ》ってもらってもいいだろうと俺に言ったのはお前だぞ。ハハハ、ハハハ、ずっと昔から俺とお前は岩田を知っているんだ。南アルプスの男さ！　俺とお前の

運命の男さ！》

その後、マークスはさらにいくつかのばらばらの記憶を掘り出し、それらを切ったり貼《は》ったりしてつなぎ合わせるうちに、南アルプスで人を二人殺したという老受刑者は、いつの間にかあの声が言う通り《運命》となって、額の奥深くに定着するに至ったが、セメント粉を盗んでからのマークスの風貌《ふうぼう》や眼光は、少しでも受刑者の様子に注意を払っている刑務官なら、すぐに目に留めていただろう、目ざましい変わりようだった。しかし、そのときすでに用心深い未来の犯罪者へと変貌を遂げていたマークスの半身は、半年後に刑期満了を控えた受刑者の一種の興奮状態を装《よそお》うことも忘れなかったし、一方では《福沢諭吉が一万枚！》と叫ぶ脳髄の声や、南アルプスと明るい山をごっちゃにして《山の話！　山の話！》と叫ぶ声に応えるのも控えて、冷静さをも沈着に保ったのだ。

独房に移された一日目、マークスは扉の配膳口の外に、食事を差し入れる老受刑者の手を確認した。日焼けした皺深《しわぶか》い手についているホクロ一つと欠けた爪《つめ》一つは、間違いなく《山商》の裏口で出来立ての豆腐を受け取った老人の手だと見て取ったマークスは、「岩田さん。俺だよ、《山商》の豆腐屋だよ」と先《ま》ず一声かけておいた。

翌二日目、マークスは同じように配膳口に現れた老人の手に向かって声をかけた。

「岩田さん。北岳の登山道に人を埋めたのは、あんたじゃないよ。今夜よく思い出してみな」

　翌三日目、配膳口に現れた手の主は初めて「お前、豆腐屋の――」と一声漏らした。

「そうだよ、豆腐屋さ。あんたのスパナを借りた男さ。いいか、北岳に人を埋めたのはあんたじゃない。あんたは山に入っていない。人も埋めていない。よく思い出せ」

　翌四日目、岩田老はまた「豆腐屋の子か――」と漏らし、マークスは直ちに応答した。

「そうさ、豆腐屋だ。岩田さん、半年後に再審請求を出せ。無実だと言え。警察に自白を強要されたと言え。これは冤罪《えんざい》というやつだ。頭をすっきりさせて、よく思い出すんだ」

　そして五日目、マークスは念を入れて、さらに再審請求を出せと繰り返した。「きっちり半年後だぞ。半年後に俺が出所したら、無実の証拠をくれてやる。あんた、自由になるぞ。国にたっぷり損害賠償してもらえ。福沢諭吉を千枚！　二千枚！　三千枚！」

　そう言ったとき、用心はしていたのに知らぬ間に笑い声が飛び出してしまい、最後のほうは飛んできた看守の怒号でかき消された。「水沢！　静かにしろ！　水沢！」看守は扉を殴りつけて怒鳴り、マークスは独房のなかから扉を殴り返して、高らかに哄笑《こうしょう》を噴き出させた。

「俺は今日から《マークス》だ！　マークス！　いい名前だろう！」

十月一日木曜日

平成元年の逮捕時から三年三ヵ月のその日、午前九時にマークスは塀の外に立った。表門を出るときに門衛が「門出にふさわしい秋晴れだ」と言った空は、薄い灰色の靄《もや》がかかり、それを透過してくる日差しは赤黒い夕焼けのようだったが、マークスにはとくに驚きもなかった。もともと秋晴れというのがどんなものか知らなかったし、半年前に少しずつ世界の色調が変わり始めて以来、三ヵ月前には予定の三年目に突入したにしては、まだ穏やかなほうだと思った。過去には、三年周期の暗い山に入ったとたん空も太陽も真っ黒になったのだ。半年前、ひょっとしたら自分の人生のリズムが変わるのかも知れないと感じたのは、全面的に当たったとは言いがたかったが、それでもまだ漠とした希望の残骸《ざんがい》くらいは残っているとマークスは思い、「大丈夫だ、まだいける」と自分に呟《つぶや》いた。それから、塀のなかでいつも聞いていた電車の鈍い音が目の前を通りすぎていくのを聞き、架線の下を流れてゆく車両のオレンジ色を目に焼きつけてみると、動く電車と一緒に自分のなかでそろりと何かが動きだすのを感じた。「大丈夫だ、まだいける」マークスは再度声に出して呟いてみた。

マークスはまず中央線の西国分寺まで歩き、電車に乗った。新宿で山手線に乗り換え、日暮里《にっぽり》で京成電鉄にさらに乗り換えて、町屋へ向かった。午前十一時には、少年期の十三年を過ごした豆腐屋《山商》の店先に立ったが、改装して新しくなった店構えを前に最初の小さな混乱を味わった。ここだと思って足を運んだ場所に一つも実感がなかったせいだったが、自分に《ここだ》と教えて真っ直《す》ぐ足を運ばせた奴の声はやはりもう、いくらか信用ならなくなっているのかも知れないと怯《おび》え、苛立《いらだ》ちながら、それでもなお、珍しく忍耐を絞り出して記憶を整理することに数分を費やした。豆腐屋の一日——。午前三時前の暗いうちに起き出して大豆を炊《た》き始め、豆乳を絞って成形し、固まると豆腐を型枠から外して水にさらす。店の作業場に置かれているステンレスの大きな水槽。記憶にあるそれがいまも目に入ると、マークスはさらに考えた。そこに掌《てのひら》を差し入れるときの水の抵抗。触れば壊れそうな豆腐を一丁、一丁すくい上げる手の、隠微な重さ。唐突に先ずはその感触を手のなかに呼び戻したとき、脳髄のなかで蠢く声が《暗い——》と呻《うめ》いた。

そうだ、この豆腐屋は暗くて嫌いだったと、マークスは無意識にその声に同意した。

十歳でここに引き取られて以来、自分は毎日豆腐作りを手伝い、明け方に豆腐が出来ると今度は油揚げやがんもどきを作り、明るくなるころに配達に行く。学校は欠席ばかりだったので何も思い出せなかったが、配達を終えて戻ってくると昼前で、そのころに店主の山本夫婦はいったん店を閉め、自分は雨戸を閉め切った部屋で図書館から手当たり次第に借りた本に読み耽《ふけ》る。ときたま面白いと思うこともあったかも知れないが、大半は内容を読んでいたのではない。たんに活字の黒と紙の白がつくる微細な図形そのものが、目のなかで動物のようになったり、雲のようになったり、人の顔のようになったりだった何百冊もの哀れな本たち。

そしてその間、子どもが物音も立てずに部屋にこもっているのを養父母の山本夫婦は下で窺《うかが》い、こそこそ隠れるようにして安堵《あんど》のため息をつき、茶菓子を食い、昼過ぎには翌日の大豆を水に浸《つ》け、夕方また少し店を開け、午後六時に閉店して豆腐屋の一日は終わる。少なくともマークスが三年周期の明るい山にいた間に眺め、記憶している《山商》の生活はそんなふうだったが、片や暗い山の三年間は毎度病院にいたので、覚えているといっても所詮《しょせん》は三年おきの細切れの記憶に過ぎなかった。そうしてマークスは、不快な心もとなさに襲われながらしばし《山商》の店先に立っていたのだったが、午前十一時過ぎだったそのとき、初老の男が店から現れ、ガラガラと耳障《みみざわ》りな音を立てて勢いよくシャッターを下ろし始めた。

ああ、この音は聞いたことがある。豆腐の配達から戻ってくると、しばらくして毎回意地悪く耳をつんざくようにガラランガラランと鳴り響いたあの音だ。マークスは思い、少し遅れてシャッターを閉める男の年格好を眺め、そうだった、これが養父の山本勝俊だと自分に言い聞かせた。実際にはすでに十六年になる間柄だったが、もともと重度の健忘症があるマークスには、山本夫婦のはっきりした顔貌は未だに像を結ばず、声もはっきりとは認識出来ず、何となく聞き覚えのある声、見覚えのある顔というに過ぎなかった。それでも、これまでなら暗い山が始まると記憶の層自体が消し飛んでしまっていたのだから、いまはわずかでも思い出せるだけ上出来ではあった。

そのとき、先に声を上げたのは山本勝俊の方だった。店先の路地に立っている坊主頭の養子に気づいた山本は、「お前——」という一声を発して絶句した。偶然店から顔を覗《のぞ》かせた妻の郁代も、同じく奇妙な呻き声を発し、腰が抜けたような顔をしてみせた。

それらが眼前の異物になって、マークスは急に新たな不快さに襲われたが、自分の気分の明確なかたちもつかめないまま頭の芯《しん》がちょっと痛くなると、今度は小さな火花が飛んで、とたんに不快は愉快に入れ替わっていた。なあ、初めからやめておけばよかったのに、頭のおかしい遠縁の子どもを養子にした物好きなあんたたち。そんな哀れっぽい顔をするひまがあったら、大声の一つでも出してわめくか、暴れるか、飛び跳ねるかしてみな。すっきりするぜ。楽しいぜ。

　暗い山に入ったいま、こんな気分もどうせ長続きはしないのだと半分は醒《さ》めながら、マークスは「アハハ、アハハ」と笑い声を噴き出させ、陽気にぺこりとお辞儀をしてみせた。「こんにちは！」

　畜生。こんなことをして、俺はまた残り少ないエネルギーを浪費している。マークスは苛立ち、店先で顔を硬直させている山本夫婦のほうはもう見もしなかった。急にまた少し頭が冴《さ》えわたってくるような感じがするままに、迷うことなく店の奥の階段を上がり、かつて自分にあてがわれていた二階の四畳半の部屋に入って、押入れを開けた。下着。Tシャツ。セーター。ジャンパー。スニーカー。機械的に手が動いてそれらをボストンバッグに詰めていく間、どうしてこうもてきぱきと出来るのだろうと自問すると、待ち構えていたように脳髄の声がアハハ、アハハと笑った。《お前が山本夫婦に言ったんだ。この押入れは開けるな、開けたら殺すぞ、ってな！》

　そうだったかな――。マークスはせんべい布団《ぶとん》一組とわずかな衣類と古雑誌しか入っていない押入れを眺め、霞《かすみ》がかかりっ放しの自分の頭を拳《こぶし》で一発殴りつけた。そうだった、何のためにここへ戻ってきたかといえば、一万枚の福沢諭吉と山の話のためなのだ。これだから暗い山はいやになる。ともすれば肝心の話さえ、いつの間にか訳が分からなくなってしまう暗い山！　朝方、出所したときにすでにだいぶん重かった頭を奮い立たせて、マークスはやっと脳髄の笑い声の意味を理解し、冷や汗を滲《にじ》ませた。自分に残された意識や判断力や忍耐に不安を覚えながら、布団の下から分厚い茶封筒を一つ引っ張りだし、ともかくボストンバッグに入れた。当の茶封筒が何なのか、なぜそこにあるのか、とりあえず思い出す忍耐は節約した。そうして急いで一階の店に降りたとき、山本夫婦が申し訳のように何か声をかけてきたのを聞いたが、返事をする労力も節約して早々に《山商》を後にした。

考えすぎるとよくない。考えだすと、意味が分からなくなって手足も動かなくなるのだ。マークスは自分を叱咤《しった》し、出所前に頭に書きつけた予定表に従って、午後一時前には千住にある中央図書館にいた。そこでは最初に南アルプスの山岳写真集を開き、北岳のカラー写真を見た。それらのどれもが、空の青と岩稜の黒がべったりしたペンキの色のような、醜く平板な絵だったので、マークスは自分のボールペンで写真の尾根のあたりに封筒に似た四角形を一つ書き込み、それを黒く塗りつぶしてみた。そうして《山商》の押入れから回収した茶封筒について、あらためて反芻《はんすう》しようとしたのだったが、幸い少しばかり記憶が蘇《よみがえ》ってきた。いつだったか、突然明るい山が開けたときのめくるめく光や音と一つになっており、さらに《山の話》と笑う脳髄の声とも一つになっていた何ものか——。そうだった、茶封筒の中身は《山の話》だった。そうと知ったのが三年三ヵ月前のことで、気がつくと自分はあの解体工場の廃品の山に登っていて、次から次へと勝手に噴き出してくる笑い声にほとんど殺されるかと思った。そういえばあの廃品の上から工場を眺めていたとき、急に黒い狸《たぬき》があらわれて、脳髄の声が《山だ、山だ、狸だ》と笑いだし、あとであれは岩田という年寄りだと思い直したが、そのころにはもう、切れた電線があちこちで突然つながるようにして、頭のなかでいくつもの《山の話》がさんざめき、あの声も《知ってるぞ、知ってるぞ》と叫びだしたのだ。そうだ、《山の話》だ——。

マークスの頭はまた少しぐるぐる回転し、《山の話》が《福沢諭吉一万枚》に化けた理由を探したが、おおもとになった恐喝の話を自分に吹き込んだ受刑者の顔はすでに闇《やみ》の彼方《かなた》だった。知らぬ間にカラー写真の一ページをボールペンで真っ黒にした後、その写真集を棚に返したマークスは、次いで禁帯出の目録や官報、年鑑などを順次開いて回った。頭に書いた予定表がそうしろと言ったのだ。それから、新聞閲覧室で三年分の全国紙の縮刷版を拾い読みし、午後四時半に図書館を出た。

マークスの頭は午前中に刑務所を出て以来、動いていたかと思えば止まり、しばらく止まってまた少し動きだすという状態だったが、北千住駅へ向かう途中、イトーヨーカドーへ立ち寄ったときもそうだった。あるものを買うつもりで食品売場に足を踏み入れたとたん、雑多な騒音や食品の色と匂《にお》いで眩暈《めまい》をおこすと、もう自分が何を買おうとしていたのか思い出せなかった。十分ほど売場を行ったり来たりし、気がつくと店の外にいて、手には青い大きな丸い玉の入ったビニール袋があった。なかのレシートに「夕張メロン」「¥1980」とあり、匂いを嗅《か》いでみてやっと《どこかで食ったことがある》と思った。

午後五時過ぎ、マークスは駅前にいた。夕刻の商店街から噴き出してくる食い物の匂いの一つ一つに醜い色がついているのはいい兆候か、悪い兆候か。頭で思い描くようには動かない足が次第に重くなっているのを感じながら、マークスは眉根《まゆね》を寄せ、口許《くちもと》を歪《ゆが》めた。乗降客の雑踏が背中に押し寄せ、首筋を這《は》い上がり、数十数百の話し声や車の音が、蟻《あり》になって耳の穴から自分のなかに入り込んでくるのを感じた。それらの蟻がクシャクシャ音を立てて脳味噌《みそ》を食い始めるのは、もうすぐだ。そんなことをちらりと考えたとたん、マークスの頭は停止しており、家路を急ぐ通行人にぶつかった拍子にまた動きだし、一緒に足も動きだした。

それから駅前広場の端の公衆電話ボックスに入り、受話器を取り上げて、図書館で調べた一件の電話番号に従って、間違えないようゆっくり番号ボタンを押した。ボタンはカシャカシャ鳴り、蟻が脳味噌を食っている音だと思ったら、それは間もなくブルブルルという羽音のような呼出し音に変わった。畜生、蟻が巨大化しやがった。と、今度は《はい》という人間の声だった。陰気な巣の奥に潜んでいる女王蟻。

次いでマークスは、記憶にない何者かの乾いた声が自分の喉《のど》から飛び出すのを聞いた。

「こちらは京都地検の江口です。野村久志という人物についてお伺いしたいことがある。そう先生にお伝え下さい。今夜また電話します」

頭の予定表に書いたのはこれだけだったか。何か間違いはなかったか。一秒考え、受話器を置いた。計画通りに物事を運ばなければならないのは分かっていたが、仮に不手《ふて》際《ぎわ》があった場合はどうするのか、予定表には書かれていなかった。暗い山に入りかけているいま、新たに書き足すだけの思考力も忍耐力もない以上、マークスは心配するのを止《や》め、考えるのを止めた。

十分後、マークスはボストンバッグ一つとメロンの入ったスーパーの袋一つをぶら下げて、JR常磐《じょうばん》線の地下ホームにいた。

金町《かなまち》の駅で降りると、足が自然にある方向へ向いた。商店街の軒先にぶら下がったぼんぼりの、侘《わび》しい色に見覚えがあった、常磐線のガード下の出口にある寿司《すし》屋《さかき》の看板も、見たことがある。《昌明通商店街《しょうめいどおり》》という看板は思い出せなかったが、シャッターを下ろし始めた八百屋と肉屋は何となく覚えているような気がした。商店街とは名ばかりで、駅から北東の方へ延びる住宅密集地のそれは、歩けば三分で通り抜けてしまうような短い一郭だった。店舗の明かりが途切れると、夕餉《ゆうげ》の匂いが洩《も》れてくる狭い路地になる。

たしか、この辺だった——。マークスは、うろ覚えの路地を一軒のマンションを探して回りながら、これまたうろ覚えの女の姿を思い浮かべた。はっきりした顔貌はなく肢体もないが、そういえば刑務所にいた間も、ある匂いがガスのように集まってぼんやりした女のかたちになることがあったのだ。それがいつも同じ匂い、同じかたちだったことをふと思い出し、またすぐに忘れ去りながら、とりあえずは重くなっていく身体《からだ》を救いたい一心で当てのない記憶を辿《たど》り続けた末に、やがてマークスの足は止まった。これかも知れないと思った四階建てのマンションは、木造アパートやしもた屋に囲まれて、ひっそりと押し潰《つぶ》されるようにして立っていた。一階の扉を順に眺めて回り、次いで二階に上がり、三階へ上がると、一軒の戸口の前に見覚えのあるショッピングカートが一つ置いてあった。表札の名前は『高木真知子』。それをじっと眺めてみた後、マークスは自分の頭の出来に絶望しながら、三回、四回と立てつづけに呼び鈴を押していた。

「誰？」

少し荒れた感じのする女の声と一緒にドアが開き、現れたのは目も鼻も口も大作りな小麦色の顔だった。それはマークスの眼前で突然歪み、緩み、また歪んで「ひろゆき——」という一声がその口から漏れだした。マークス自身は、一メートルの距離で相対した女の顔も声も依然記憶になかったが、裕之という自分の元の名前を呼んだ以上、少なくとも自分が知らない女の戸口を叩《たた》いたのでないことだけは確信した。

「裕之よね——？」

女は奇妙な震えるような声で繰り返した。その顔をよく眺めようとしてマークスが一歩踏み出すと、女は後ずさりし、「いつ出所したの——」と言ってまた一歩退いた。昼前に会った《山商》の夫婦とほとんど同じ類《たぐい》の表情と声。マークスはぼんやりと考えたが、山本夫婦がすぐにそわそわと目を逸《そ》らせたのに比べて、目の前の女は後ずさりしながらなおもじっと目を見開いていた。

「看護婦さんだよな？　前に会ったことあるよな？」

「当たり前じゃない——。病院でも一緒だったし、退院してからもあなたはよくここへ遊びに来てたの、覚えてるでしょう。私、真知子よ。看護婦の真知子よ、分かる——？」

この声。窺うような、覗き込むような声。怯《おび》えているくせに、ときどき柔らかい粘液のように鼻腔《びこう》にまとわりついてくる声。マークスは一瞬《覚えている》と思ったが、次の瞬間にはやはり分からなくなっていた。

「悪いけど思い出せない。あんた、看護婦なら知ってるだろう。俺、記憶力がゼロなんだ」

「だってあなた、ここまでやって来たのよ。私のこと覚えていたということよ――」

「分からない。思い出せない」

女の言う通り、たしかにマンションを捜してやって来たのは事実だったが、眼前の女の顔にも真知子という名前にも覚えはないのだった。マークスはこれ以上考えても無駄だと早々に諦《あきら》めると、持参してきたメロン入りのビニール袋一つを女の手に押しつけて、勝手に部屋に上がった。台所の奥の六畳間でテレビがついており、コマーシャルのスナック菓子が賑《にぎ》やかにぴょんぴょん踊っていた。畳に座布団があり、傍らに缶ビールと雑誌。ベッド。壁の酒屋のカレンダー。半びらきのカーテンの青。どの記憶も呼び戻せないまま、身体に垂れかかってくる闇の重さに負けてマークスはテレビに背を向け、まずはボストンバッグを枕《まくら》に畳に転がった。朝から一日、頭の予定表に従って柄にもなくあっちへ行き、こっちへ行きしてきたせいで、元から容量の少ない忍耐力はとっくの昔に切れており、そのまま知らぬ間に数分か数十分うとうとした。

耳元で何か囁《ささや》き続けているのは、《高木真知子》の声だった。

「いま計算してみたの――。覚えてる？　昭和五十七年秋には暗い山だったわ。あなた、十六よ。翌年退院して、私たちしばらく会わなかった。次にあなたが病院に来たのは昭和六十年。そのときも暗い山。六十三年に退院したとき、あなたは二十二。まだ暗い山だとあなたは言ってたけれど、あなた私のこのマンションへ毎日遊びに来たわ。ここで一緒にご飯食べて、夜も一緒だったのよ。覚えてる？　それから平成元年夏に、あなたは刑務所へ入ったんだわ。何件か泥棒をやって捕まったの、覚えてる？　何を盗んだんだっけ。スリッパとか、赤いビニールの傘とか、金魚の貯金箱とか、がらくたばっかり。貯金箱に入ってたお金、三百円よ。代官山かどこかの家でお手伝いの女性が階段から落ちてケガをして、あなた強盗になっちゃったの、覚えてる？　そうそうあのとき、あなたは初めて明るい山に入ったようだった。あれから三年と三ヵ月だから、いまはまた暗い山ね――」

それにしても、三年交替でやって来る明るい山と暗い山の話を女はなぜ知っているのだろう。マークスは半睡のなかで考えてみるのだったが、昭和五十七年がどうとか、六十年がどうとか聞かされても自分の話だという実感はなく、泥棒の話に至ってはスリッパなんか誰が盗むものか、もしほんとうにスリッパだったのなら純金製だったのだろう、などと考えたのがせいぜいだった。女の声の後ろでは、テレビの騒々しい笑い声が鳴り続けており、以前の暗い山の時期なら耐えられない種類の音だったはずだが、マークスは意識して我慢した。また、なぜか我慢することが出来た。

「あなた、今日出所したの？　府中から真っ直《す》ぐここへ来たの？　眩暈とか頭痛はどう？　疲れたでしょう。お腹《なか》は減っていない？　具合の悪いところはない？」

そうして女の声は覗《のぞ》き込むように耳元やうなじに近づき、同時にそこに恐々《こわごわ》触れる手をマークスは感じた。足かけ十一年も知っているらしい相手なのに、それは怯えている手であり、自分の傍らに転がっている塊がほんとうに危険でないかどうかを確かめている手だった。似たような感じの手は塀のなかでもあったので、とくに新しい感覚ではなかったが、鼻腔の周りでガスになっていく或《あ》る匂いを思い浮かべると、一抹の懐《なつ》かしさのようなものを覚え、マークスは自分に確かめるように「まちこ」と呟《つぶや》いてみた。すると、即座に「何？」と女は応《こた》え、またあの匂いの吐息が降りかかってきた。

まちこ。まちこ。まちこ。まちこ。まちこ。マークスは腹のなかで三文字の音韻を呪《じゅ》文《もん》のように繰り返し、うなじを撫《な》でる手指のリズムと一緒にしては、飛び跳ねているような、ぐるぐる回っているような、何かの仄明《ほのあか》るい光の粒を感じた。メリーゴーラウンド。さんざめく音と色。どこかで考えたことのある世界を唐突に思い浮かべたりもした。

「俺、昔どんな患者だったのかな――？　危険な患者？　乱暴な患者？　陰気な患者？」

「おとなしい患者。ときどき頭がちょっと混乱することがあっただけ」そう笑いながら、真知子はいきなりすすり泣きを漏らし、鼻をぐずぐずさせてはまた少し嬉《うれ》しげな笑みの振動を繰り出した。「ここで暮らしていたころ、一緒によく《さかき》へお寿司食べに行ったね。ビール一本呑《の》んだら、あなたは顔から足の先までピンク色。機嫌がよくて、よく笑って、元気でさ――」

《さかき》も寿司もビールも記憶になく、マークスは何も応えなかったが、自分がおとなしい患者だったというのだけは嘘《うそ》だとぼんやり考えた。暗い山に棲《す》むあいつの声を聞けば分かる。凶暴で、命令口調で、爆発しがちで、自分を《マークス》と呼ぶ奴《やつ》。しかし、女がその話をしないのは、ほんとうは怯えているからだろう、と。しかし、女はさらに呟くのだ。

「私がどんなにうれしいか分かる？　あなたが私のことを覚えているなんて、考えもしなかった。だってあなた、ほんとうに覚えの悪い人だったんだもの。以前なら何かを覚えているのも三ヵ月が限度だったのよ。そうだわ、いまが悪い時期だと思ったのは私の思い違いだわ、もう昔と同じではないんだわ、あなた昔と違うわ、別人みたいよ、治ってるのよ——！」

よくなったのよ。治ってるのよ。女がそう呟く声をマークスは覚えているような気がした。治っているという言葉自体に大した意味は感じられず、自分が治っているとも思わなかったが、あらためてこの声、この匂いは知っていると思い、わずかにせよ確かに自分にも呼び戻せるものはあるのだと自分に言い聞かせた。

ひろゆき。ねえ、ひろゆき——。ずっしりとして柔らかい重力の、生温かい膜が頭の上へ、腹の上へ、脚の間へ降りてきて、マークスはあのガスのように集まってくる匂いを嗅ぎながら、知らぬ間にゆるゆると自分の腕を開いていた。以前の悪い時期なら動いていなかっただろう身体が、緩慢にせよいまは動いている。筋肉が動いている。そのことに慰められ、マークスは自分のために微笑《ほほえ》んだ。瞼《まぶた》の奥の視神経や耳管から脳髄へ続く回路のどこかで、なおもときどき閃光《せんこう》のようにちりちりと弾《はじ》ける高笑いが響いていたが、その声はとりあえず無視しようと思えば出来る程度に控えめでもあった。やがて腕のなかで、女がまるで自らに言い聞かせるように「《彼》はもういないのね」と念を押したとき、「ああ、いない」と応えた自分の声が妙にきっぱりとした感じだったのが一瞬耳に残ったが、ひょっとしたらあいつの声だったのかということも、深くは考えずに済ませるのに成功した。

冷蔵庫の缶ビールを三缶も空けて女が寝入ってしまった後、マークスは自分が作り出した《京都地検の江口》になって二度目の電話をかけるために外出した。夜気には女の匂いのガスが薄い穏やかな膜になってかかっており、世界のかたちは予想以上に保たれ、頭の重さも十分に我慢の範囲だった。そうして今度こそ大丈夫だ、暗い山への回帰は今度こそくい止めることが出来ると確信した、そのとき、しばらく遠のいていた《福沢諭吉が一万枚》と《山の話》がくっきりと立ち戻ってくるやいなや、マークスは軽やかに一メートル飛び跳ね、深夜の路地にアハハ、アハハと高笑いを溢《あふ》れ出させていた。一日の間に、ちらりちらり頭を出したりひっこめたりしながら蠢《うごめ》いていた《マークス》の出現だった。

十月五日月曜日

午前六時十五分。警視庁一一〇番受理台に赤ランプが灯《とも》った。《男の人が道路に倒れてる、助けて、助けて!》という悲鳴が入った。受理台の係官は即座に通話を作戦指揮台、機動捜査隊、鑑識、捜査一課へ通しながら、「落ちついて下さい」と応えた。「場所を言って下さい」

《都立大裏の道路です、グラウンドの裏です、散歩をしていたら血だらけの人が——》

通話が入った作戦指揮台では、係官が眩《まぶ》しく輝く都内全図の道路網を仰いだ。目黒区八雲《やくも》。三方面。所轄《しょかつ》は碑文谷《ひもんや》。

指揮盤に緊急配備の表示が灯る。付近のパトカーが一斉にカーロケーターで呼び出されて現場急行の指示と応答が飛び交う間、受理台からの声は次々に情報を伝えてきた。《現場は八雲二丁目一番から二番の間。都立大高校グラウンドの裏付近の路上。男性一名が倒れている模様——》その同じ情報が、即座に所轄署とパトカーの無線へ繰り返されてゆく。《現場は八雲二丁目一番から二番の間。都立大高校グラウンドの裏付近——》

それらの慌《あわ》ただしい声は本庁舎の各部署の宿直室に流されていったが、六階捜査一課の大部屋はまだ始動前の静けさだった。窓側に各捜査班の管理官の机が十。捜査員の机が二十列、二百三十。いずれも前夜のうちに沈殿したタバコや整髪料や書類の山の臭気が夜明けとともに先《ま》ず目覚め、朝日に照らされてもやもやと立ち上り始めるその時刻、合田雄一郎はいつものように一番にそこに足を踏み入れた。十月になって半年ぶりにスーツに袖《そで》を通したものの、足元は相変わらず白いスニーカーで、靴音もない獣のような密《ひそ》やかな入室だった。

宿直室の半開きのドアからは、インスタントコーヒーの匂《にお》いと一緒に、ざわざわした同時通報の声が洩《も》れており、その音が普段より甲高いと思ったら、アンダーシャツ一枚の当直がコードを引っ張った同報のスピーカーを抱えて現れた。「それ、朝一番のプレゼント。都立大裏の道端にホトケが転がってるそうだ」宿直は合田が通り抜けようとした机の上にスピーカーの箱を置き、長閑《のどか》な欠伸《あくび》を一つ洩らした。

「轢《ひ》き逃げならいいんだが、どうかな」

「一報が入って、何分だ」

「三分」

同報は、受理台と指揮台の声が交互に指示や確認を繰り返しており、そこにパトカーからの無線も混じって、なかなか賑やかだった。あと一、二分で現場にパトカーが着けば、轢き逃げか殺しかは大体判明する。

「三、四、五、六、八、九、十、みんな出払ってるからな。殺しだったら合田、出かけるのはお前のとこだぞ」

殺人・傷害を扱う第二、第三強行犯捜査班には三から十まで八つの係があり、合田は第三の七係だった。どういう偶然か、四日交替勤務の四日目に新たに事件の入ることが多いために《万年在庁七係》などと言われたり、年中何かと騒々しいせいで第七動物園だのニワトリ小屋だの、異名には事欠かない係だが、長期研修の出向や病気で欠員が二名。半年来補充もないまま、出動は十月の五日間だけですでに二件。これで強盗、強盗、殺しと続けば、ありがたくて涙が出るというところだった。

「宿直、一人か」

「いや、津村は腹痛で沈没。七社会の差し入れのにぎり飯、三つも食うから」

「四つ食って死ね」合田は早朝の不機嫌に任せて吐き捨てた。

同報が入った。現場を確認した警邏《けいら》の声は性急だった。《男性一名、死亡確認。遺体の頭部及び顔面の損傷が激しいので、関係各部署出動願います。現場保全します》

宿直がにやにやしながら片方の掌《てのひら》を出して《よこせ》と目配せをし、合田は買ってきたまま栓を開けていなかった缶ジュースをその手に放り投げた。出動になったらしばらくトイレに行けないため、水分は取れない。宿直は早速七係の残り七人と管理官、一課長の自宅へ招集の電話をかけ始め、宿直室からはやっともう一人の宿直が寝起きの倦《う》んだ面《つら》を覗かせた。

「殺しですか。ついてるなあ、七係は。合田主任、また一番乗りですな」

その声は、《誰よりも早く登庁して、飢えた目を血走らせて同報を待っているくせに、さっさと飛び上がって出ていきやがれ》と言っていた。合田は返事もせず、他人のデスクに足を上げてゆっくりスニーカーの紐《ひも》を結び直した。そうして一分足らずの猶予《ゆうよ》を自分に与えたのは、本庁でも所轄でも常にどこからか差してくる同僚たちの視線を抹殺したかったのが半分、疲労が取れない自分自身の心身を叱咤《しった》する必要を感じたのが半分。事情があって独り身に戻って五年、夜はウィスキーの勢いを借りなければ眠れず、どんなに疲れていても夜明け前には目が覚めてしまう私生活の疲弊もそろそろ危険水域だと、合田は自認していた。

午前六時二十分。窓の外のどんよりと明けた空は、降ったり止《や》んだりの雨だった。靴痕跡《こんせき》の土や付着物は流されているなと、それだけぼんやり考えた後、合田雄一郎は音一つなく立ち上がった。三十三歳六ヵ月。いったん仕事に入ると、警察官職務執行法が服を着て歩いているような規律と忍耐の塊になる。長期研修で所轄署と本庁を行ったり来たりしながら捜査畑十年。捜査一課二百三十名の中でもっとも口数と雑音が少なく、もっとも硬い目線を持った日陰の石の一つだった。

大部屋を出ようとしたとき、「身元割れたぞ！」と宿直の声が追いかけてきた。ずいぶん早かった。突き出されたメモには《畠山宏。元吉富組。三十七。住所不定》とあった。

「犯歴、照会してくれ」

それだけ言い残して合田は廊下を走り、数十秒後には同じ階にある捜査四課の宿直室のドアを叩《たた》いていた。何か呻《うめ》いて宿直が飛び起きた。

「殺しだ。こいつ知ってるか」

宿直は渡されたメモを眺め、「知らん」と首を横に振った。

「吉富の畠山宏。記憶ないか」

「吉富に畠山なんて奴、いたかな——」隣の布団《ふとん》から起き上がったもう一人も鈍い顔をした。

「こいつの住所調べて、分かったら連絡くれ。頼んだぞ!」

一声怒鳴って、合田は再び駆けだした。まだエンジンはかかっていなかったが、捜査四課十年の勘から来る条件反射だった。殺人・傷害といえば暴力団関係者が統計的に圧倒的多数を占める昨今、構成員の千やそこらの名は頭に入っている。関東一の勢力を持つ住田会系の中の、最大組織の吉富組といえばなおさらだったが、その自分の記憶に《畠山宏》という名がない。ど忘れかも知れないと思って四課へ走ったが、マル暴がやはり知らないという。妙だ。

都立大裏の住宅地で元組員が何をしてた? 妙だ。

エレベーターで一階へ降りたとたん、隣のエレベーターが同時に着いた。同報を聞いて九階の《七社会》から飛び出してきた記者二人だった。どちらも走りながら目が合い、記者のほうが一瞬早く口を開いた。

「主任が担当？」

「ほかにおらんから」

「私らも行くから、ご一緒しましょうか！　タクシー代出しますよ！」

合田はもう応えなかった。駿足《しゅんそく》で記者を振り切り、タクシーを拾おうと目を走らせながら玄関を走り出したら、地下鉄駅のほうから歩いてくる同僚二人が目に入った。「現場どこですか」駆けつけてきた二人は短く尋ね、「都立大裏。殺し」と合田も短く応え、内堀通りで停止のウィンカーを出したタクシーへ三人で走った。

車内で事件の話は出来ないため、合田は手帳に走り書きした被害者の畠山宏という氏名、年齢、組の名前を両隣の部下に見せた。当年三十歳の巡査部長森義孝は、持病のアトピーがその朝も全開らしい仏頂面《ぶっちょうづら》で《知るわけない》と応え、七係のベテラン部屋長、肥後和己《かずみ》巡査部長も素っ気なく首を横に振った。

「それにしてもあんたら、今朝はどうしたんだ。偶然会ったのか」

「駅で。朝っぱらから陰気に背中丸めて歩いてる奴《やつ》がいるから、面見たら《お蘭《らん》》で
——」

肥後は自分のことは棚に上げてへらへら嗤《わら》ってみせた。森には蘭丸というあだ名があり、係の連中は《お蘭》などと茶化していたが、任官五年で巡査部長の昇任試験に合格した優秀さが同僚にはうっとうしいというより、固すぎて鋳型《いがた》にはまらない出来損ないのコンクリートを持て余すというのが本音に近かった。そういう突出した自尊心と強烈な上昇志向を腹に忍ばせて、毎朝合田の次に早々と登庁してくるので、肥後をはじめとした本庁の古株には恰好《かっこう》の餌食《えじき》なのだったが、一向に気にする様子もないのが森という男だった。

一方肥後のほうは、姿を現した時間がやけに早かったことから、その朝も多摩の自宅ではない、荻窪《おぎくぼ》の愛人宅から出勤してきたのは間違いなかった。《どうせお見通しでしょうが》といった厚顔に自嘲《じちょう》を混ぜて、肥後は合田がくわえた煙草《たばこ》にすかさず自分のライターの火を差し出し、合田がそれを断ると、ちょっと卑屈に口許《くちもと》を歪《ゆが》ませた。齢《よわい》四十三になる肥後には、自分より十も年下の警部補にゴマすりを欠かさない世馴れたサラリーマン根性と、よくも悪くも古参らしい傲慢《ごうまん》さが同居しており、なかなか侮《あなど》れない唯我《ゆいが》独尊《どくそん》の薩摩《さつま》の古狸《ふるだぬき》ではあった。

その肥後が「しかし変ですな」と一言呟《つぶや》いた。「都立大裏なんて、そんな野郎がうろうろするような場所じゃないでしょうが。しかも月曜日の朝っぱらに」

「ああ」

合田は、四課に被害者の住所を調べさせていることはとりあえず口に出さなかった。

八雲二丁目は古くからの閑静な住宅街で、学校のほかは何もないところだった。東横線の駅周辺と目黒通り沿いは喧《やかま》しいが、一歩入ると大学周辺の坂道沿いに昔からの住宅がひっそりと立ち並んでいる。

二丁目二番地の坂道は、大学の敷地から土塀沿いに降った桜の落葉で埋まり、すずめの声と、深い木立から落ちる雨の音しか聞こえなかった。そこにビーコンをつけたままのパトカーと救急車と機動捜査隊のヴァンが連なり、捜査員の紺色の制服が散っていた。テレビや新聞はまだだ。通勤者や学生が通るには早い時刻で、異変に気付いた付近の住人が窓や戸口からそっと顔を覗《のぞ》かせていた。

「本庁です」

「ああ、どうも」

ビニールシートの下から、代行検視中の碑文谷署の刑事が顔を上げた。遺体は土塀のすぐそばで手足を投げ出して仰臥《ぎょうが》していた。創傷は雨で洗われ、赤い筋肉組織が露出した顔は鼻と右眼球と下顎《かがく》の一部が欠損し、残された左眼球一つが空を睨《にら》んでいた。短く刈り上げられた頭髪が張りついた頭頂部に、直径一センチほどのドス黒い孔《あな》も見えた。周囲が挫滅《ざめつ》して陥没しており、ピストルの創傷でないのは一目で分かった。穿孔《せんこう》さえなければ、石や斧《おの》などの鈍器で殴ったときと同じ割れ方に思われたが、とっさには凶器の見当はつかなかった。ほかには、右手の甲に吉祥天女《きちじょうてんにょ》の刺青《いれずみ》。傍らに転がっている靴の片方の底に、すり減った穴が一つ。濡《ぬ》れそぼった着衣は、スラックスと薄手のジャンパーに、ポロシャツ。やくざにしては、質素な風体だという第一印象だった。

「すげえな――」と独りごちて肥後はさっさと遺体の上に屈《かが》み込み、森がそのあとに続いた。合田は、押《お》し退《の》けられた所轄《しょかつ》の刑事のほうへ素早く声をかけた。

「遺留品は？」

差し出されたのは保管用のビニール袋に入れられた札入れ一点、ハンカチ一点。使い古されたよれよれの札入れを改めると、中身は新札に近い万札が十枚。小銭が八百二十五円。カード類は無し。それだけ確認して、合田は「森！」と呼んだ。

「至急山田先生に連絡して、凶器の判定をしてもらいたいホトケが出たと伝えろ」

山田というのは東大法医学教室の助教授で、独身・仕事熱心・ある種のマニアという三拍子が揃《そろ》っているために、日頃からしばしば世話になっている人物だった。使い走りをさせやがってという不機嫌な顔で、森は足早にビニールシートの天幕を出ていった。

「鑑定処分の許可状を急いでほしい。管内に判事は？」入れ替わりに合田は所轄の刑事に向き直った。「います」と応じた所轄の刑事も和やかな顔はしていなかったが、合田はそれには目もくれなかった。

「地検への連絡は」

「署の方でやりました」

「よし、地図を下さい」

所轄の誰かから手渡された地図を持って、合田はすぐにシートの外に出、「集まれ！」と号令をかけた。集まってきた所轄の捜査員や機動捜査隊員の人数をざっと数えた後、手早く住宅地図にボールペンで線引きをし、現場周辺を八つに分割して番号をふった。その番号毎《ごと》に、捜査員を端から順番に二人一組にして「君らは一区、君らは二区」と割り当て、「上がりは九時、署に集合」と指示した。

捜査員たちは各々《おのおの》地図で自分の受け持ち範囲を確認し、すぐに聞き込みに散っていった。初動の割り当て作業を三分で済ませて、合田は腕時計を見た。午前七時五分。七係の残りは全員、自宅からタクシーを飛ばしても一時間以上はかかるため、まだ姿はなかった。

合田は現場を覆《おお》ったビニールシートの天幕に戻り、あらためて路上の遺体と対面した。

鑑識と検屍官《けんしかん》が来るまで触れることの出来ない遺体を、目だけでじっと追う。何時間か雨で洗われても猛烈な鮮血の臭《にお》いがビニールシートのなかにこもり、鼻腔《びこう》をついた。傍らで、肥後の殿様が欠損したホトケの右眼球を指さし、「近所の通報者の話では、野犬がここを齧《かじ》ってたんですと――」などと呟いて嗤い、ひっそりと肩を揺すった。

「それ、確かか」

「辺りに、目ん玉見つかりませんからな」肥後は事もなげに言ってのけた。実際には早朝の散歩者が偶然目撃した範囲では、状況はそれほど明確なものではなかっただろうと思われたが、ともかくベテランの刑事にそう言わしめるほど遺体の損傷が凄《すさ》まじいことだけは、合田も否定する気はなかった。

「それにしてもこの頭の孔、何やろな――」合田は無意識に郷里の言葉を洩《も》らし、耳聡《みみざと》くそれを聞きつけた肥後はニッと一つ嗤ってから、「見当つきませんな」と短く応じた。

外から見ただけでは頭頂部の孔の深さは分からず、脳内の損傷具合も分からない。凶器の見当もつかない。さらには死後硬直の進み具合も分からず、衣服の下の外傷の有無も分からず、従って現時点では、肝心の遺体を前にして死因も殺害の状況も死亡時刻も、何もかもが分からないというだけだった。ひとたび事件発生となれば、一分一秒を争って現場に駆けつけるのは刑事の習《なら》い性《せい》だったが、現実には眼前の遺体一つについての正確な情報は医者の解剖結果を待ち、鑑識の作業と鑑定結果を待ち、ときには科捜研の詳しい検査を待ち、さらには種々の法的な手続きを一つ一つ待つことが先に立つ。

毎回、初動の数時間はそうしてじりじり過ぎてゆくのだったが、合田の反射神経はそれでもなお休むことを知らなかった。ビニールシートの外へ出て、すかさず「身元確認の件で聞きたいことがある」と所轄の捜査員に声をかけていた。その捜査員は誰かを呼びに行き、入れ替わりに「碑文谷の刑事課長の浜田ですが」という声が後ろから飛んできた。

「お宅、本庁ですか。鑑識はまだですか」刑事課長はせわしげに天幕に入ってゆき、すぐに口許を歪めて出てくると、「そこのお宅」とまた合田を呼んで会議の招集は何時かと尋ね、合田は九時だと応《こた》えた。「八時でもいいと思うが」と課長は言い、「九時です」と合田が繰り返すと、課長は露骨に《本庁のクソ野郎》という顔をしたが、それ以上は言わなかった。

「とにかく、写真を撮って指紋を採取したら、出来るだけ早く移動して下さい。住宅街のど真ん中に、あんなものはいつまでも置いておけない。頼みます」

「うちの者が全員揃った後、移動します」とだけ、合田は応えておいた。捜査員が全員現場を見るまでは、遺体は動かさないのが鉄則だということを知らないわけでもないだろうに、刑事課長は署長か地元の有力者に何とかしてくれと言われてきたか。閑静な文教地区にやくざの他殺死体が転がっていたら、土地の資産価値がいっぺんに下がるとでもいわんばかりだった。

足早に立ち去った刑事課長には目もくれず、合田は続いて身元確認の件でいましがた呼んでもらった碑文谷の署員と急いで相対した。

「私が畠山の身元を確認しました」と制服の巡査長は言った。「十年前、新宿署の警邏《けいら》課にいた時分、何度か管内で畠山を職質したことがありましたので」

「あの損傷で、畠山の顔だとよく確認出来ましたね」

「左瞼《まぶた》から眉間《みけん》にかけての傷痕《きずあと》と、右手の甲の刺青から当人と認知しました。昭和五十七年夏、新宿三丁目の路上で通行人同士のケンカがありまして、畠山がその吉祥天女の刺青を本官の目の前に突きつけて『俺の印籠《いんろう》』だと言い、その拳《こぶし》で殴りかかってきたので現行犯逮捕したことがあります。そのとき仮出所中でした」

「犯歴は」

「昭和五十七年当時に前科五、六犯で、銃刀法違反、風営法違反、傷害、ゲーム賭博《とばく》——」

そうか、畠山宏という名前が記憶になかったのは、捜査一課の守備範囲に引っ掛かりもしない輩《やから》だったからだろうと合田は一つ納得した。同じ理由で、四課の現役の頭にも思い浮かばなかったということだ、と。

「現住所は分かりますか」

「昔は女のところを渡り歩いてましたが、いまは分かりません」

「最近、この管内で見かけたことは」

「ありません」

「ところであなたもガイシャの靴を見たと思うが、五十七年当時の畠山は底に穴のあいた靴を履くような男でしたか。いまそこに転がっている畠山は、あまりいい身なりだとは言えませんが――」

「そういえば昔はいいスーツを着ていたと思います」巡査長は少し気まずそうな顔をした。

「以上。ご苦労さま」

巡査長は立ち去り、入れ違いにやっと到着した鑑識班の一行が機材を手に現場になだれ込んできて、天幕の中はしばし写真撮影や指紋採取で慌《あわ》ただしくなった。現場から前後二十メートル先に張られた立入禁止帯の外には、そろそろ一一〇番通報の同報を聞いた各放送局や新聞社の記者が集まり始めており、合田は無意識に捜査帽を目深《まぶか》に被《かぶ》り直して背を向けた。

時刻は午前七時十二分。路上に降りそぼつ雨が細くなってゆく。アスファルトに残されていたはずの靴痕跡《こんせき》はすでに流されている可能性が高く、毛髪や皮膚片などの細かい資料も回収は難しい状況だったが、鑑識は潜在痕跡を取るためのチオシアン酸塩液を路上に撒《ま》き、ゼラチン紙の台紙を手に目を皿にして路面を這《は》う作業にかかっていた。合田はちょっとそれを眺め、いつもの通り、目の当たりにしたばかりの死体の姿、周辺の家屋や道路の姿を自動的に頭に並べ、未《いま》だ何ひとつかたちにならない事件の捜査に着手するための最初の一歩を固めてみたが、長年の刑事生活で連日繰り返してきたその一歩は今回もまたいくらか鈍く、さしたる馬力も滑らかさもない中古のエンジンのようだった。たまたま刑事を拝命して以来、たんに人よりよく歩き、よく聞き、よく見てきただけの十年。そういう忍耐と努力を自らに課す意思力だけが自分という男の骨だと自任はしていたが、最近は新しい一日が始まるたびに、そんな意思力もいったいいつまでもつだろうかと自問することもあった。

しかし、そうしてほんの一分ほど脱線したのも束《つか》の間《ま》、立入禁止帯の外が騒がしくなったかと思うと、今度は本庁の一課長と第三強行犯捜査班の管理官の到着だった。一課長の臨場とあればニュース性も大とばかりに報道陣のフラッシュが一斉に点滅し、質問の声が飛び始めた、その傍らをすり抜けて、やっと七係の同僚の一人、有沢三郎巡査部長が走り込んでくるのが見えた。ひとたび事件となれば、夜中であれ八王子の自宅から懐《ふところ》具合も省みずタクシーを飛ばして、ともかく現場に一番か二番に駆けつけてくる。それが文字通り疾風のような感じなので、風の《又三郎》というあだ名を持っている三十五歳。捜査一課随一の二枚目と自称して憚《はばか》らない厚顔と口八丁手八丁は、若さと体力がある分、ある意味で肥後以上の強者《つわもの》だった。

その有沢《又三郎》は、「どうも!」と口許だけ白い歯を覗《のぞ》かせて上司の合田に片手を上げ、ダスターコートをバサッと翻《ひるがえ》してビニールシートの天幕に飛び込んでいった。一方、合田は反射的にいましがたの内省もすっ飛び、救いがたく身に染《し》みついた刑事同士の競争心で、「森!」と呼びつけていた。

現場から少し離れた路肩でメモをつけていた森がやってきた。それをつかまえ、自分でも抑えられない早口の小声になった。「四課の若手はだめだ。吉原警部に連絡して畠山宏の情報を取れ。俺からだと言え。無線は使うな、肥後の携帯電話を借りろ。又三郎に先をこされたら、後々までたたる。急げ!」

被害者の住所を先に摑《つか》んだ者の勝ち。家捜しを先にした者の勝ち。収穫の有無はともかく、初動の段階では浚《さら》えるものは真っ先に浚う。それが成果を上げる第一歩であり、刑事生活で身体《からだ》にたたき込まれた厳しくあさましい生存競争の事実だった。少し前、自分の忍耐と意思力に不安を感じてみた合田だったが、警察という組織への順応の証《あかし》のように知らぬ間に身体と頭が小賢《こざか》しく働いている。それをまた冷徹に見抜いている森は、「了解」と無表情に応えて速やかに走り去った。

その間に、遺体の天幕へは七係の残りが次々に駆けつけていた。七係の中で一番物静かで、一番まともな身なりをし、柔道七段の体軀《たいく》に似合わないひっそりした身のこなしの広田義則巡査部長。当年三十五歳で、ダスターコートのポケットに入っているのが岩波新書か澁澤龍彥《しぶさわたつひこ》という奇怪な取り合わせもさることながら、秋田出身の色白のもち肌を茶化した《雪之丞《ゆきのじょう》》というあだ名には、ちょっとした個人的な事情もあった。

続いて唯一《ゆいいつ》の二十代、松岡譲《ゆずる》巡査の《十姉妹《じゅうしまつ》》。最近の若い世代は、刑事生活を三年やってもまったく頰もこけず胃も壊さない。愛想も気配りも忘れず、返事も明るく、金ボタンのブレザーを着て、ピーチクパーチク飛び回っている脳天気な健康優良児は、森義孝とはまた違った意味で、合田たちの世代には扱いにくい新人類だった。

それから、さらに三十六歳の吾妻哲郎《あづまてつろう》警部補。通称《ペコ》。その名の通り、ミルキーという菓子の箱についている人形の絵そっくりの恐るべき童顔とは裏腹に、東大卒の複雑怪奇にねじれた頭脳は年がら年中まさに異彩を放ちまくっている。二十歳で学生結婚し、二十一で子どもを作り、司法試験より夜中におしめを替える生活を優先し、女房に学業を続けさせて、自分は卒業と同時に生活の安定した公務員の道を選んだというが、権力のなかでも、身体に直結した嗜虐《しぎゃく》的な愉悦に満ちた警察という組織の水が、存外に本人に合っていたのは間違いない。その朝もまた、無頓着と自信過剰のシンボルのような、十年一日の玉虫色の脂光《あぶらびか》りするトレンチコートを着込み、早くも下腹の出始めた小柄な体軀をせかせかと揺すって天幕の下へ滑り込んでゆくと、案の定三十秒も経《た》たないうちに現場はああしろ、こうしろとまくし立てる吾妻の独壇場になった。

そして最後は、緩慢な忍び足のように現れた七係の係長、林省三警部。「一番乗りか」と後ろから声をかけられて合田が振り向くと、いつの間にかそこにいたのだった。林は細くなってゆく雨を仰ぎ、道路に五つ六つ置かれた鑑識の標識を眺めて「長引きそうか」と言い、合田は「分かりません」と応えた。林はどんな返事も期待していなかったような無表情で「そうか」と呟《つぶや》き、そのまま天幕に入っていった。

捜査一課に十八名いる警部のうち、最年長の五十三歳という年齢で、定年までもう昇進はない、叩《たた》き上げを絵に描いたような刑事が林だった。二年前胃を切って三ヵ月休職し、捜査一課への復職は無理だと誰もが考えていたのに戻ってきたしぶとさと強運は、七係のお守りみたいなものだったが、お守りはときに身につけているのを忘れてしまう。

それほどに影が薄く、声も小さく、腹に何が入っているのかもよく分からない。本名をもじった《モヤシ》というあだ名は病気の前からついていたが、ほんとうにモヤシのような男なのかどうか、部下の一人一人があらためて考えてみるには日々の仕事が多忙すぎ、過激すぎて、その真意をじっくり斟酌《しんしゃく》するようなヒマは誰にもなかった。事実合田も、先ほど四課の吉原警部へ連絡をつけるよう指示した森が駆け戻ってくるのを見たとたん、林のことはもう頭になかった。

森が差し出した携帯電話に出ようとしたら、天幕のほうから吾妻ペコが「そこの二人！」と何やら怒鳴ったが、合田はそれに片手だけで応じて背を向けた。

すでに登庁しているらしい吉原警部の野太い声が、電話の向こうで《畠山宏がほんとうにそこに転がってるのか。五年ほど前に組を抜けてから、こっちの世界では音沙汰《さた》なしだった奴《やつ》だぞ、人違いでないだろうな》とがなり立ててきた。

「いまごろ殺《や》られるのが意外だということですか。現住所、そちらで分かりますか」

《いま二、三知り合いに当たってるが、元々住所不定のヒモみたいな奴だったからな。それにしても、都立大近辺なんかに畠山の鑑《かん》はないはずだが。——あ、ちょっとそのまま待て。確認が取れた》

電話は保留音になり、代わりに吾妻ペコの苛立《いらだ》った怒号が飛んできた。合田はまた手だけで応じ、振り向く手間は省いた。

電話はすぐに再びつながり、合田は《足立区梅島三丁目二十六——》と読み上げられる所番地を手帳に書きつけた。判明した被害者のシマがよりにもよって足立区。八雲からはとんでもなく遠いと先ず思い、次いで、質素な身なりの元組員がわざわざこんな遠くまで来て死体になった状況の異常さを一つ、あらためて頭に刻んだ。

《西野富美子というホステスのアパートだ。昔畠山が同棲《どうせい》していた女の一人だと思う》

吉原の声を聞きながら、合田は腕時計を見た。午前七時二十分。

「吉原さん、いますぐそちらで捜索令状取れますか。適当なガサ入れの容疑、ないですか」

《ないことはないが、なるべく別件は避けたい。ガサ入れの本命は何だ》

「こちらとしては、最近の畠山の生活状況を知りたい。とくに金の出入り」

合田がそう言うと、電話の声は即座にげらげら笑いだした。《要は合田、貴様の一番乗りに俺が貢献しろってことだろうが。そのクソ度胸に免じて、令状は適当に取ってやるが、根回し忘れるな。お偉い一課にあとでがたがた言われるのは御免だぞ》

「今度奢《おご》ります。五十分で現場に着きます。先に始めていて下さい、恩に着ます」

一分一秒を惜しんで電話を切り、それを森に返したところで「合田、ちょっと来い！」

と吾妻が三度目の声を張り上げた。吾妻は合田がすでに線引きした住宅地図に新たな線を引いて、今後の地どりの分担を指示している最中だったが、口から先に生まれたその口を休みなく動かしていたかと思うと、やって来た合田に「貴様、九時上がりというのはどういうつもりだ！」ときた。「みんなを遊ばせておく気か、なんで九時なんだ、理由は！」

「初回の会議の前に時間が欲しかっただけだ。これからガイシャの家を見てくる。場所は梅島。女のアパート」

合田が言うと、とたんに有沢の又三郎がぐいと首を突き出してきて、「梅島っての、どこで摑んだんです」だった。「知り合いに聞いた」と応えると、又三郎はしてやられたという顔をして鼻を一つ鳴らした。その端で肥後が舌打ちをし、十姉妹もぎりりと口《くち》許《もと》を歪《ゆが》ませる。

現役の四課が忘れていた元組員。シマから遠く離れた文教地区の事件現場。おそらく月曜日未明と思われる犯行時刻。凶器の見当がつかない創傷。そして札入れの新札十枚。本庁捜査一課の刑事を自負する全員の脳味噌《みそ》で、異様な信号がいくつもピカピカ灯《とも》っているいま、スタートのピストルが鳴る前にいち早く走り出した恰好《かっこう》の合田を取り巻いた目は、いつものことながらすでに殺気立っていた。

「ガサ入れはいいが、令状は？　またよそに別件でやらせたか。梅島といえば行って帰って二時間コースだぞ。九時上がりで会議招集したの、貴様だろうが。会議、どうする気だ！」

人並みはずれて頭の回りすぎる吾妻はなおもしつこく言ってきたが、その口を叩き潰《つぶ》してやろうかという思いで、合田はもう踵《きびす》を返していた。時間がなかった。「急げ！」と森義孝に怒鳴った。後ろから「二人とも手ぶらで帰って来れると思うな！」という吾妻の声、「お蘭《らん》！　せいぜい主任としっぽりやって来やがれ！」という又三郎の声、最後に「面倒を起こすなよ」という林警部の陰気な声などが飛んできた。

森は、整髪料その他の揮発性の香料でアトピーが出るため、実際のところ整髪料をつけない合田としか組めないのは七係の暗黙の了解だ。それでもいざ事件となると様々に茶々が入る。おおかたは周囲に馴染《なじ》まない森本人の問題であり、合田のほうこそいい迷惑だったが、森としては午前九時にとりあえず初回の会議に出て、聞き込みの成果を聞きたかったのだろうか。合田には分からなかった。

そろそろ朝のラッシュが始まる時刻、合田は森を伴って表参道までタクシーを飛ばし、そこから地下鉄千代田線で北千住まで行き、再びタクシーを拾い直して足立区の当該の住所へたどり着いた。最短距離を取ったつもりだったが、結局予定より五分ほど超過し、到着したときは午前八時半を回っていた。タクシーを降りるとき、割り勘にするのももどかしいので合田が二千円を出すと、すぐに森は千円札一枚を返してきたので、釣銭とその千円を交換した。森はいつも律儀《りちぎ》に金を出す。そういうところだけは好きだった。

現場は東武伊勢崎線沿線にあり、梅島駅より西新井駅に近く、高架になった線路越しに鉄道の整備工場が見える立て込んだ住宅地だった。古い町屋と木造アパートが軒を連ねる二十六番地の路地は袋小路になり、所轄《しょかつ》のパトカー二台、本庁の車二台が止まっている周りはすでに見物の人だかりで、その真上の木造アパートの二階の窓から、「出ていけ！　バカ！」という派手な女のわめき声が降っていた。そのアパートの入口の前に、丸刈りの巨漢の部下二名を従えて四課の吉原が立っており、合田のほうへ振り向いてニッと笑ってみせた。

「家捜しを始めたとたん、姐《ねえ》さんがいきなり素っ裸になってくれてな。西新井署から婦人警官呼んで、何でもいいから身にまとっていただいてるところだ」

「優しいですね、四課は」

「一課ほどでもねえさ」

そうして先ずは厭味《いやみ》を一発かました吉原は、日焼けとあばたで目鼻の分からない鬼《おに》瓦《がわら》に、活《い》き活きした笑みを滲《にじ》ませていた。春に暴力団新法が出来、暴力団対策課が新設されて組織捜査が強化されたおかげで、長年足と顔で稼いできたマル暴の豪傑も、最近はコンピューターの統計資料や民法を相手に悪戦苦闘している。そのお偉いコンピューターに登録のない、古顔の自分しか知らないガイシャが出て、久しぶりにちょっと愉快な思いをしているのが一目で分かる顔だった。

合田はこの吉原とは本庁の武道場で知り合った。階級も所属も関係なく防具で顔を隠し、竹刀《しない》だけで通じた仲だったが、公私ともに他人と付き合うことなど皆無に近い警察社会で強面《こわもて》の吉原を動かした最初の一歩は、どうやら稽古《けいこ》の相手が発した耳慣れない関西弁らしかった。合田自身は記憶になかったが、あるとき吉原の強烈な「面」を食らってのけぞったとき、「アホ」とか「ボケ」とかわめいていたのだと、吉原はいまも呑《の》むたびに笑う。

「で、令状の容疑は」

合田が尋ねると、吉原は右手を左肘《ひじ》に向けて注射を打つ手真似《てまね》をした。

「あの女、昔からやってるのは分かってたんでな。今日ブツが出るかどうかは分からんが、尿検査をしたら一発だ。それから、君らへの土産はこれ。歯磨きチューブの中にあった。レミントンの普及品。大型のオートマチック用だ」

吉原は言い、ジャケットのポケットから摑みだしたのは短銃用の銃弾が五発だった。とっさに森が突き出したハンカチの上に、金メッキを施された九ミリ・パラペラムのずんぐりした塊が五つ、ばらばらと落ちてきた。

「チャカは——」

「見つからん。天井板も剝《は》がしたが、出てこない」

暴力団が隠し持つ短銃捜しにかけては、合田は吉原の手腕をみじんも疑わなかった。数年前、殺人容疑で家宅捜索したある組事務所で、吉原がコンセントのプレートまで一枚一枚剝がして、配線孔に隠された短銃二丁を掘り出すのを目の当《ま》たりにしたこともあった。

「遺体も持ってはいませんでした」

「だったら、チャカの行方が問題だ。畠山が弾だけ持っていたなんてことはあり得ない。このアパートでチャカが出なかったら、畠山がここを最後に出たとき、持ち出した可能性が大ってことだ」

予想外の話を耳にしながら、合田はとりあえず《連絡しろ》と顎《あご》で森に指示を出した。被害者が拳銃《けんじゅう》を所持していた可能性があり、犯人がそれを持ち去った可能性が出てきたとなれば、そろそろ始まる初回の捜査会議の気付け薬には十分だった。

一方、吉原自身もちょっと苛立った真顔をしており、「世の中、こんなもんだ」と口ごもった。「畠山って奴はな、昔から突っ張ってもたかが知れてて、組でもせいぜい使い走りがいいところだった。犯歴を見たら分かるだろう。やるのはクスリと詐欺《さぎ》、ゲーム賭博《とばく》、風俗店のピンはね。十何年か前に一回だけ銃刀法違反でパクられたが、そのときも匕首《あいくち》だったからな。そんなところがせいぜいだったのが、いつの間にか組を抜けてこんなところで女のアパートにしけ込んでいると思ったら、いきなりチャカだ、チャカ！」

「しかし元吉富組なら、どこからか流れてきたということもあるでしょう」

「いや、どうかな——」吉原は二秒、自問するように虚空《こくう》を仰いだ。「俺が組の者だったら、畠山にチャカを流したりはしない。あの世界にいて、一度もおいしい目を味わわせて貰《もら》えなかったツキのねえチンピラだぞ。そんな奴が下手にチャカなんか手にしてみろ——」そんなことを言いながら、吉原は「おい！」と部下を呼んだ。「ちょっと姐さんの様子を見てこい。下着一枚つけるのにいったい何分かかるんだ」

二階は相変わらず女の悲鳴と怒号の雨だった。刑事がアパートの階段を上がってゆく。

「で、合田。電話で金がどうこうと言ってたが」

「所持品の札入れに、新札で十万円入ってました」

た。

「いまは昔、というやつです。遺体の靴底に穴があいてました」

合田がそう言うと、吉原は再びちょっと天を仰ぎ、「糞《くそ》——」と呻《うめ》くように吐き捨てた。

西野富美子という女は、捜査員を前にネグリジェ一枚の恰好で畳にどっかりあぐらをかいていた。年齢は三十五だというが、いかにも夜の仕事が長いらしい疲れた肌は女の顔をもっと老《ふ》けさせており、万年床らしい布団《ふとん》や脱ぎ散らかした衣類などと併《あわ》せて、畠山宏が転がり込んでいたころの六畳間の生活が目に浮かぶようだった。

「さあこれを受け取って。破らないで下さい」刑事が、規則通り押収《おうしゅう》品目録交付書の紙切れ一枚を女に渡した。「ただし、そこに書いてあるピストルの弾と注射器は、後日返却はしません。没収対象品だからそのつもりで」

「死人に言いなよ、あたしんじゃないんだから」と女は言い、ぽいとそれを投げ捨てたかと思うと、「ちょいと、あんた！　そこの兄さん！」と素《す》っ頓狂《とんきょう》な声を上げて飛び上がった。

「高いのよ、それ！　汚い手で触るな、バカ！」

「まあまあ、姐さん」と吉原がやんわり女を押さえつけ、「兄さん」と呼ばれた合田はそれには構わず、女の衣装タンスの中のスーツやスカートの一点一点に目を通し続けた。独り身の男の目にも、住まいの様子には似合わない高価な衣服がまず気になったからだ。一方吉原は、場馴れした調子で女をなだめたりすかしたり、なかなか優しかった。

「さあ姐さん、ちょっと教えてもらおう。先ず畠山を最後に見たのはいつだ」

「土曜の夕方よ。あたしが店へ出るときはここにいたけど、帰ってきたらいなかったのよ。それきり見てないんだから」

「土曜の夜にあんたが帰ってきたのは何時だ」

「午前様。二時か三時でしょ」

「土曜の夕方、畠山はどこかへ出かけるという話をしたか」

「するわけないでしょ、いつも勝手に出かけてたんだから。パチンコにスナックに競馬にゲーム喫茶！　あたしは毎晩いないんだからね。留守の間に畠山がどこにいたかいちいち知らないわよ」

「畠山は、遊ぶ金はどうしてたんだ」

「さあね。ゲーム賭博で稼いでたんじゃないの。あれ、儲《もう》かるのよ。四、五人上客を持ってりゃ、小遣いには困らないわよ。ときどきパアッとお金使うこともあったし、あたしに奢《おご》ってくれたりさ」

「これもか？」

　合田はタンスから取り出したスカート一点を突き出した。「何よ、あのお巡り！」と女はまた声を荒らげたが、吉原にはのれんに腕押しだった。

「姐さん、そう突っ張るな。あんたの好みのタイプだろうが。あの兄さんも一応刑事だからな。聞かれたことには答えてやれ。さあ、あのスカートは畠山に買ってもらったのか？」

「余計なお世話よ、畠山が死んだことと何の関係があるのよ！」

「これ、いくらだ」合田は脇《わき》からさらに尋ね、女は鼻をふんと鳴らしただけだった。

「これ、一度もはいていない新品だろう。いつ、どこで買ったんだ」

「新品だから触るなと言ったのよ！　それシャネルよ、シャネル！　触らないで！」

「いつどこで買ったか、答えろ」

「土曜に、数寄屋《すきや》橋阪急のシャネルの店で。領収書あるから、見たけりゃ見れば」

「見せてくれ」と合田は片手を突き出した。女は「鏡台の引出し！」と怒鳴った。合田は森と一緒に引出しをひっくり返し、雑多な領収書や請求書の山の中から、十月三日土曜日の日付のある阪急デパートの領収書一枚を捜し出した。ゼロが四つ。二十五万とい

う値段だった。スカートの裏地についているシャネルの商標ぐらい、合田でも知ってい
た。昔、結婚を決めていた女とどこかの店のウィンドーの外から眺めたスカーフ一枚が、
たしか当時の自分の給料より高かった記憶があった。
「鏡台の引出しに、信販会社の利用明細書が何枚もあったが、なぜこのスカートは現金
で買った」
「現金で買ったらいけないって法律あるの！」
「区民税、都民税、水道代、電気代の督促状が、郵便受けにあった。税金は一年分溜《た》ま
っている。毎月一日に銀行口座から自動引き落としになる電気代が、残高不足で引き落
とされていない。それが三日に、この買物か」
女の投げつけた座布団が飛んできた。また吉原が押さえることになった。
「姐さん。座布団は答えにならんぞ。あんたの稼ぎ、電気代の支払いに困るほど悪くは
ないはずだ。何に使った？　これだろう、え？」
吉原は指で注射を打つ真似をした。
「やってないよ！」と女はネグリジェの片腕を自分で捲《まく》り上げた。「見なよ！」
「右腕も」合田は言い、女は今度は灰皿を投げつけてきたかと思うと「ギャア！　助け
て！　死ぬ！」とわめき出してまたネグリジェを脱ぎ始めた。すかさず婦人警官二名が

押さえにかかり、合田たち男は暴れる女に触れないよう、一旦《いったん》部屋の外へ退避しなければならなかった。

「ご時世だからな」と吉原はのんびり苦笑いしたが、合田はこんな女のために貴重な時間が潰れてゆくことに心底苛立《いらだ》っている自分を感じた。嫌悪《けんお》の対象は目の前の女なのか。一度結婚に失敗して以来、女とうまくいかなくなった自分自身なのか。はたまたこうして相も変わらず目を血走らせて捜査の手がかりを漁《あさ》っているいまという時間そのものなのか、いずれとも分からないまま不快さだけがつのった。

婦人警官に両脇を押さえられた女を前に、吉原がすぐに質問を再開した。

「さあ、姐さん。クスリの話はあとでゆっくり聞くから、まずはスカートだ。スカート一着が二十五万というのは、相当いい値段だぞ」

「畠山の金なんだから、あんたたちに関係ないでしょ」

「あの畠山が、二十五万円も気前よくぽんとくれたわけか」

「そうよ！　悪い？」

「そんな金を畠山はいつ、くれたんだ？」

「土曜の朝」

「しかしな、姐さん。あのタンスの男物のスラックスと上着、見てみろ。あれが女に二十五万もくれてやるような男の衣類か。今朝見つかったときも、靴に穴があいてたっていうぞ」

「畠山の靴なんか、いちいち知るわけないでしょ。穴があいてたらどうだっていうのよ！」そう言いながら西野富美子はちょっと唇をかみ、次いでイライラしたように婦人警官の手を振り払うやいなや、肩で一つ息をついた。

「あいつの靴なんか知らないわよ、あたし――」

「ああ。畠山がどんな靴を履いていようと姐さんの責任じゃないさ。ここは二十五万の出所だけ、はっきりさせよう。畠山はほんとうにあんたに金を渡したのか。それともあんたが畠山の金を無断拝借したってことか。さあ、正直に話してくれ」

「畠山がタンスの上に隠しているのを見つけただけよ。二十五万ぐらい何よ、あたしは月六十万稼ぐんだよ！」女はまた喉《のど》を嗄《か》らした。

「よしよし、分かった。十月三日朝の時点で最低限二十五万円の現金がタンスの上にあった。あんたは畠山の金だと思い、無断拝借したってことだな？」

「それぐらい別にいいじゃない。何年、畠山の面倒見てきたと思ってるのよ――」

「金を見つけたのは十月三日朝、だな？」

「ええ」

「新札だったか」

「ええ」

「もう一つ聞くが、それだけの新札の現金を見つけたとき、あんたどう思った」

「別に。賭博の稼ぎを貯《た》め込んでるんだと思ったわ。ほかに何があるのよ、あんな能無し」

「その程度の金なら、畠山はこれまでも持っていることはあったわけか」

「昔はね。ここ数年はなかった」

「――だろうな。畠山がときどき奢ってくれたというのも、昔の話だろ？」

「ええ」

「畠山は最近、ゲーム賭博もやってなかったんじゃないか？」

「知らないって言ったでしょ。あたし、夜は働いてるんだから」

「あまり話もしてなかったんだな。畠山は、何となく毎日ごろごろしてたってところか」

「そうよ。はっきり言って、粗大ゴミ」

「――だろうな。よし、姐さん、ちょっと署で話を聞かせてもらうぞ。今日のところはブツが出なかったからクスリの件は任意同行。尿検査はしない。いいな？　代わりに畠山殺しの捜査にちょっと協力してやってくれ」

　そうして吉原は合田と森を尻目《しりめ》に、一課の手法では到底不可能な飴《あめ》とムチの手管《てくだ》で速やかに必要な端緒を摑《つか》み、《後は君らの仕事だ》とばかりに悠然と部屋を出てきた。合田はひとまず白旗を掲げるに吝《やぶさ》かではなく、この際細かいことを言う筋合いもなく、一礼をした。森はどう感じたのか知らないが、上司にならって同じく頭をペコリと下げていた。

　女が身繕《みづくろ》いをする間、合田たちは吉原とともに先に外へ出た。吉原がタバコをくわえたので合田は自分の火を貸し、ついでに念を押した。

「畠山は、最近賭博はしてない。定期的な収入はなかった。そういうことですね？」

「少なくとも胴元の体面を保つような衣類、高級時計、その他、何も出なかっただろう？　うちのを一人貸すから、裏はそっちで取れ。なあ、お若いの」

「現金を見つけたとき、女がほんとうに賭博の金だと思ったかどうか疑わしいですね」

　森は、素直に首を縦に振る代わりにそう応《こた》え、アパートの部屋で回収したクレジットカードの利用明細書や百貨店などの領収書をぱらぱらめくり、手帳をめくり、「九月の買い物がハンドバッグ二十一万八千円、ランジェリー十七万、靴五万、スーツ三十五万。税金と公共料金の滞納額の合計がざっと四十二万――」と並べたてた。「これでクスリをやっていたら、金はいくらあっても足りないでしょう。一方、畠山の持物と思われるものは洗面所に剃刀《かみそり》二丁。げた箱に紳士靴一足、洗濯機に汚れた下着数点——。湯水のように金を使う女が、そもそも文無しの男を居候《いそうろう》させていた理由ですが、不定期にしろ畠山にどこからか金が入るのを知っていて、女は男を置いていた可能性もあります」

森の言い分には一理も二理もあったが、今回もまた三つ言えば済むところを、四つも五つも言って、ベテランの吉原を呆《あき》れさせることになった。

「いいか、若いの。あの姐さんは何だかんだ言っても、畠山に惚《ほ》れてたんだ。文無しだろうが、たとえば身体が合うとか、アレが強いとかな。俺が見たところ、女は単純に賭博の金だと思ってたと思う。そういう女もいるんだ、単純で何も考えていない女が」

吉原はちらりと合田を見、《どういう教育をしてるんだ》という顔をした後、「忙しいから俺は先に行くぞ」と言って姿を消した。森は依然納得のいかない顔つきだったが、合田自身はこの件は吉原に分《ぶ》があると思った。西野富美子はそのだらしない暮らしぶりから見て、細かいことに神経を回すタイプではない。そういう意思もない。どちらにしろ当面の焦点は、あくまで死人が所持していた新札十枚と女が使い込んだ新札二十五枚、合わせて最低でも三十五万の現金の出所だった。

そうして正午前、西野富美子は西新井署へおとなしく引っ張られてゆき、それには森を同行させて、合田は吉原から借りた四課の刑事とともに徒歩で駅へ戻った。四課の男は、「捜査会議に出なかったんですか」とちょっと呆れ顔をしたが、合田が「会議より、西野富美子のほうが面白かったです」と言うと、「確かにそうですな」と長閑《のどか》に嗤《わら》った。初動捜査後の最初の会議など、名ばかりの特捜本部長になる本庁の刑事部長の訓示、同じ名ばかりの副本部長になる捜査一課長と所轄署署長の訓示があり、かたちばかりの捜査主任官の司会進行で、本庁からの派遣組の係長が所轄から提出させた捜査員の経歴をもとに班分けをやって、ほぼお終《しま》いだった。初動の聞き込みで有力な情報が出ていれば別だが、ポケットベルが鳴らないところから見て、ネタはいまのところ無し。解剖の所見や鑑識の検査もまだ。夜の二回目の会議に出れば、遅れを取ることはなかった。

現実の捜査は、捜査員一人一人が自分の足を一歩一歩動かすことでしか進まない。初動から半日の時点で、被害者畠山宏がその生活圏から遠く離れた場所で殺害されている点、暴力団絡《がら》みの犯行とは異質である点、きわめて特殊な殺害方法である点、そして残された新札の現金の四つのポイントがあったが、捜査員個々の足で突き止めることの出来る範囲は限られている。いち早く被害者の生活圏にたどり着いた合田と森には、ともかく事件前の畠山宏の行動を少しでも洗い出すことが求められており、昼食も抜いて四課の刑事とともに午後いっぱい、西新井周辺の畠山の立ち回り先を捜しだすことから、まずは始まったのだった。

ゲーム喫茶、雀荘《ジャンそう》、スナック、一杯飲み屋、パチンコ店、コンビニエンスストア、理髪店。訪ねて回るべき先は少なくはなかったが、車の免許を持たない畠山の地元の行動範囲は、おおむね徒歩圏内と考えられた。とくにゲーム喫茶や雀荘に限れば、電車に乗って遠出して通うものではないため、合田はとりあえず駅近辺のそれらしいゲーム喫茶と、その周辺のパチンコ店、コンビニエンスストアに的を絞った。喫茶店についていえば、四課の現役の鼻は、賭博をやっていそうな店は確実に嗅《か》ぎつける。現行犯で押さえるのは難しいが、店の見当をつけるのは比較的簡単だった。卓上ゲーム機が店内に見えなくとも、不定期な営業時間、汚れた看板で要注意。店のゴミバケツに、普通なら大量に出るはずのコーヒーのフィルターやティーバッグが入っていなければ、さらに要注意。あとは、店に入ったときのマスターの顔を見れば、大体見当がつく。

そうして先《ま》ずはそれらしい店十軒、及びその周辺で畠山の写真を見せて回った結果、いずれも当たりはなく、うち数軒で出くわした吉富組の組員たちも、五年前に組を出た畠山の顔には興味も示さず、「この辺りの店では見かけたことないっすよ」と素っ気なかった。吉原の読んだ通り、かつてのゲーム賭博の世界からも足が遠のいていたらしい畠山の生前の暮らしぶりが、ある程度裏付けられた恰好《かっこう》だった。ほかにはパチンコ店二軒で、たまに姿を現すという情報が得られたが、とくに目立った賭《か》け方をしていた様子はなく、理髪店とコンビニエンスストアで見かけられた畠山の風体も、遺体のものと似たり寄ったりだったことが判明した。数十万の現金に結びつくような手がかりも、半日歩き回った路傍ではとりあえず拾えなかった。

午後八時。碑文谷署会議室に設けられた特捜本部では、一日を締めくくる第二回目の捜査会議が始まろうとしていた。夜に営業の始まる風俗店などの聞き込みに回っている者を除いた専従捜査員の数はざっと二十数名。黒板前の上座に着いているのは、捜査副本部長の碑文谷署署長、捜査主任の刑事課長、本庁の鑑識課係長、そして七係の林係長だった。朝はいたはずの本庁の刑事部長や捜査一課長の姿がすでにないのは通例だったが、第三強行犯捜査班の竹内管理官の姿まで見当たらないのは、被害者が元やくざのチンピラ一名ということで端《はな》から事件をなめてかかっているとしか思えなかった。

上座の幹部席と相対して並んでいる捜査員の席は、所轄《しょかつ》組と本庁組に自然に分かれて埋まっており、どんなに大人数の本部であっても本庁組はいつも、吾妻ペコの玉虫色のトレンチコートが目印になる。みんなに《ハレンチ》コートだと言われて意地でも手放せなくなったそのコートを肩にひっかけたまま、吾妻は遅れて姿を現した合田のほうへ機敏に目を向け、「早くしろ」と顎《あご》をしゃくった。ただし、それはペコなどという子供じみたあだ名には似合わない、陰湿周到なセンサーが絶えずちらりちらりと過《よぎ》っている目で、合田としては密《ひそ》かに別の名前を進呈したいぐらいだった。殺人者ラスコーリニコフの神経を玩《もてあそ》ぶ明哲怪奇な予審判事ポルフィーリィ・ペトローヴィッチ。

その隣で薩摩《さつま》肥後は臆《おく》するところのない大欠伸《おおあくび》を披露し、松岡の十姉妹《じゅうしまつ》は気もそぞろのうすら笑いを浮かべていた。この新人類はデートの都合のあるなしにかかわらず、一日歩き回ると朝磨いた爪《つめ》が汚れ、カッターの袖口《そでぐち》が汚れてくるのがただ癇《かん》に障《さわ》るふうで、夜になると落着きがなくなってくる。その隣で、又三郎はどこかのホステスから贈られたイタリア製ネクタイを指先でいじり回しながら、一日の得心と失意を秤《はかり》にかけるような、ちょっと隠微な顔をしており、さらにその隣では広田雪之丞が冬の動物園にやって来る独り者といった寄る辺ないぼんやり顔で天井を仰ぎ、遅れてきた合田と目が合うと、同性愛者の自嘲《じちょう》に満ちた微笑をよこして、またふいと目を逸《そ》らした。

若いキャリアの署長がひとり、いつ会議を始めたものかという顔でしきりに腕時計を覗《のぞ》いているのをよそに、合田と森は最後に着席した。早速吾妻ポルフィーリィが《土産はあるんだろうな》と底意地の悪い横目をよこし、又三郎は森へ眼《がん》を飛ばして《せいぜい楽しませてもらうぜ》だった。すかさず幹部席の林が机を叩《たた》いて「そこ、静かに！」

と眉《まゆ》をひそめ、隣で碑文谷の副署長が《本庁の動物園》という顔をし、署長が「それでは始めます」と言った。

最初に、午前中に司法解剖された死体の検案書が読み上げられた。

《創傷の部位性状》①頭頂骨の線状骨折・穿孔《せんこう》骨折を伴う刺傷。創口はほぼ円形で直径約一センチ。創胴の周囲の組織の損傷は激しく、創底までの深さは七センチあり、右下眼窩《がんか》裂《れつ》に達している。②被害者が倒れたときに打ったと見られる軽い挫滅《ざめつ》が後頭部にある。また死斑《しはん》の分布から、被害者は死後仰向けの状態であった。③右眼球、鼻、下顎の一部喪失については、周辺部位の生活反応等の比較から、死後の受創と見られる。創口の形状は、動物による咬傷《こうしょう》が推定される。

《死亡原因》頭頂部損傷による脳挫傷、及びそれに伴う硬膜下血腫《けっしゅ》、及びくも膜下出血。他殺。

《死亡の日時》死亡推定時刻は、五日午前零時から午前四時までの間。

《成傷物体》判定は困難。損傷内部に残存する破片、布片、塗膜片など見つからず。先端作用面の小さい、長さと重さのある棒状の鈍器と思われるが、創胴内の損傷の激しさから見て、表面に凹凸があることも考えられる。なお、頭骨穿孔周囲の線状亀裂《きれつ》の走り方から判断すると、頭頂部真上からほぼ垂直に、一撃で加えられた打撃だと思われる。

長さが最低七センチ以上。最大直径約一センチの棒状。先端が尖《とが》っている。合田は手帳に書きつけ、その自分の手の中のボールペンをちょっと眺めた。こんな形状かと考えてみたが、頭蓋骨《ずがいこつ》に一撃で穴をあけることが出来る固さと重量を持っているボールペン状の物体というと、やはり何も思い浮かばなかった。

《その他の所見》心臓血及び血腫のアルコール濃度は約二‰から二・三‰。胃内残存アルコールは約一・五‰。死後経過時間が短いので死後産出アルコールは無視出来る。死亡前に、少なくとも血中濃度二‰以上の中等度酩酊《めいてい》であったものと思われる。

《中毒物質》各試料を採取、検査中。

解剖に立ち会った碑文谷の刑事が補足した。「なお、検案書にある通り、被害者が立位の状態でほぼ真上から凶器を振り下ろされたのだとしますと、犯人は被害者と同等、もしくはそれ以上の身長があると考えられます。ちなみに畠山宏の身長は百七十二センチです」

次は鑑識だった。

「こちらでは、保全現場から採取した十個の靴痕跡《こんせき》のうち、有効なもの四つについて調べたところ、二つが被害者の靴と一致。残る二つを犯人のものである可能性が高いと断定しました。この二つは同一の靴の右と左で、サイズは二十七センチ。模様からスニーカーと思われます。靴のサイズから推定される身長は、およそ百七十センチから百八十センチの間。ゴム底の模様が一部鮮明なので、メーカーの割り出しは可能かと思われます」

スニーカー。若い男。合田は手帳にそうメモをし、すぐに思い直してそれを消した。三十三という歳《とし》の自分もスニーカーを履いている。必ずしも持ち主が若いとは限らなかった。

次いで、事件現場付近の地どりの結果報告になった。本部は全部で十班に分けられていたが、被害者の周辺が複雑なので、鑑《かん》（敷鑑・土地鑑）捜査に五組、地どり五組、ナシ割（贓品《ぞうひん》捜査）はゼロという変則的な構成だった。通常より鑑が多く、地どりが少ない。地どりは現場周辺を五区に割ってあり、七係から出ているのは若い十姉妹だけだった。十姉妹と碑文谷の刑事課の巡査が組んで担当しているのは第一区。

十姉妹の第一区は、その夜は成果なし。第二区からは成果が挙がった。

「八雲二丁目一番地に住む主婦が、五日午前二時ごろ自宅の庭の犬が啼《な》くので目が覚め、二階寝室の窓から庭を見ると、犬が道路に面した塀の柵《さく》に前足をかけて、道路右前方の方向に向かって吠《ほ》えていたとのことでした。そのとき、犬が吠えている方向にほかの犬の唸《うな》り声が聞こえ、主婦はその方向を見たが、何も見えなかったので自宅の犬を叱《しか》り、また寝たとのことです。なお、主婦が見た方向、及びその近くに犬を飼っている家はありません。主婦が聞いた《ほかの犬》というのは、野犬かと思われます」

報告者は黒板に簡単な絵を描き、その主婦が自宅二階の窓から見た方向が、都立大高校グラウンド裏の現場方向であることを示した。

「また、三番地の会社員宅に住む予備校生が、やはり同じ時刻に都立大グラウンドの方向で複数の犬の声を聞いたと言っています。学生は受験勉強でその時刻にまだ起きていて、《うるさい》と思ったそうですが、吠える声はすぐに止《や》んだということです。以上。今日現在、ほかに事件に関連すると思われる証言は得られていません」

午前二時に犬が騒いでいたのであれば、犯行時刻はその前後の可能性もあった。そんな時刻に道路に転がった人ひとりの遺体が早朝までそのままだったというのは、都内ではほとんど奇跡に近い偶然だと言えたが、一面ではたしかに、学校のある昼間を除けば現場は住民しか通らない生活道路だったということだ。そんな場所で、畠山宏は月曜日の未明に何をしていたのか。

合田が手帳に新たな一行を書き加える間、碑文谷の若署長は「なお保健所のほうで、野犬の早急な捕獲に努めています」などと言い、捜査員からはくぐもった失笑が洩《も》れた。それについては、昼間地元にいなかった合田の耳に薩摩肥後が素早く補足してくれた。

「野犬ならいいですがね。ほんとうはあの現場付近には、深夜に綱を外される飼い犬が何匹かいるそうで。こうなりゃ、近所のちくり合いってやつですわ」

続く地どり三区、四区、五区は成果なし。報告は鑑捜査に移った。上座の林係長が「合田！」と指名し、「森が報告します」と合田は応《こた》えた。「そら行け、お蘭《らん》！」と又三郎が小声ではやし立て、「静かに！」と林の二度目の叱責《しっせき》が飛んだ。

森は、会議室に入ったときから捜査員たちの整髪料で顔も手も真っ赤だったが、死ぬほど痒《かゆ》いらしい顔を歪《ゆが》めながら読み上げ始めた報告の内容は、いつも通り周囲のほうがイライラするほど詳細だった。他の捜査員や幹部連中の心証など歯牙《しが》にもかけない調子で、報告は先ず西野富美子のアパートの捜索時の現状の説明に始まり、生活状況の説明、押収《おうしゅう》品目の説明と続いた。歯磨きチューブから発見されたレミントン社製の九ミリの銃弾五発については、林から短い補足が入ったが、それもたんに「朝にも指摘した通り、被害者が生前、九ミリ弾を使用できる自動式拳銃《けんじゅう》を所持していた可能性を含めて、鋭意関連捜査に努めるものとする」ということだった。畠山宏が生前、四課も把握していなかったルートで拳銃を所持していたかも知れない話については、いったい林を始めとした捜査陣の気付け薬になったかどうかもはなはだ怪しかった。

「おい、早く先へ進め。新札の十万はどうなったんだ、十万は！」しびれを切らせて催促する小声はまたも又三郎だった。それを肥後が「何を焦《あせ》ってやがる」とせせら笑い、「うるさいぞ！」と吾妻が吐き出した端では、松岡の十姉妹がなおも爪の手入れ中だった。合田は、机の下でその新人類の足を一発蹴《け》飛《と》ばした。

森は西新井署で聴取した西野富美子の供述内容の報告に移った。曰《いわ》く、

富美子は、畠山が昭和五十四年に銃刀法違反で逮捕されるまで西新井の当のアパートで三年間同居生活を送り、畠山が服役したために一旦《いったん》関係は切れたが、三年後の五十七年、畠山の仮出所とともに再び同居を始めた。畠山は定収がなく、賭博《とばく》からも足が遠のき、組とも疎遠《そえん》になって、五十九年にはかたちばかりの破門状が出回ったが、富美子は破門状については認知していない。結果的に、畠山は無一文に近い状態で昔の女の住まいに転がり込んでいたことになるが、当の富美子は畠山が現在まで適当に賭博で稼いでいると信じていたふしもあり、その点についてはさらに追及の必要がある。また、仕事もせず稼ぎもない畠山を自宅に住まわせていた動機については、富美子は現在のところ供述をしていない。

畠山の生活の様子。髭《ひげ》もそらず、一日アパートでごろごろし、昼間ときどきパチンコに行く。パチンコ代は週に一回か十日に一回、富美子が一万円ずつ渡していた。毎日昼には、富美子が二千円を畠山に渡し、畠山はコンビニエンスストアへ二人分の弁当や缶

ビールを買いにいく。畠山は普段から缶ビール一缶以上は呑《の》まない。夜は富美子が働きに出るため、畠山の行動の詳細は不明だが、富美子が午前二時とか三時という時刻に帰宅すると、畠山は寝ているのが常だった。

十月二日金曜日、午前十時に富美子が目覚めると、畠山が珍しく髭を剃《そ》っていた。富美子はちょっと不審に思ったが、眠たかったのでまた寝てしまい、午後三時過ぎに起床した。そのとき畠山はいつも通り、六畳間でごろごろしていたので、富美子は午後四時半に勤め先のスナックへ出かけ、翌十月三日土曜日の午前二時過ぎに帰宅した。そのとき畠山は布団《ふとん》のなかにおり、富美子はそのまま就寝した。

同三日の午前十時ごろ、富美子が目覚めたとき畠山はなおも布団のなかだった。富美子は起き出したとき、ゴキブリに気づいてハタキで追い回すうちに、タンスの上からはみ出しているタオルに気づいた。それをタンスの上から下ろし、開いてみると茶封筒が入っており、中身をあらためた結果、一万円札の新札三十枚を確認した。富美子は三十万という現金を発見したとき、『長年世話になっておきながら、畠山は賭博で稼いだ金をこんなところに隠している』と思い、腹が立った。それでとっさに新札二十五枚を抜き取り、五枚を茶封筒に返して元のタオルで包み直し、タンスの上に戻した。その後、すぐに二十五枚の新札を持ってアパートを出、数寄屋《すきや》橋阪急に直行して、以前から欲しいと思っていたシャネルのスカート一点を現金で購入した。これについては、当のスカート及び昼前だったという購入時刻、ともにデパートの販売員の供述と合致している。

その後、富美子は夕方まで銀座をぶらぶらし、午後五時前には勤め先のスナックに入り、帰宅したのは翌十月四日午前三時ごろ。この時刻はタクシー会社で確認済み。そのときアパートに畠山の姿はなく、富美子は畠山は博打《ばくち》をしに行ったのだろうと思い、疲れていたのでそのまま就寝した。

富美子が起きたのは四日の昼前で、やはり畠山の姿はなかった。そのとき富美子は初めてタンスの上のタオルの包みが消えているのを発見し、畠山が怒って自分を捜しに出たものの入れ違いになったのだと考えたということだった。それで、畠山はそのうち帰ってくるだろうと思い、やけくそでブランデーを飲み始め、同四日の夜八時ごろには一本を空にし、テレビをつけたまま寝てしまった。富美子が起きたのは本日、十月五日午前七時五十二分、西新井署及び本庁捜査四課の捜査員が令状を持って家宅捜索に訪れたときである。

「西野富美子の供述は以上の通りでありますが、畠山がタンスの上の金が減っていることに気づいたのは、富美子がデパートへスカートを買いに行った十月三日午前中以降と考えられます。富美子が仕事を終えて帰宅した四日深夜、畠山はすでに西新井のアパートから姿を消していたが、畠山が外出した時刻については、いまのところ近所の目撃証言は得られていません。しかしながら、畠山が金を抜き取られたことにいつ気づいたにしろ、普通なら西野富美子の勤め先のスナックへ駆けつけるか、アパートで女の帰りを待つだろうところ、畠山はそのどちらの行動も取っていない。富美子をつかまえようと思えば、午後五時のスナックの開店時刻に店に行けばつかまえられるわけですから、畠山は三日の午後五時という時刻を待てずにどこかへ出かけた。出かける用事があった、ということも考えられます」

「お蘭が知恵つけやがって」と又三郎がしつこく悪態をつき、「お前もつけろよ」と肥後がやり返す端から、吾妻ポルフィーリィの質問が飛んだ。

「畠山が髭を剃っていた二日金曜日の、畠山の行動は確認したか」

「報告した通りです。富美子が知る限りでは外出等、確認出来ませんでした」

「珍しく髭を剃っていたというんなら、富美子が不在だった午後四時半から翌三日午前二時過ぎまでの畠山の行動も至急洗うように。駅、タクシー、喫茶店、金融機関」

「了解。私からは以上です」

これまで何年も女のアパートでごろごろしてきた男が、ここへ来て突然朝から髭を剃り、翌日にはどこかへ出かけてそのまま帰らなかった。三十万以上の新札の出所と併《あわ》せてみれば、畠山の周辺に最近になって何かの事態が降ってわいたのは明らかだった。頭に穴をあけるような犯人と直接つながるかどうかは別にして、畠山がわざわざ髭を剃って会いに行った者はいる、と合田は思った。

「よし、次！　合田！」という吾妻の指名があった。いつものことながら、朝一番の抜けがけの落とし前は何としてでもつけさせると言わんばかりの調子だった。

「西新井のアパートを中心に、徒歩圏内のゲーム喫茶十軒、麻雀店四軒を当たったところ、畠山の出入りは確認出来ませんでした。駅前のパチンコ店二軒では、とくに目立つような客ではなかったとのことです。以上」合田はそれだけ言って着席した。

吾妻は肩すかしを食らわされたと思ったか、「気楽な商売やりやがって」と吐き捨てたが、続いて始まった当人以下四組八名の鑑捜査も、当たりは無しだった。一日で面接した人物は五十六人。うち約半数が暴力団関係、十二人が水商売、残りは同時期に服役していた前科保持者などだが、畠山宏という名前を記憶していた者はわずか二名。それも「微罪でパクられて組に迷惑をかけた奴《やつ》」「賭博で客とのトラブルが絶えなかった奴」といった古い伝聞だった。聞けば、本庁四課でも畠山についてはいまやG資料の個人カードからも除外され、手口資料と指紋票、古い犯罪事件処理簿や犯罪統計票にその名を留めるのみになっているとのことであり、あらためて畠山がかつての世界からほぼ完全に消え去った存在だったこと、並びに賭博での稼ぎは得ていなかったことが浮き彫りになった恰好《かっこう》だった。

合田は自分の手帳に《何者か》と記し、二重に傍線を引いた。すでに世間から忘れられていた元組員の畠山に最近になって接触し、現金を渡した何者かがいる。

そして現金といえば、まず西野富美子が拝借した二十五万。次に茶封筒に返した五万。さらに遺体が最後に所持していた十万。合わせて、最低でも四十万円あったとみられる新札の出所が問題だったが、これはいったい何の金か。恐喝、あるいは何かの手付金もしくは報酬というのが妥当な線だろうが、女のアパートで何年もごろごろしていた男にはどちらの推測も少々違和感があると言わざるを得なかった。

とはいえ、もしも恐喝であればネタは生活圏。何かの報酬であれば、少なくとも畠山に仕事を依頼した人間がいるということであり、その依頼者のほうの鑑が問題かも知れない、と合田は一筆書き添えた。いずれにせよその何者かは、警察や組関係者が記憶していない畠山宏を記憶しており、さらにその現住所、もしくはおおまかな所在も把握していて、現金を渡すために本人と接触しているのだ。しかもごく最近に。

そうして捜査本部は、不審な金の出所と畠山の生前三日間の行動に事件の筋があること、さらに犯人がピストルを所持している危険性を踏まえ、新たな事件の発生を防ぐための先制捜査の必要性をかたちばかり再確認した後、吾妻哲郎が明日の捜査の要点を手早く指示し、第一日目が終わった。

十月六日火曜日

さっきまで夢を見ていた。冷たい鏡のような水に手を浸《つ》けて、豆腐をすくい続けている夢だった。手に走る痛みはあかぎれのせいだと分かっているが、同時に目や心臓を刺すこの痛みは何だろう。痛みの半分は涙や鼻水になって水槽に落ち、半分は外へ流れ出して頭や身体《からだ》を覆《おお》う靄《もや》に溶けてゆく。豆腐のあのもろい白い塊を見るたびに、その痛みは襲ってくるのだった。へたに触れば壊れるようなものを大事にすくい続ける手を見ていると、頭がおかしくなってくる。実際、昔は悲しくもないのによく泣いたものだった。握り潰《つぶ》したところで、もろもろの白い屑《くず》が水槽いっぱいに散るだけで手応《てごた》えもないものが、自分の手にのると重い。摑《つか》むと壊れる。まるでお前の頭の中身だなと、あの声が囁《ささや》く。脳髄で響く声を聞きながら、いまもまた痛みと憤懣《ふんまん》にたえかねて一声唸《うな》ると、水槽いっぱいに潰れた豆腐の花が散り、あの声が大声で笑い、目が覚めた。

午睡の続きで、マークスは真知子のいない空っぽの畳に横たわっていた。真知子は四日の日曜夜から夜勤で、五日月曜朝に帰ってきて眠り、六日の今朝また出ていった。それから自分は昼には真知子の病院へ行って、真知子と一緒に給食会社の弁当を食い、マンションに戻ってくると、腹がくちくなったせいかまた寝てしまったのだ――マークスはゆるゆると時系列を辿《たど》ってみた後、自分の頭がまだ何とか正常に動いているらしいことに安堵《あんど》した。

それからさらに、月曜未明から自分がどこで何をしていたのかを思い出そうとし、これまでの暗い山の時期なら出来たかどうか分からないそれにも、不十分ながら成功した。そうだ、自分はあの夜は《京都地検の江口》になり、都立大裏へ《先生》に会いに行ったら、どう見ても《先生》ではない見知らぬ刺青《いれずみ》男が現れたのだ。あれは誰だったのだろう。ともかくその怯《おび》えた汚い面《つら》を見たとたん、《こいつは暗い山だ》とあの声がわめきだして少しパニックに陥り、ポケットに入れていったあの道具を振りかざしたら、何だかグシャと潰れるような感触があって、男は地べたに転がっていたのだった。そのとき《殺した、殺した》とあの声がやかましく飛び跳ね、自分自身は当初の予定が狂ってがっかりしたが、一方でこの身体に満ちた或《あ》る力を確かに感じたし、それはしばらく続いたのだ。

この手。始終垂れかかってくる靄をはねのけて、あの夜確かに力強く動いた手。それが夢ではなかったことをもう一度確かめるために、マークスは自分のものである手をゆっくり開き、十指を動かしてみた。その一本一本のなかに、刺青男を殴りつけた瞬間にみなぎった力の名残がひそんでいるのを感じ、目を閉じると、それらの指の先から発散し続ける力が光の放物線を描いて世界へ散ってゆくのが見えた。明るい山の時期にときどきそういう光が見えるのだが、それと同じ光だと思うとマークスは寛大な気分になり、少々の不快や不調は気にならなくなって、身体までがいくらか軽く感じられた。

ざまあみろ、お前が心配することはないんだ。俺はこの通り順調だ。そら、この手を見ろ。マークスは脳髄でもぞもぞしている声に言い、真知子が残していったビールの空き缶を二つ三つ、次々に摑みつぶした。自分の手のなかでグシャリと潰れるアルミ缶は、水槽の豆腐と違っていまはもうあの重い苦痛もなく、あるのは眩《まぶ》しい光をほとばしらせる力の感覚もしくは予感であり、笑い声を噴き出させて痙攣《けいれん》する世界だった。そして、あの声までが《ひゃはは、ひゃはは》と一緒に笑いだしたかと思うと、めまいがするほど頭が勢いよくさえざえと回りだして、マークスは突然むっくり起き上がっていたものだった。

それにしても、あの汚い刺青男を見たか。頭をかち割ってやったら、べとべとした生温かい血を垂らして、片方の目を飛び出させやがったぞ。そもそも俺の目の前に立ちふさがったりするからだ。暗いからどけと言ったのに、言う通りにしないから頭に穴があいてしまったのさ。どこの誰だか知らないが、《先生》に見せたかったな。それともどこかで見てやがったんだろうか。そうだ、震え上がってる奴らに運命の声を聞かせてやるか。

マークスは真知子のサンダルを足につっかけるやいなや、速やかにマンションの部屋を出た。踵《かかと》が三センチはみ出した分厚い健康サンダルは、足の裏にゴムの細かい突起が当たって妙な感じだったが、飛んでも跳ねても音がしないのが愉快だった。一つ一つ階段を飛び跳ねながら降り、さらにマンションから一番近い公衆電話ボックスまで、ぴょんぴょん跳ねていく間、赤や緑や黄色のオタマジャクシが額のなかで躍り、その鮮やかな色にうっとりした。これまでの暗い山ではあり得なかった色、あり得なかったリズム、あり得なかった幸福感だった。

さあ、渋谷の事務所か自宅か、どちらに電話をしてやろう。表が出たら事務所、裏が出たら自宅。サンダルの片方をぽいと一メートル飛ばしたら、それは裏返って道路に転がった。よし、自宅と出たぞ、先生。鮮やかな緑色の電話機に、真知子にもらった真っ赤なテレホンカードを放り込んで番号ボタンを押す間、健康サンダルの足が勝手にステ

ップを踏み、オタマジャクシも飛び跳ね続けた。街灯が目に痛いほどぎらぎら光ってお
り、また一瞬、月曜未明に街灯をさえぎって立ちはだかった刺青男の姿を瞼《まぶた》に蘇《よみがえ》らせ、
その上に振りかざした自分の手に迸《ほとばし》った力を蘇らせして、マークスはうっとりした。
呼出し音が途切れ、《はい――》という先生の声が耳に飛び込んできた。へえ、自宅
にいたぞ！　今日はびびって仕事を休んだか。受話器の向こうで相手が息を呑《の》む気配が
伝わり、マークスはさらに勢いづいた。喉《のど》から飛び出した自分の声は、ちょっと記憶に
ないほどの明るさ、軽さだった。
「先生、見ましたか？　吉祥天女の刺青男が道路に転がってたでしょう？　おかげで先
生に会い損ねてしまったから、話はまた一からやり直しだけど、俺のせいじゃない。あ
の男が突然現れたんだ。ほんとうさ、目の前に立ちはだかったあいつが悪いのさ。とも
かく福沢諭吉が一万枚！　こっちは一枚もまけるつもりはないから、明日七日までにお
仲間とよく相談しておいて下さい」
自分は出来る限り愛想よく話しかけたつもりだったのに、返ってきたのは声のない獣
のような性急な息づかいだけで、マークスは少しばかり忍耐を要した。「先生、返事
は？　返事がないとマークスは頭に来るんだ。今日は気分がいいから許してやってもい
いけどさ」

《マークス――》

受話器の向こうで相手はついに低く呻《うめ》いた。思わず洩《も》らしたような一声。それを聞いたとたん脳髄いっぱいに赤や緑や黄色が激しく回りだし、泡を噴きそうなほどの快感に襲われながら、マークスはさらに甲高い笑い声を噴き出させていた。

「そうさ、マークスさ。俺は今日から京都地検の江口改め、マークス！　先生にはもちろん意味は分かるでしょう。楽しいマークス！　人殺しのマークス！　明るいな、今日は！」

十月七日水曜日

事件発生から三日目。捜査は、合田を含めた七係の各々《おのおの》が初めに高《たか》をくっていたようには進展していなかった。被害者畠山宏の事件直前の足取りは未《いま》だ摑めず、金の出所に結びつくような話も浮かんで来ず、凶器の種類も特定出来ず、有力な情報提供もない。特異な殺害の状況にもかかわらず、被害者と犯人の双方とも鑑はゼロに近いと言ってもよく、そんなバカな話があるかと疑心暗鬼に陥る反面、手繰《たぐ》れる糸は現実にひどく乏しいという状況だった。

初回から数えて六回目の捜査会議となる七日午後八時前、合田は相方の森義孝とともに、一日歩き回った西新井周辺から碑文谷署へ帰還した。さすがに空気が少々だれてきた会議室の机には、とりあえず気配りだけが自分の取柄だと心得ているらしい碑文谷の若署長がポケットマネーを出したという、滋養強壮剤のカートンが置いてあった。冷えてもいないそれを一本取って席につきながら見回した部屋には、事情があって昨日から特捜本部に加わった本庁捜査四課の吉原警部以下四名の顔があり、代わりに、七係の二つの顔が見当たらなかった。いないのは、有沢《又三郎》と広田《雪之丞《ゆきのじょう》》だった。

「二人、足らんぞ」

合田が言うと、薩摩《さつま》肥後が申し訳程度にざっと周囲に目をやって、「どうりで風通しがいいと思ったら」などと嗤《わら》い、続いて隣で新聞を読んでいた吾妻ペコが「おい、又三郎と雪之丞はどうした」と言いだして、せかせかと新聞を置いた。吾妻は、行方不明の二人とそれぞれ組んでいたはずの碑文谷の捜査員二名をすぐさま呼びつけたが、どちらも一時間ほど前に署の前で別れたという頼りない返事だった。吾妻が《クサイな》という目を合田によこすうちに、黒板前の林係長が「報告、始め」と机を叩《たた》き始めた。

その夜は、本庁の四課が畠山宏と拳銃《けんじゅう》を結びつける情報を携えてきていた。一ヵ月前、都内で起きたある発砲事件について、被疑者の暴力団員が使用した拳銃の入手ルートを洗っている四課の捜査線上に、住田会系徳永組の構成員で呉大永という男が挙がっている。過去に数回銃刀法違反で逮捕されている呉は、昭和五十四年十月、府中刑務所において同時期に同じく銃刀法違反と傷害罪で服役していた畠山宏と接触し、その際畠山から拳銃を入手したいと持ちかけられたというのだった。その際、呉大永は組が違うことを理由に一旦《いったん》断ったが、畠山は当時かなり拳銃の入手に執着しており、出所後の昭和五十七年春頃、都内で再度畠山に会ったとき、呉は知り合いを一人紹介したという。その知り合いの氏名等については呉は供述を拒否しており、その後畠山が実際にその人物に拳銃の話を持ちかけたかどうかも、知らないと供述。

四課の見立てでは、五十七年の出所間もない時期に、拳銃一丁あたり最低でも数十万円という資金を畠山が用意出来たとは思えず、また吉富組組員の畠山に別の組から拳銃が流れたということも考えにくいが、系列の末端でたとえば預かりという形で畠山が拳銃を入手、保管していた可能性はあるということだった。

「畠山の前科や経歴から見て、よその組員に声をかけてまで拳銃を入手しようとした理由が分からないのですが、その点を四課はどう見ていますか」と林から質問があった。

それには吉原警部が応えたが、いかにも鈍い口調だった。

「こちらでも、畠山について拳銃とのつながりは予測しておりませんでした。その筋でも拳銃については神経質になっている昨今の状況で、末端の組員である畠山が現に拳銃を所持していたかも知れない可能性の当否を含めて、鋭意捜査中です」

「巷《ちまた》には、その筋も行方を把握していない拳銃がけっこう転がっているということですか。畠山が拳銃に執着した理由について、そちらの認識は」

「私らは精神分析医じゃないんで」

吉原は無愛想に林の質問をかわし、やり取りはそこまでだった。実際、一ヵ月前の発砲事件がなければ、呉大永なる組員と畠山の接触も拳銃の話も浮かんでいなかっただろう状況では、吉原の口が重くなるのも無理はなかった。自分たちの畑で捕捉《ほそく》しそこねた厄介の種が、思いがけずよその畑で芽をふいた恰好《かっこう》になった四課の顔はどれも厳しく、事の顚末《てんまつ》を見守らずにはいられないといった焦《あせ》りが合田たちにも伝わってきた。

続いて地どり各区の報告が始まったが、一区と二区は連日成果ゼロ。三区は何かあったようだった。

「本日、都立大駅前のパチンコ店で畠山の写真を見せて再度聞き込みをしたところ、常連客の一人から、四日日曜日午後十時前、閉店間際《まぎわ》まで自分の近くにいた男に似ているような気がする、という話を得ました。畠山に似たその男はかなり酔っぱらっており、玉を景品と交換せずに手ぶらで台を離れようとしたので、その客が『景品、いいんですか』と声をかけると、男は何も言わず、片手だけ振って《いらない》という身振りをしたとのことです。そのときの男の服装について客は、『黒っぽいジャンパーとスラックスの汚い恰好』を覚えていましたが、これは、畠山の死亡時の服装と一致します。なお、その客は男が店を出たのち、どの方向へ立ち去ったのかは見ていません。また、四日当日店番だった店員にも再度確認しましたが、畠山を思い出した者はいませんでした。なお、畠山の近くでパチンコをしていたという目撃者の話では、畠山はパチンコをしている間、左手にポケットウィスキーの瓶を持っていて、ときどき飲んでいたということです。三区からは以上です」

ネタの出ない一区に当たっている十姉妹《じゅうしまつ》が、ブレザーの埃《ほこり》を指先ではたきながら欠伸《あくび》をしていた。その頭には、女に金を盗まれたのも我慢して誰かを待ちながら、あるいは何かの大事な用事をひかえて普段飲まないウィスキーを呷《あお》りながら、悶々《もんもん》としてひとりパチンコ玉を弾《はじ》いていた畠山宏の姿など、入っていないに違いなかった。

残りの地どり四区と五区は、互いに相手の境界線を越えた越えないで醜く言い争っただけに終わり、続いて、被害者畠山の足取りを追って足立区梅島周辺を歩き回っている肥後組の番になった。ネタがあった日の肥後の顔は、決まって一升酒を食らったようなバラ色に紅潮するが、今夜もそうだった。案の定「こちらでは一つ、進展がありまして

——」と肥後が報告を始めたとき、合田の後ろのほうでは碑文谷の捜査員が一名遅れて入室し、着席したと同時にしばしひそひそ話の声が立った。つい数分前、パトカーの無線がまたどこかで《殺し》があったと伝えていたらしく、場所は北区王子の公務員住宅前とのことだった。そのとき、聞こうとして聞いたわけではない、公務員住宅という言葉一つに合田は無意識に耳をそばだてており、どうしてだろうと一瞬自問したが、それはたちまち「そこ、静かに！」という林の一喝で吹き飛んだ。

ところで肥後組が摑《つか》んできたネタは、事件発生以来三日間のうちで大当たりというべきものだった。十月二日金曜日、すなわち畠山が珍しく髭《ひげ》を剃《そ》っていたという日の午後九時ごろ、ホステス西野富美子の梅島のアパートがある路地に、一台のタクシーが止まっていたのを見たという近所の主婦の証言が取れたのだ。主婦が覚えていた車体のカラーから判明したタクシー会社で確認した結果、二日夜に梅島へ客を運んだという運転手本人が見つかり、話を聞いたところ、そのタクシーは午後八時半に日暮里《にっぽり》駅前で客を拾い、梅島へ走ったという。そのとき客は『梅島の三丁目二十六番地』と言い、各戸の号数を表す下の数字は言わなかった。そこで運転手は『二十六番地のどこですか』と再度尋ねたが、客は『近くまで行ってくれたらいい』と応《こた》え、運転手は二十五番地と二十六番地の境辺りへ運んで、『この先が二十六番地です』と告げると、客は『十分ほどで戻るから待っていてくれ』と言い、タクシーを降りた。そのとき運転手は、客が路地を二十メートルほど歩いて一軒の木造アパートへ入っていくのを見ている。なお、客は十二、三分で戻り、タクシーはそのまま日暮里駅へ向かって駅前で客を降ろしたという。

肥後組は、当の運転手を現場へ同行して、その客の訪れたというアパートが西野富美子の住むアパートであることを確認したほか、運転手が記憶している客の人相や風体を聞き取った。それによれば、年齢は四十代から五十代。身長約百七十センチから百七十五センチ。体型は小太り。身なりのよい濃紺のスーツ姿で、料金の支払いをするときに出した財布はワニ革かトカゲ革だった。また人相については、運転手に組関係者の顔写真を数十枚無作為に見せて面割をさせたところ、該当する人物はいなかった。

「二日夜に西野富美子の住むアパートを訪ねた当該の人物について、同アパートのほかの三世帯に確認したところ、当夜にそのような来客を迎えた世帯はありませんでした。従って、同夜午後九時過ぎの十分間、その人物が訪れたのは畠山宏だった可能性が高いといえます」

肥後の報告に森義孝が補足した。「西野富美子は二日夜のその時刻には店に出ていたことが確認されています。本日、肥後巡査部長の報告を受けて再度富美子から事情聴取したところ、畠山を訪ねてくる人物についてはまったく心当たりはない、とのことでした」

女に心当たりはなくとも、事件前に二十六番地を訪れた客の出現は、合田たち捜査員をちょっとざわめかせるに十分な内容だった。所番地しか知らない人間が、初めて訪れた路地でタクシーを降りた後、二十メートル先のアパートまで真っ直《す》ぐに歩いていったとは考えられない。その何者かは入り組んだ路地にあるアパートの所在を事前に正確に知っていたのであり、訪ねた先が西野富美子の部屋にいた畠山宏であったのなら、その者は明らかに畠山に鑑がある者ということになる。さらに、その客は初めからタクシーを《十分ほど》待たせていることから、きわめて短時間で済む用事を携えて畠山を訪ねているのだ。

被害者畠山宏の所在と所番地を正確に知っている何者か。すなわち畠山に非常に近いところにいる何者か。現時点で最有力の敷鑑の登場だった。

「おい、ペコさん。そっちの聞き込み対象者のリストに、当てはまるような人物はいるか」

合田は、即座に被害者の鑑捜査を仕切っている吾妻に声をかけていた。一つ後ろの席からは、神経に障《さわ》るといった様子の吾妻が「見当たらんな」と一言いい、リストの用紙を肩ごしに突き出してきた。普段の吾妻なら百倍の抗弁になって返ってくるはずの事態だったが、最近はちょっとした家庭の事情もあって忍耐がなくなっている上に、そもそも暴力団の絡《から》んだ事件には冷淡な反応しか示さない男ではあった。

「当てはまる人物がいるかどうか、ちょっと見て下さい」合田はリストを吉原警部に回した。その端では「当てはまる人物がリストにないんなら、聞き込み対象者の見直しが必要です」と、森がまた言わずもがなの一言を吐いており、とたんに「《お蘭《らん》》は黙ってろ」と肥後の一声が飛んで、「そこ！　静かに！」と幹部席の一喝になった。それをまた、机をドンと叩いて遮ったのは、今度はやっと目が覚めたらしい吾妻ペコ本人だった。

「鑑捜査のほうから言いますと、要は、これまで当たってきた二百名以上の鑑の対象者にタクシーの客が入っていなかったのは、端的に絞り込みの際に抜け落ちていたところがあったということです。すなわち宗教団体の勧誘員。保護司。社会福祉事務所所員。過去五回の畠山の公判関係の参考人。証人。弁護士。捜査・起訴に関わった警察関係者。検事。以上」

通常考えられる範囲で細大漏らさずリストアップしたはずの対象者のリストから漏れていたところと言えば、通常は考えられない対象しかない。それを即座に挙げてみせた吾妻の脳味噌《みそ》には感服というところだった。

「このくそガキ。畠山の捜査に関わった警察関係者といやあ俺さまだぞ」吉原が鼻先で嗤い、該当者はいないと言ってリストを合田に突き返してきた。「警部、ワニ革の財布持ってるんですか」と合田は応えておいた。

「警察関係者だの、検事だの——」幹部席では、端《はな》から冗談だと思ったらしい碑文谷の若署長が苦笑いを浮かべたが、その場は林警部が手早く即決した。

「こういうタクシーの客が出てきた以上、《畠山の現住所を知っている》という観点から、鑑の各班は至急捜査範囲を見直すように」

《何者か》。合田は自分の手帳にあらためて書き記す。《①所番地を知っている。②往復にタクシーを使った。③なぜ、アパートの前にタクシーを止めなかったか。④十分で済む用事なら、なぜ電話を使わなかったか》

その間に、西野富美子の事情聴取を続けている森から再度補足があった。

「本日、西野富美子から聞いたところでは、二日金曜日午前三時に帰宅したとき、畠山は布団《ふとん》に坐《すわ》って起きていたとのことでした。夜中に起きていたことなどかつてなかったので、『具合でも悪いの』と尋ねると、『なんでもねえ』と畠山は答え、女がすぐに布団に入ったときもまだそのままぼんやりしていた、ということです。ちなみに、畠山が珍しく髭を剃っていたのは、その日の朝です。いまの話では、訪問者があったのはその同じ日の夜ということになります」

《一日木曜日夜に、畠山には何かがあった。電話・訪問等による何者かの接触》と、合田の手帳のメモは続いた。十月一日木曜日。これがおそらく事件の始まりだ。

続いて、碑文谷の刑事が「凶器ですが」と言いつつ、短い鉄筋の切れ端を掲げてみせた。「径九ミリの9dという種類の丸鋼で、そこら辺の建設現場にはどこにでも転がっていますが、法医学教室で調べてもらったところ、外れでした」

捜査員の机に回された鉄筋は、表面にわずかな凹凸はあるが先端が尖《とが》っていなかった。これまでにも、凶器の候補としてすでに工作機械の切削工具や各種の大型ボルトが山田先生の教室に持ち込まれており、豚や石膏《せっこう》を使って穴が開くかどうか試してもらっていたが、凶器として持ち歩くには大きすぎたり、穴が開く前に検体が割れてしまったりで、どれも帯に短し襷《たすき》に長しだった。先端が尖っており、根元はしっかり手で握ることの出来るような形状になっている最大径一センチの細長い物体。それはいまだ見当もついていなかった。

次は鑑識の報告。畠山の財布にあった万札十枚のうち、一枚から西野富美子の指紋が出たということだった。富美子がアパートのタンスの上にあった現金の包みを発見し、そこから二十五万をくすねた際、包みに戻したという残り五万円を畠山が事件前に持ち出したウラが取れたことになる。また畠山が、消えた二十五万について女を問い詰める余裕もないほど急いで外出したという推測も、ほぼ裏付けられた恰好だった。
ほかに、事件現場で採取された不審なスニーカーの靴痕跡《こんせき》は、某スポーツメーカーのテニスシューズで、昭和六十三年に製造が中止された型番と判明した。黒板に貼《は》り出された写真は、布製で底のラバーも薄い安価な普及品だったが、鑑識曰《いわ》く、ラバー底はあまりすり減っておらず、一日平均六時間履いたとして、せいぜい数ヵ月使用した程度ということだった。四年前に廃番になった製品が数ヵ月履いた程度の状況というのは、合田たちの耳をちょっとそばだたせる結果になった。犯人が安物のスニーカーを最低でも四年数ヵ月の間、あまり使用しないまま手元に置いていたとすれば、いろいろな可能性が考えられたからだ。《①数年は引っ越しをしていない。②最近荷物の整理をして、発見した。③犯行計画の詳細を固めたのは、そう昔のことではない》
そこまで手帳に記したところで、会議室に顔を出した碑文谷の誰かが「外線から至急の電話です」と合田を呼んだ。吾妻をはじめ、七係の目がぐるりと動いた。
刑事部屋で取った外線電話からは、ざわざわした喧騒《けんそう》と一緒に行方不明だった広田《雪之丞《ゆきのじょう》》の声が飛び込んできた。

声を弾ませてい

《王子で殺しです。六丁目の国家公務員住宅前》広田は内緒話をするように、密《ひそ》やかに声を弾ませていた。た。この男はいつもこうなのだ。《それが、頭部にうちのとそっくりの穴が開いているというんで、又三郎と一緒にこっちへ回ってみたんですが》

二人目の犠牲者。とっさにその一語が思い浮かび、無意識に押《お》し退《の》けたと同時に、合田は自分も受話器に向かって声を殺していた。

「そっちの現場に出ているのはどこの係だ。すぐに行くから、ホトケは動かすなと伝えろ」

《だめです。十係の須崎主任が現場に出ていますが、公務員住宅の前に寝かせておくわけにはいかないホトケだとかで、いまさっき大急ぎで大塚へ移されました。だから大塚へホトケを見に来て下さい。くれぐれもそっちの本部に知られないよう——》

広田は結局、どこかでいち早く同報の一報を聞きつけた有沢《又三郎》に引っ張られて王子へ抜け駆けしたに違いなかったが、それにしても二つ目の死体を前にして寝ぼけているのかと思うほどの鈍さ、要領の悪さだった。そうだ、この男はいつもこうなのだ。事務的に伝えればいい話に、いつも何かを打ち明けたがるような口ぶりがくっつくからややこしいのだと苛立《いらだ》ちながら、合田は「なんで大塚なんだ、現場に寝かせておけないホトケって何だ」と怒鳴り返した。

《とにかくホトケは大塚です。見るならいましかない。主任、来られますか》
「そっちの現場には内緒、うちの本部にも内緒、ということか」
《又三郎にも内緒で願います》
「あんたら、同行しているんじゃないのか」
《彼はいま、十係の周りでネタを嗅《か》ぎ回ってます。とにかく急いで下さい、私はもう田端まで来ています。あと十五分で大塚へ着きます》
電話は切れ、状況が呑《の》み込めないまま、合田もまた反射的に刑事部屋を飛び出していた。死体の損傷が碑文谷の事件と似ているのに《内緒》だという点は、係が違えば敵も同然の本庁の通例からみれば、とりあえず無視も出来た。同僚の又三郎に《内緒》だというのも、百歩譲って又三郎と微妙に反りが合わない広田の私的な感情を思えば、なにがしかの理由は想像出来ぬでもなかった。しかし、現場に置いておけない死体というのは何だ。事件性のある死体は通常法医学教室へ回されるのに、大塚の監察医務院へ移されたというのは何だ。
捜査会議を無断で抜け出し、そのまま署の外でタクシーを拾ったら、すぐにポケットベルや受令機のイヤホンがピーピー鳴り出した。行方をくらました自分を早速捜査本部が呼んでいるのだったが、それを無視してタクシーの座席に座り続けること四十分、午後十時前に合田は大塚の都立病院裏に降り立った。

奥まった路地の先にある医務院にひっそりと明かりが灯《とも》っており、その玄関先でうろうろしている広田《雪之丞》とすぐに目が合った。

「ホトケの身元は」

「氏名は松井浩司《こうじ》。最高検の次長検事だそうで」

「署へ移さないで、いきなりここへ来たのはそういう訳か」

「本庁からそういう指示があったらしいです。新聞も間に合わなかったほど、素早い移動でしたよ。ガイシャの身元だけで、そこまでするもんでしょうかね」

「それで、解剖は」

「まだです。王子を出るとき、十係が令状を手配しているのを聞いたんで、準備が整い次第すぐにやるのだろうと思って、それで急いで主任に電話したんですが、どうも様子が変でして――」そう言いながら、広田は人けのないロビーの明かりへ振り返った。

元々場所が場所だけに、静まり返っていることの多い医務院だが、新しい死体が運びこまれたにしては警官の姿一つなく、受付の窓口のカーテンも閉まったままだった。

「さっき受付の当直に確認したら、王子のほうから、当番医を呼ぶのは少し待つよう指示があったそうで」

「当番医も来てないのか」

「ええ」

捜査という観点からは、事件性のある死体の解剖を遅らせる理由など、いかなる場合であろうとあり得なかった。解剖を待てというのであれば、捜査の迅速な進展を阻害する何らかの不届きな事情が生じたということだったが、広田の報告を受けている一分足らずの間に、合田の頭は自分でも制止が利《き》かないほど激しく回転し続けていた。王子のほうはともかく、碑文谷の自分たちの捜査を一歩でも進めたい一心なのか、ほんとうはたんなる焦燥から来る短気なのかは、自分でも分からなかった。

「よし、東大の山田先生に至急電話を入れろ。受付には王子から来たと言えばいい」

「解剖やらせるんですか――」広田が慌《あわ》てたように言う。仲間に内緒で知らせをよこしたりするくせに、すぐに気の弱さが出てくる。

「俺はそこまでアホやないぞ。先生に創口《きずぐち》を見てもらうだけだ。急げ」

広田はロビーの公衆電話へ走り、その間に合田は受付窓口のカーテンを開けさせて、当直に王子署から来たと告げ、死体が安置されている部屋へ案内させた。「解剖をするならする、しないならしないで、早く決めていただきませんとね。今夜ぐらいの気温だとどんどん傷《いた》みますし、ご遺族だってお通夜《つや》の予定もあるでしょうし」何時間か前に運び込まれた死体を直接見たわけではないらしい事務員はそんなことを言い、「はい、どうぞ」と監察室のドアを開けた。「それで、当番医への連絡はどうします?」

「あと半時間ほどで、解剖するかしないか決まると思うんで」合田は適当に応《こた》え、「そうですか、急いで下さるとありがたいんですがねえ」と言って事務員は姿を消した。タイル張りのひんやりした部屋の真ん中に、移動寝台に載せられて青いビニールを被《かぶ》せられたままの死体が横たわり、蛍光灯の明かりに照らされていた。ばらばらにされた臓器や腐敗した身体《からだ》の一部が、解剖台から冷蔵庫へ、冷蔵庫から解剖台へと物品のように行き交う法医学教室と違って、ここでは死は最低限の静寂だけは保証されているように見えた。

合田は手袋をはめた手で、ちょっとビニールをめくってみた。血糊《ちのり》の固まった頭髪が現れ、そこから垂れた血が筋を描いて固まった顔が現れ、元の色が分からないほど血で染まったワイシャツやスーツの襟が現れた。今度は目鼻は一応揃《そろ》っているが、元は四十代半ばのしごく平板だったろうと思われる顔貌《がんぼう》も、一瞬の驚愕《きょうがく》の表情を残したまま見開かれた二つの眼球のせいで、一切の月並みな想像を拒否しているかのようだった。頭部にあるという創口は頭髪に隠れてはっきりとは見えなかったが、出血の多さからみて穴は数ヵ所開いているに違いなかった。合田は死体の頭髪をかき分けたい衝動を抑えて、ビニールを被せ直した。

畠山宏の頭に穴を開けた碑文谷の犯人像や動機について、若いのか中年なのか、怨恨《えんこん》なのか衝動なのかも分からないいま現在、新たな被害者の死体一つは刑事の頭にさらに分厚い靄《もや》をかけるもので、なにがしかの想像を巡らすことさえ覚束《おぼつか》なかった。もしも同一犯による計画的な犯行なら、元やくざと現役の役人をどう結びつけるのか。また、もしも通り魔的犯行ならば、なぜ被害者は子どもや女性でなく、狙《ねら》いにくい成人男性なのか。なぜ柔らかい胴体でなく、固い頭を狙うのか。もしこれが第二の犠牲者となった場合、碑文谷と王子の合同捜査本部になるのか、あるいはならないのか。

合田は王子に出てきているのが十係らしいことを思い出し、ちょっと腹にざわざわするものを感じた。同じ第三強行犯捜査班の第十係には須崎靖邦という警部補がおり、個人的なことではあったが、過去に数回ぶつかった経緯を思うと楽しい日々になりそうもないのは確実だった。ただでさえ捜査が難航しているところへ、そうした憂鬱《ゆううつ》な気分を一つ加えてみた後、自虐《じぎゃく》的だなと思い直して、合田は速やかに須崎の顔を脳裏で押しつぶした。

次いで、手近にあった丸椅子《まるいす》に腰を下ろすと、とりあえず考えることも行動することも失ったわずかな時間は、ばかみたいに所在なかった。もう一度、ビニールに覆《おお》われた死体一つへ目を遣《や》ってみたが、たったいまあれこれ考えてみたわりには新たなネタを前にした感興すらなく、捜査本部を抜け出して慌ただしく駆けつけてきたのは自分の中にいるもう一人の何者かだと考えてみるのにも飽きて、結局はいつもの通り、束の間の放心の中へ逃げ込んだ。事件でメシを食っているとうそぶきつつ、来る日も来る日も忙しい忙しいと走り回っている自分のなかから、一日のうち数回、事件への関心がすっぽり消し飛んでしまうことがある。求心力を失った頭は崩れた絹ごし豆腐のようで、耳に差し込んだままの受令機が盛んに自分を呼んでいる声も聞き流して、合田は疲労しているのかどうかも分からない脚二本をだらしなく投げ出した。——第二の犠牲者？　自分に呟《つぶや》いてみるが、やはり実感はやって来ない。法務省の次長検事？　何ひとつピンと来ない肩書一つの向こうに、ふと疎遠《そえん》にしている現職検事の加納祐介の顔が浮かんだりした。

「山田先生は本郷でつかまりましたから、すぐに着くと思います」

そう言って隣の椅子に座り込んだ《雪之丞》は、受令機から入ってくる本部の怒号が気になるようで、そわそわと貧乏揺すりをしていた。無視しろと言っても、所詮《しょせん》この男には無理なのだが、そのくせ貧乏揺すりには、抜け駆けをした快感もひそかに味わっているらしい隠微なリズムがついており、合田のほうをちらりと盗み見て、ニッと嗤《わら》ったりもした。「何が可笑《おか》しい」合田はときどき広田から投げかけられる個人的な好意を感じることがあったが、そのときも腹立ち半分、当惑半分で唾棄《だき》して済ませた。

東大法医学教室の山田助教授は、鑑定処分許可状もないなんて気は確かかと言いつつ「さあ見せて、見せて」と忙《せわ》しげな足取りで監察室に入ってきた。ビニールを取り払った死体を覗《のぞ》き込み、ピンセットで慎重にかきわけた頭髪のなかを分厚い眼鏡越しに覗き込み、ふうんとかへえとか独りごちながら数分、頭を上げようともしなかった。

それから合田と広田に手招きをし、「ほら」と創口を示してみせた。まず頭頂部に近い後頭部に、陥没を伴った直径一センチほどの穴が一ヵ所。畠山宏の創口とほぼ同じに見えた。次いで、今回は左右に数センチずれたところに、さらに二つ穴が開いていたが、いずれも陥没はなく、ほんの少し鋭器が突き刺さった後に刃先がずれたのか、頭皮を数センチ切り裂いた裂傷があった。そして四ヵ所目は首の後ろ。柔らかい場所に深く突き刺さったらしい創口は、血溜《ちだ》まりが凝固した黒い穴になっていた。

「解剖をしてみなければ穿孔《せんこう》の深さも内部の損傷具合も分からんし、凶器が同じかどうかは医者としては何とも言えませんね」山田先生は素っ気ない言い方をした。

「私らには同じ凶器に見えるんですが」

「しかし、今回は四ヵ所も刺していますしね。これを見る限り凶器は、振り下ろせば必ず刺さるといったものでもないようだし」

「致命傷がどの創口かも分かりませんか」

「解剖しなければ分かりません。刺した順番も、犯行の状況も、なァんにも分かりませんか」

「スーツの前やズボンの膝《ひざ》一面に泥がついてますから、ホトケはうつ伏せだったと思うんですが、項部《こう》（首の後ろ側）の創口に土がついている。何か考えられることはありませんか」

「医者は推測はしません。解剖が先です」

山田先生は、そもそも何で自分の教室へすぐに回さないんだ、すぐに何とかしろという目をしてにやにやし、予想が外れたかたちになった合田は急いで頭を巡らせなければならなかった。

「実はこれ、うちのホトケ様じゃないんで――」

「お宅らのホトケ様かどうかは、監察結果が出てから決めたらよろしい」

仮に凶器が同じであっても、碑文谷の捜査本部の扱いになる可能性は小さいというのが真相だったが、合田はその場で迷う時間を省略した。

「いますぐ調整しますんで、ちょっとこのままお待ち下さい」そう告げて、ロビーの公衆電話に走った。被害者の身元の如何《いかん》にかかわらず、死体は死体。もしも凶器が同じなら、捜査態勢の見直しだけでなく、都下全域に警備網も敷かなければならない。

午後十時三十五分。碑文谷の捜査本部はすでに散会している時刻であり、当直に林警部を受令機で呼び出してもらうつもりで電話を入れると、受話器からは予想外の人声や靴音が聞こえてきた。王子の件がすでに碑文谷の本部の知るところとなっているのだと直感した。

案の定、電話には林が出て《君ら、王子にいるんだってな》ときた。

「監察医務院です。いま、王子の被害者を見分しました。同一の凶器である可能性大です」

《王子の十係は知ってるのか。向こうは解剖を差し止めているようだが》

「十係に断っているヒマはなかったもので。とにかくうちの被害者と同一凶器となれば、うちには鑑定を急ぐ正当な理由があります。係長、本庁との調整と許可状の請求をお願いします。こっちはホトケを東大へ回しますから」

《回す——? だめだ、それは待て!》

「王子のほうに解剖を差し止める何らかの事情があるんだとしても、うちにはない。王子が出来ないのなら、碑文谷が代わりにやればいいことです」
《ホトケは動かすな！　そこにあるホトケは王子の扱いだ、これは本庁の決定だ》
「決定、ですか」
《そうだ。合同本部もない。王子の殺しは王子の扱い。いいな！　すぐにこっちへ戻れ》
解剖の差し止め。合同捜査本部は無し。広域警戒も無し。たぶん、記者発表も無し。二件目とおぼしき被害者の発生で事件が新たな展開を見せているときに、何らかの政治的理由で捜査の手足が縛られている。それがとっさの感想だったが、だからどうだと考え込むより先に、受話器を置いた現場の頭は次の一歩をどうするかと忙しく考えていた。
急いで監察室に戻り、山田先生に解剖は王子の指示があるまで出来ないことを告げてお帰り願った後、広田も碑文谷に帰して、合田はタクシーを捕まえた。王子に正式に捜査本部が立つ前に、取れるネタを取っておきたかったのが一つ、現場を見ておきたかったのが一つ、そしていったい何が起こっているのだという疑心暗鬼が一つ。同一凶器の可能性もある事件があっという間に王子の扱いに決まった状況から察するに、王子と碑文谷の双方に箝口《かんこう》令が敷かれるのは時間の問題だった。

王子の辺りは、東北・上越新幹線、東北本線、高崎線、京浜東北線の大動脈と隅田川にへばりつくようにして事務所ビルや工場が立ち並んでいるが、JR駅周辺の住環境は概《おおむ》ね良く、昔から公務員住宅、政府省庁の官舎などが多いところだった。

深夜の王子三丁目交差点角で、合田はタクシーを降りた。王子署の玄関前の明かりのなかに、報道関係者十数人が所在なげな塊を作っており、一歩も歩き出さないうちに、目敏《めざと》い記者連中の目がこちらへ向いた。それと同じくらい素早く、合田は指一本自分の口に当てて『だめだ』と示し、玄関めがけて走った。別に報道を敵視しているわけではなかったが、現場の実感がいまひとつ新聞やテレビと合わないように感じるのが理由の一つ。いったんほころびると、穴に指をつっこまれてどんどん破れ目が大きくなっていく例をいくつも見てきたのが一つ。犯罪という社会と最も密接した事柄を扱っているにもかかわらず、警察と一般社会の間にある一種の壁を日々越えがたいと感じているのが現実だった。

署内は、当直の姿があるだけの一階受付の静けさとは裏腹に、人の出入りや鳴り続ける警電の慌《あわ》ただしい気配が上階から伝わってきていた。階段を駆け上がる途中、数人の男とすれ違ったとたん「おい、君」と呼び止められた。男たちは風体や目つきから地検の人間と思われたが、すかさず「担当が違うじゃないか、こんなところで何をしてる」

と声をかけてきた男たちを無視して、合田は残りの階段を駆け上がった。事件発生から数時間しか経《た》っていないこの時刻に、早速地検から何人か姿を見せたのは被害者が身内だからか。

合田は本庁や機捜が集合しているだろう会議室ではなく、所轄《しょかつ》の刑事が一人、二人残っているはずの刑事部屋を覗くつもりだったが、二階の廊下へ出たとたんそこにたむろしていた数人の男たちの塊とぶつかった。男たちは蛇が鎌首《かまくび》をもたげるようにして一斉にこちらへ振り向き、そのなかには口許《くちもと》をぎりりと歪《ゆが》めた須崎靖邦の顔もあった。須崎は真っ先に自分から足を踏み出してくると、《ちょっと顔を貸せ》とばかりに合田の腕をわしづかみにして廊下の端へ誘い、それを本庁十係、須崎軍団の目が追ってきた。

須崎は捜査一課の看板を自称する鉄面皮を激昂《げっこう》で蒼白《そうはく》にしていた。

「貴様、大塚へ監察医を呼んでくれたんだってな」

「うちのほうの事件との関連を至急確認したかったまでです」

「こっちが苦労して大塚へホトケを運んだ意味を分かっていて、騒いでくれたわけか」

「騒いではいません」

「碑文谷が騒ぎだしたせいで、上の連中がうろたえまくって、地検まで出てきやがった。ガイシャの身元が分かった時点で、状況が微妙なことぐらい判断出来なかったのか！」

「それで解剖を差し止めたんですか」

「バカやろう」と須崎は本物の唾《つば》を飛ばした。合田はかろうじて顔をそむけた。

「よく聞け。一時間でも二時間でも初動捜査にちゃちゃを入れてもらいたくなかったんだ、こっちは！　今度は目撃者がいたんだからな――！」須崎はもう一度唾を吐いた。

「目撃者だ。分かったか。一刻を争う話なのに、捜査員をここで呼び戻さなきゃならん。貴様が潰《つぶ》したも同然だ、責任取れ！」

「犯人、見られたんですか――」

「ああ、そうだとも」

「このアホ、それを先に言わんか！　何より先に、とりあえずうちに知らせるのが常識やろうが！」

無意識に洩《も》らした関西言葉に、須崎軍団の何人かが振り向いた。その目線に内心カッとなりながら、合田は一瞬にして高ぶった自分の心臓を抑えるために、「すみません」と謝った。「悪かった――。目撃者のことは知らなかったもんだから」

須崎はそれには応《こた》えなかった。「貴様なんか死ね」と言い残し、三度目の唾を吐き飛ばして捜査員の輪に戻っていった。刑事は誰でも自分が手をつけた獲物は逃したくないし、他人の不手際《ふてぎわ》で取り逃がすようなことがあったら《殺してやる》もどきの言葉も出るが、須崎はなぜか、それ以上の個人的な敵意を合田に向けてくる男だった。意見の相違や手柄争いといったものではない。日々些細《ささい》な感情の爆発が、忍従と規律の裏返しのようにあからさまな暴力のかたちになって現れるのが警察という組織であり、そこでは和解も成長も自然消滅もなく、敵意や暴力はひたすら隠微に沈殿し続ける。合田の場合、いつか不注意で須崎の捜査帽を踏んづけたことがあり、冷静に考えれば、そのとき食らった拳骨《げんこつ》の屈辱が骨にしみついて取れないというだけのことではあったが、そんな感情一つをどうにかするにも日々次から次へと忙しすぎ、殺伐としすぎているというところだった。

口論の声は低かったが、険悪な空気はたちまち辺りに広がり、合田は幾つもの視線に睨《にら》まれてちょっと立ち尽くす恰好《かっこう》になった。これで一歩踏み出そうものなら、たちまち力ずくで排除されそうな空気だった。合田は刑事部屋を諦《あきら》め、そのまま踵《きびす》を返して一階の裏口から外へ出ると、今度は夜陰のなかからにやにや嗤ってこちらを見ていた有沢《又三郎》と鉢合わせになり、「お早いお帰りですな」という厭味《いやみ》を先ずは一発食《ま》らった。

「なに、さっき主任が玄関から入っていくのを見たもんで。十係の奴《やつ》ら、きっちり窓から見張ってたんです。因縁の七係は一匹も入れるなってわけで」

又三郎に言われるまでもなく、情報を仕入れることに気を取られて、正面玄関から出入りした非は合田も認めざるを得なかった。「くそ——」という一言しか出てこなかった。

「大丈夫。私が一応取れるだけのネタは仕入れておきましたから。この調子だと本部は別立てになりそうだし、そうなりゃ十係とは競争でしょうが。身内同士でネタを温め合ってる場合じゃないということで、今回に限り仲良くいきましょうよ、え？」

四六時中、にやにや嗤いながら敵意を剝《む》き出しにし、あるいは愛想よくにこにこしながら、自分のネタはちゃっかり懐《ふところ》に仕舞い込む又三郎にしては珍しい言い種《ぐさ》だったが、それとて決して七係への忠誠心を急に思い出したわけではないというのが、又三郎という男だ。従って、おおかた又三郎自身もどこかで十係と個人的な確執を築いているか、もしくは身内への深謀遠慮が潜んでいる可能性すらあるのだったが、合田としてはとりあえず一も二もなく、この海千山千の同僚に屈する道を選ばざるを得なかった。なにしろ又三郎は、広田を伴っていち早く王子へ抜け駆けした結果、この四時間余りの間に抜け目なく所轄の誰かを抱き込んでネタを確保したのは明らかだったからだ。もっとも、同時に相応の取引きをしたのも明らかだったが、具体的に誰と何の取引きをしたのかについては、聞かぬが花だった。

「助かるよ」

合田は素直に片手を差し出し、又三郎もちらりと男気を見せて軽く握り返してきた。となれば、まずは現場。一刻を惜しんで裏通りへ歩きだしながら、合田は又三郎からざっと事件の概要を聞いた。それによれば、端緒は午後七時五十分。国家公務員住宅四号棟入口前で、同住宅の住人が植え込みのそばに倒れている被害者を発見、一一〇番通報した。現場は王子署から徒歩二分の近さであり、直ちに署員が駆けつけて現場を見分し、被害者の死亡を確認したため、関係各部署への通報となった。被害者のそばに落ちていた書類カバンの中身、及びスーツのポケットの定期入れからすぐに氏名や勤務先が判明。同住宅三〇三号室に住む家族、すなわち妻と高校生の娘に父親の死亡が知らされた。

家族の話では、被害者松井浩司はほぼ毎日、午後七時半に帰宅する人物だったということで、会議等で遅くなる日は必ず事前にその旨《むね》の電話があるところ、今夜はそういう電話はなかったことから、松井はいつも通り午後七時半前後には現場となった自宅前に立っていたと推測される。従って、事件発生時刻は午後七時半前後。午後八時ごろから同住宅や付近一帯の聞き込みを行った限りでは、その時刻に特異な物音や叫び声を聞いた者は見つかっていない。また、同四号棟に出入りした住人については、午後七時二十分ごろに四階に住む男性一人が現場となった入口を通って帰宅しているが、その際に異状はなし。次に七時五十分に別の住人が入口に倒れている被害者を発見するまでの約半時間、四号棟のその入口を通った者は偶然いなかったことが確認されているということだった。

「あんた、現場は見たか」

「写真だけ。そりゃもう、頭の下に血の池が出来るくらいの凄《すさ》まじいもので」

「うつ伏せだったか」

「ええ。写真では首の後ろに穴が開いてました」

「大塚で創口は確認した。頭頂部に三ヵ所、項部に一ヵ所。今度は計四ヵ所だ。致命傷になった傷がどれかは、解剖しなければ分からんそうだ」

「そういえばこっちの現場検証では、少なくとも最初の一撃は背後から頭頂部を狙《ねら》ったものだろうという話でしたな。ガイシャの靴痕《こんせき》から、争った様子がないらしいし、倒れた後に引きずられたり、転がされたりした痕跡もないということで」

後ろから襲われ、前のめりに倒れた被害者の背後からさらに頭を狙って二回刺し、最後に項部に止めの一突き、か。いずれにしろ、夕飯時の団地の入口でそんな凶行に及んだホシについては、都立大裏の場合と同様、なおも思い浮かべることの出来る断片もなかった。

「で、目撃者がいたんだって――？」

「そうらしいですね」又三郎はじらすように軽く肩を揺すった。

合田の足は、又三郎とともにすでに現場の公務員住宅の敷地に立っていた。王子署からはわずか二分の距離にある住宅街のど真ん中に、高校の体育館の壁が南北に延びており、その壁に直角に四階建ての細長いアパートが七棟、櫛《くし》の歯のように一列に並んでいた。「あれが四号棟」と又三郎が指さした一棟の入口には街灯があるが、道路側の夾竹《きょうちく》桃《とう》の植え込みや、隣接する都営住宅との間にある目隠しのトタン塀などのせいで、敷地は全体に暗い印象だった。現場となった四号棟の入口付近には、黒々とした何かの植え込みがこんもりした塊を作っており、被害者が倒れていたという当の場所付近にはすでに立ち番の警官の姿もなく、各戸の窓には点々と明かりが残っているばかりの静けさだった。

合田は最初に敷地の端に立ってざっとそれらを見渡したが、付近の道路や都営住宅からの見通しはいいとも悪いとも言えなかった。犯人とおぼしき人影を目撃したというのは、東側に狭い道路一つ隔ててそびえる都営住宅の七階に住む主婦だ。なるほど、西を向いた高層階のベランダからは、公務員住宅の敷地を眼下に見下ろすことが出来そうだと、まず確認した。

又三郎の話では、目撃者となった主婦はまさに事件発生時刻と思われる午後七時半、テレビのNHKニュースを観《み》終わった直後に洗濯物を取り込むためにベランダに出、眼下の四号棟入口にある植え込みを、黒い人影が一つ、ひらりと飛び越えるのを見たのだという。次いで、その人影は跳ねるような足取りで道路まで出、北の方向へ駆け去った。そのとき主婦は、それを四号棟に住む高校生か大学生の男だと思い、とくに気にも留めなかった反面、白い履物と黒っぽい衣服の上下が目に残った結果、午後十時過ぎに近所から事件の話を聞いてひょっとしたらと思い、警察に電話をしてきたということだった。

あらためて見上げると、都営住宅七階のベランダから事件現場までは、直線距離にしてざっと四十メートル。公務員住宅の比較的暗い敷地を考えると、夜間に目撃した人影の性別や服装などの正確さについては留保すべきだったが、四号棟に住人の出入りがなかったらしい空白の半時間に、現場の植え込みを飛び越えていった何者かがいたのなら、注目せざるを得ない新たな一ページだった。しかも、白い履物。碑文谷のホシの履物も、色は別としてテニスシューズという線で固まっている。

「靴痕跡《くつこんせき》、採れてるんだろうな」

「採れてるでしょうな。今日は一日雨は降ってないし、植え込みの周辺は土ですし」

もっとも、仮に同一犯だとしても同じ靴を履いていなかった可能性もあるが、少なくともサイズが大きく変わることはないと思うと、同一犯か否《いな》かという当面の懸案がまたぞろじわじわと胸を締めつけてきた。

四号棟入口のコンクリート部分はすでに洗浄されており、アオキの植え込み周辺の土も均《なら》されて、現場の姿はもはや想像出来なかった。「この辺りだ」と又三郎がざっと手で示した場所は、コンクリートの通路のすぐ外側の土の部分であり、被害者は植え込みの根元に半分突っ込むように伏していたらしい。入口に向かってコンクリートのアプローチを真っ直《す》ぐ歩いてきただろう被害者は、後ろから飛び出してきた何者かによって後頭部に一撃を食らい、そのままよろめきながら土の部分へ前のめりになって倒れ込んだか。だとすれば、ホシは入口に向かって歩いていく被害者を、足音もなく後ろから追ってきたのか。あるいは、被害者に姿を見られるのも構わず、その辺に素知らぬ顔をして立っていたか。

当てどない想像を巡らせながら、合田は高さ一メートル、幅も一メートル半はあろうかというアオキの植え込みを何度か無意識に眺めた。向かいのベランダから主婦が見た人影は、これをひらりと飛び越えたって？　飛び越えずに植え込みを迂回《うかい》しても、時間的に大差はないだろうに、わざわざ跳躍し、飛び越えたのは何のためだ？

「とにかくホトケの惨状から見て、今回のホシは相当の返り血を浴びてるのは間違いない。ホシが逃げる途中で着衣や凶器を始末した可能性もあるし、十係も機捜も付近のゴミ箱や植え込みを徹底的に洗っていたようですよ。ということで、私からの報告は以上。これからちょっと王子署の様子を見に戻りますが、主任はどうします？」

有沢《又三郎》は現場に四時間以上張りついてきた男の余裕で言い、合田はやはり少々不気味だと思いながら、「後から俺も行く」と応じた。初動捜査を上から差し止められたといっても、十係の須崎軍団が素直に従うはずがないのは自分たち七係も同じだったし、後々のためにも一刻を惜しんで仲間が王子の動向を見張りに行くことに、元より異論があろうはずもなかった。

又三郎が素早く姿を消してしまった後、合田はさらに数分執拗《しつよう》に現場に立ち続けた。又三郎から聞いた事件の概要を今一度脳裏に刻みつけたかったのが半分、少しも晴れたわけではない疑念の靄《もや》を再確認するのが半分。そのために費やした時間だった。そもそも午後七時半という犯行時刻は公務員の帰宅時間帯にあたり、閉店間際のスーパーマーケットで買物をした主婦たちも帰ってくる。普通は出入りの多い時間だし、今夜午後七時半前後に半時間の空白があったのはむしろ稀《まれ》な偶然だったのだ。危険も多く、成功の可能性も低い時間帯に大胆な犯行がなされたのは、殺人者が被害者の帰宅時刻を正確に知り、襲うにはその時間しかないと判断したためか、あるいはまったくの偶然が重なった幸運だったのか。いずれとも判断はしかねた。

動機については、畠山に不審な金というそれらしい何かがあったように、この松井浩司という人物も、探せば何か出てくるはずで、合田はそれについては疑わなかった。物取りの犯行ではない以上、何もないということはあり得ない。仮に、手口が似ているだけで別人による犯行だったとしても、依然、理由はある。

片や元組員、片や現役の国家公務員という被害者の取り合わせの妙については、合田は考えるのを後回しにした。異常なのは、被害者の取り合わせよりも、捜査網にあいているらしい大穴のほうだった。あの不審なタクシーの乗客と同じく、今夜の被害者もまた、これまでの自分たちの捜査線上から洩《も》れていたことが、端的に信じられなかった。自分たちの目の届いていないどこかで、未《いま》だ見えない何かの事件が進行しているのか。目の届いていないところとは、いったいどこなのか、そんなところがあるのか。

新しい発見もないまま、合田はあらためて四号棟の佇《たたず》まいを見渡し、付近のアオキや夾竹桃の植え込みを眺め、道路を隔ててそびえる都営住宅の黒々とした塊を眺め、そうだ、さっきから俺は何かにひっかかっているのだと思いながら、最後にもう一度現場となった四号棟入口前のアオキの植え込みを眺めた。こんもりとした茂みは長身の合田の下腹の辺りまで来る高さがあり、幅も軽く両腕を広げたぐらいはあった。これをひらりと飛び越えたって？

続いて合田は、自分の右足を跳ね上げジャンプしてみたが、アッと思ったときには遅かった。飛び越えようとした右足は植え込みに突っ込み、左足もひっかかり、そのまま無様《ぶざま》によろめいて地面に尻《しり》もちをついた。スラックスが破れたかと思ったが、幸いそれだけは免れた。合田は土だらけになった自分のスラックスやスニーカーを眺め、傍らの植え込みを眺め、これを助走もなしでひらりと飛び越えたという何者かは、おそろしく身軽な若い男だとぼんやり考えた。またそのとき、脳裏に《どこかで見たことがある》という信号が一瞬点滅したのだったが、それはすぐに分からなくなり、代わりに手帳に一行、《飛び跳ねる男》と書きつけた。

その後、合田は王子署前まで戻り、道路一つはさんだ向かい側の路傍に陣取って、しばらく人の出入りなどを見張った。すでに日付の変わった深夜の王子署は明かりが灯《とも》ったまま静まり返り、玄関前にたむろしていた報道陣もすでにまばらだった。少しすると、同じようにその辺をぶらぶらしていた又三郎が姿を見せ、缶コーヒー片手にちらりと合田へ目だけの会釈《えしゃく》をし、またどこかへ姿を消した。その目は《とくに動き無し》と告げていったが、ブラインドが下ろされた署の窓の中では、初動捜査に出た十係や機捜に本庁の幹部が加わり、さらに地検や法務省からも何人か出てきて渋面を突き合わせているに違いなく、一つの殺人事件が何か必要以上に仰々しく扱われている事態の異様さは紛れもなかった。

とはいえ、合田が切に知りたかったのはとりあえず、目撃された犯人とおぼしき男について、その後何か手がかりがあったのか否か、それだけだったのだ。公務員住宅の敷地を出て北の方角へ走り去ったという男の、その後の足取り。もっと詳細な人相や年齢や服装。事件発生来、比較的早い段階で初動の聞き込みに取りかかった王子の捜査陣がすでに何らかのネタを拾った可能性があると思うと、碑文谷の担当としてはいても立ってもいられない。十係がネタをよそへ洩らすことなどあり得ないと分かっていても、その影でも追いたいという焦《あせ》りに駆られる。須崎軍団なら、捜査会議の散会後におとなしく帰宅することなどあり得ないし、各々《おのおの》目星をつけた聞き込み先などへ粛々と足を運ぶはずだが、そうだとすれば、それだけでも見届けたいというみみっちい競争意識だった。要は、王子は何か摑《つか》んでいるのか否か。もしも摑んでいるのなら、碑文谷より先にホシを持っていかれるかも知れない。ただそれだけの、神経症のような不安だった。

何一つ進まない、何一つ起こらない無為の時間が刻々と過ぎていった末の午前四時前、向かい側の通りにひょいと姿を現した又三郎が《こっちだ》と手招きをよこした。会議は散会し、捜査員たちは裏口から出てきた、ということだった。その裏口が見えるところまで駆けつけると、未明の路傍に散ってゆく人影はひどくばらばらで、須崎靖邦の胡《ご》麻《ま》塩《しお》頭さえ見つけられない結果に終わった。十係のほかの数人は確認したが、聞こえたのは明治通りにある吉野家で牛丼《ぎゅうどん》を食っていくか、といった他愛ない雑談が一つ。始発電車が動くまでの時間潰《つぶ》しにしても、どの顔もひどく鈍く見えた。結局、王子もさしてめぼしい成果はなかったか。あるいは法務省から横やりが入って、早くも戦意喪失か。下世話な詮索《せんさく》を巡らせたのも束の間、又三郎がまたちょっと《ほら》と顎《あご》で示した裏口から、刑事とは一見して立ち居振る舞いの違う男たちが三人出てくるのが見えた。その一番後ろの一人は、自分の身一つを持て余すような所在なげな様子で少しうつむき、長身を飄々《ひょうひょう》と夜風にたなびかせており、アッと思ったら、虫の知らせというやつで向こうも気づいたか、こちらへ目を振り向けるやいなやニッと笑ってみせた。それは春の異動で東京地検へ移ってきた加納祐介で、思わぬところで面《つら》を合わせた戸惑いを、先ずはそうして一足先に笑い流してしまうところなど、いかにも老獪《ろうかい》な元義兄らしかったが、合田のほうはひとまず、あんたまで何しに来たのかと思わず声に出しそうになった。すかさず、目敏《めざと》い又三郎が《ほう、地検に知り合いがいるんですか》といった目をよこす。合田は、身にしみついているはずの公私の峻別《しゅんべつ》の不文律が、一瞬にしろ自分のなかから消えていたことに密《ひそ》かにうろたえ、苛立《いらだ》った。足早に背を向けて立ち去っていく加納の恬淡《てんたん》とした後ろ姿は、元義弟の戸惑いなど斟酌《しんしゃく》もしないといったふうで、検察が警察の庭に踏み込むときは踏み込む理由があるのだと言い放っているようにも感じられた。これはたんに検事と刑事という似て非なる立場から来る確執なのか、それとも学生時代からの個人的な人間関係が捩《よじ》れに捩れてきた末の感情なのか。合田はちょっと考え、くるりと自分も背を向けて《引き揚げるぞ》と又三郎に目で合図を送った。

一晩棒に振ったに近い退散だった。早々と検事が乗り込んできた王子の捜査本部が秘密主義に徹するのは明らかだったが、それで王子が一足先にホシを挙げるのなら挙げてくれといった、投げやりな気分も頭をもたげてきた夜明け、又三郎はいまからサウナへ汗を流しにいくと言って早々に姿を消した。いつでもどこでも気分転換の早い男だが、その顔には、異人種の合田と一晩一緒にいて調子が狂ったネジを一刻も早く巻き直したいと書いてあった。一方、合田は駅二つの近さにある赤羽台の自宅へ戻るために王子駅へ向かい、始発電車にはまだ時間のあるホームのベンチに座り込んだ。

人けのない始発前のホームには或《あ》る匂《にお》いがある。合田は大阪のしがない外勤警察官の家に生まれ育ち、中学生時代は受験勉強をしながら新聞配達をやった。夜明け前の街を自転車で走り回りながら、土手の上を走る近鉄電車の始発電車の明かりを仰ぎ、自分は父のようにはならない、スーツを着て電車で通勤する職業につくんだと自分に言い聞かせた。また、浴びるように酒を呑《の》んだ父が在職のまま肝硬変で死んだ日、通夜《つや》の準備をするために病院から家へ戻るとき、阿倍野《あべの》駅で母と二人で始発電車を待ちながら、このまま母を連れてどこか遠くへ行きたいと思ったこともあった。その後母の故郷だった東京へ移って十五年、かつて始発電車を眺めたときの思いはもはやぼんやりとしたかたちしか留めていなかったが、かすかに鼻腔《びこう》を締めつけてくるなにがしかの臭気を吸い込みながら、また少し元義兄の顔を呼び戻したりした。水戸の旧家の出身で、おおむね挫折《ざせつ》というものに無縁な秀才の男と偶然大学の図書館で知り合い、一時期義理の兄弟にまでなった年月も、いまとなればほんとうにあったのか、なかったのか。近頃は何もかもがひどく不確かだと感じながら、そういえばそろそろ母親の十三回忌だとふと思いだしては、ホームのベンチで開いた手帳の十一月の日付に印を付けてみたりした。もっとも、まだ何も書き込みのない一ヵ月先のページなど、そのときになれば何で埋まっているか分からず、命日に墓参りに行けるという確信も予感もなかった。

それから、手帳を開いたついでに、合田は知らぬ間に十月五日の事件発生以来書き続けてきたページを繰っており、《またか》と自分が可笑《おか》しくなった。意思とは裏腹に、脳髄の大部分はむしろ寝ても覚めても事件の枝葉をかき分け続けることに慣れ過ぎ、ほかのことを考える回路が死滅しかけているのだと自認しながら、手帳を繰り始めると止まらないのだ。

事件の始まりは、十月一日木曜日夜。手帳に、そう書いてある。《何者か》がその夜、畠山宏に電話その他の方法で連絡を取った。その結果、畠山は何か考えることが出来て、夜中に起きていた。翌二日朝、珍しく髭《ひげ》を剃《そ》り、その夜九時ごろにタクシーの来訪者があった。数分ですむ用事なのに電話ですませなかったのは、金の受渡しがあったからかも知れない。そして三日朝、同居人のホステスがタンスの上の三十万を発見、二十五万を持ち出した。畠山は同日午後五時までに外出。五日早朝、目黒区八雲路上で死体になった。

事件前三十時間の畠山宏の足取りは、まだほとんど浮かんでいない。今のところ確認されているのは、例の都立大学駅前のパチンコ屋にいた姿のみ。だが、車を持っていない被害者が、遠い足立区から目黒の現場まで現に足を運んだ以上、まったく姿を見られていないということはあり得ない。いずれ必ず目撃者は出てくる。これは、時間と忍耐の勝負だ。

それよりも、なぜ現場が都立大裏なのか。その答えはひょっとしたら被害者畠山宏の周辺にはなく、むしろあの《何者か》とつながっているのではないか。都立大裏で殺された畠山に現金を渡したのかも知れない《何者か》。現住所を知っている《何者か》。それはどこかにいる。

これまでの捜査で組関係者でないことが分かっている以上、きわめて限られた鑑の範囲で残されているのはどこか。合田はボールペンを取り出し、手帳の余白にあらためて思いつくままに書き連ねてみる。警察・検察。弁護士。公判参考人――。下らないかと自問し、そうでもないぞと慎重に考えてみる。たとえば元組員と法務省官僚の二人の被害者を直接結び付けるのは困難だが、唯一《ゆいいつ》、訴追や公判に関わった者を介せば、二人の被害者は物理的につながる可能性はあるのだ、と。すなわち前科を重ねてきた畠山宏の人生と、法務官僚の松井が交差する一点は、捜査関係か公判関係。

もっとも、第二の被害者の司法解剖も行われていない時点で、考えることにも限界があった。死因の特定。凶器の形状の推定。被害者松井浩司の鑑。何ひとつ手が出そうにない碑文谷の担当としては、開いてみた手帳を再び閉じるほかなかった。遠くから聞こえてくる始発電車の響きを聞きながら、合田はまたちょっと元義兄の顔を慰みに思い浮かべ、続いて二卵性の双子であるその妹の顔を思い浮かべていた。大学を出てすぐに結婚し、五年前に離婚していまはアメリカにいるその妹は、名を貴代子といった。種々の事情で終止符を打つしかなかった結婚生活の記憶には、なおも消えない棘《とげ》が刺さっていたが、そんなことを久々に思い出すのも、貴代子の実兄である加納祐介に出くわしたせいだ、それ以外に何がある、と思った。

＊

頭の芯《しん》で蛆《うじ》のようにうごめき続ける声は、《殺した！　殺した！》と飛び跳ねているかと思えば、粘りつく血を舐《な》め上げる夢でも見ているのか、くちゃくちゃと気味悪く舌を鳴らしてヒィヒィ嗤《わら》い、少しすると今度は、オタマジャクシが躍りだすような例の調子で《マークス、マークス、マークス》の連呼が始まる。

脳髄に棲《す》むその声の主は、以前の《あいつ》より確実に言葉数が増えており、いまにも耳や目や鼻腔からすぽんと飛び出してきて、今日からは俺がお前だと言いだしそうな勢いだった。愉快な思いをしているのは《あいつ》で、《あいつ》が自分の顔の筋肉を使って笑う。脳髄を自由気ままに使い、食い散らかしてげっぷを吐き、もういい加減はしゃいだからいいだろうと思っていると、暗い山の沈黙を恐れる《あいつ》は、あるときは何でもいいからぶっ壊せ、殺せ、跳べ、叫べと狂い、あるときはやけに冷静に狡知《こうち》を巡らせる。そもそも刑務所の監房で一万枚の福沢諭吉を思いついたのも、そのための手の込んだ計画を巡らせたのも、この手足を動かし、走らせたのもみな《あいつ》だったに違いないが、だとしたら初めから大して上等な計画であろうはずがないのだ。

畜生、また一人殺してしまったのは、なるほどそういうわけだったか。マークスは夢のなかで一人考える。——今度の男は別に暗い山というわけでもなかったのに、と。のっぺりした平板な役人の顔を見ても何の感興も湧《わ》かず、さてこいつをどうしたらいいのか、その場で急に分からなくなったとき、《殺せ、殺せ》とあの声がまた跳ねたのだった、と。しかし、俺はいったいどんなふうに腕を振り下ろしたのだろう。吉祥天女《きちじょうてんにょ》の刺青《いれずみ》男のときのように、喉《のど》から脳味噌《みそ》が飛び出すような興奮を味わったのだろうか。

今回は三、四回刺したような記憶があり、ひょっとしたら前回のようにはうまく行かなかったのかも知れないが、ともあれかろうじて思い出せるのは、男が一瞬こちらを見つめたときの、ぽっかり瞳孔《どうこう》が開いた黒い穴のような眼球が二つと、その眼窩《がんか》の縁がぴくりと一つ痙攣《けいれん》した奇妙な光景だけだった。いや、もう一つあった。おそらく一つの生命が終わる瞬間に、その体内から蒸発する精気のようなもの。それは生温かい血とともに相手の身体《からだ》のどこからか噴き出し、立ちのぼって、ふわりとこちらの目や口や鼻腔を包み込むと、たちまちそこから体内に吸い込まれ、沁《し》み込んできたのだったが、そのとたん確かに自分の身体が膨張し、俺は体温が急に何度か上がったかのような温かい熱を感じたのだ——。

そういえば前回も、しばらく身体に満ち続けたある種の熱のような、力のようなものがあったのだと思い出しながら、マークスは夢の中で何度か目を凝らしており、そのつど明るくも暗くもない穏やかな色に満ちた世界が見えてほっとした一方、そこにいつの間にか微《かす》かな亀裂《きれつ》が走っているのも見たものだった。あれは、《あいつ》の声が沁みだしてくる世界の亀裂だ、暗い山へ通じる谷筋だと無意識に思い、夢中で来るな、来るなと呟《つぶや》きながらマークスは身悶《みもだ》えたが、その間も《あいつ》が自在に額か耳の皮膚を突き破って出たり入ったりしているのを感じた。そして、それを黙って聞いている脳髄の、ちりちりするような不気味な振動も。

「ねえ、マークスって何——」

目が覚めたとき、真知子があのいやになるくらい怯《おび》えた目をして覗《のぞ》き込んできて、マークスは一瞬うろたえた。寝覚めのはっきりしない気分のなかに突然侵入してきた女の顔一つは、違和感という以上に、とっさには輪郭を把握出来ないという意味で異物に近いものだったからだが、そこでも待ち構えていたように巧妙に取り繕ったのは《あいつ》だった。いまや俺こそがお前だと名乗って憚《はばか》らない、もう一人のマークス。

「《あいつ》の名前さ」そのマークスはとっさに応《こた》えており、「《彼》がいるの——？」と真知子はさらに目を見開いた後、ぶるっと身を震わせた。その一つの振動が、マークスの裸の腹にぶるっと突き刺さった。

「マークスが名前？　バカみたい。いい加減にしてよ。寝ながら笑ったり、唸《うな》ったり――。悪い夢を見たのよ、昔の夢を見ただけよ、だってあなたは治ったんだから、《彼》はもういないのよ。いまごろ出てくるはずないわ。夢を見ただけよ――」

あいにくマークスはいるさ。この女はそうと気づいているのに、自分に言い聞かせるように嘘《うそ》をつく。おおよそ医療施設と言われるものの単純な不実や無責任を、心ならずも証明するような顔をして嘘をつく。怯えながら語気を強め、何のために自分自身を騙《だま》すのか知らないが、とにかく自分と相手の男の双方に嘘をつき、そのくせ頭では分かっている不安をその目にあらわにして覗き込んでくる。

この目はほんとうは何を言いたいのだろう。マークスは少し真面目《まじめ》に考えてみようとしたが、ひくひくと嗤ってそれを妨げたのはやはり《あいつ》、もう一人のマークスだった。

《あいつ》はひそやかに嗤い続け、巧妙にマークスの身体の居心地を楽しみながら、自分におそるおそる注がれている女の眼差しを瀬踏みする。何というばかばかしさだ、と。男の腹にまたがって、胸からぶらぶらと肉の塊を垂れさせている生き物。触ると柔らかく温かく、ぶるると震えて嬉《うれ》しげな声をあげる。治っただの、夢を見ていただけだのと言い、バカみたいと言いながらその実、二つの黒い柘榴《ざくろ》のような眼球は焦点の定まらない、壊れた眼鏡のようで、見なければならないものを一つも見ていないのだ、と。

いやだな、恐いのなら恐いと言えばいいだろうに。そんなに無理をして、もう治ったのだからと自分に言い聞かせながら、その手はなおも男の裸の腹を探り、撫《な》でまわし、そこらじゅう生温かい油を垂れ流してぬるぬるする身体を、ときにびくりと震わせたりして。「そこよ、そこよ」と囁《ささや》き、吐息の膜を張りめぐらせながら、「夢を見ただけよ、心配ないのよ」と繰り返し繰り返し、誰に向かって言い聞かせているのか分からない虚《うつ》ろな目をして、それでもなお、男の乳首だの臍《へそ》だのを嚙《か》んできたりして。——何なのだろう、この女は。暗い山でも明るい山でもない、ぼんやりとした或る形。たしかに在るというだけで、それ以上は名付ける言葉がない或る質感。何となく自分はこれが気に入っているのだと分かるが、だからといって皮一枚はさんだ別の世界の生きものの感触。

マークスはちょっと考えてみるが、一方でヒャハハ、ヒャハハと脳髄で笑い転げる声は止《や》まず、それとは別に身体の下半分でうごめく筋肉のびくびくした熱があり、二つにも三つにも引き裂かれるような心地のなかで、なおも目を見開き、耳をすませる。そうして筋肉という筋肉に力をこめて世界の圧力に応えようとしたとたん、いつものように下半身のほうが先に爆発して、数秒靄《もや》がかかった。

「ねえ、昨日の夜はどこへ行ってたの」

「昨日――？　昨日っていつだ――」

「八時に《さかき》で待ち合わせしてたの、あなた忘れちゃった――？」

真知子がまたちょっと顔を覗き込んできて、マークスは靄のなかで《そうか、俺はまた何か忘れたのか》と思い、しかし自分に人並みの記憶力がないのは昔からじゃないか、この女もそれは分かっているはずだ、と思い直した。覚えているのは、暗くなるころに王子の公務員住宅へ行き、それから上野の映画館へ入ったら何か陰気な映画がかかっていたこと。そして深夜に金町へ戻って寿司屋《すし》の《さかき》へ行くと、酔っぱらった真知子がカウンターで寝てしまっていたことだけだった。寿司屋の主人に「おい若《わけ》ぇの、女ににやけ酒呑《の》ませるには二十年早いよ」などと嗤われたが、真知子と何か約束をしていたらしいことはついに思い出せないまま、女をおぶってマンションへ帰り、ジュースを呑んでから一緒に布団《ふとん》に入ったのだ。

「どこへ行ってたの」と言われたら、それがすべてだったし、一つくらい忘れたかも知れないが、五分前にしたことも覚えていられなかったころを思えば、これだけ思い出せるだけで上出来じゃないか。ほかに、公務員住宅で網膜に刻んだ死体の姿も記憶にあるにはあったが、あれは《マークス》の話だ、女が怯える《彼》の話だ、だから黙ってろとあの声は言い、その通りだと納得して、マークスは死体の話も忘れたことにした。

「いいのよ、一つくらい忘れたって。あなたは私の好物がメロンだと覚えていたし、このマンションも覚えていたし、いいのよ。昨日の夜は、あなたがまた出ていったのかと思って不安だっただけ。こうして戻ってきたんだから、いいのよ。もう大丈夫よ——」

真知子はいつもの声、いつもの言葉を繰り返し、もう聞き飽きるほど聞いたその音韻の、一つ一つの柔らかい上がり下がりを聞きながら、マークスはいまはまたふわふわとまどろむ。

暗い山でも明るい山でもない不思議な光のなかで宙づりになり、福沢諭吉の顔が一万個、ぼたん雪のようにひらひら降ってくるのを両の掌で受けとめている夢。雪はつかむ端から解けて消えてしまい、手応えはないが不快な棘もない。見えるのは、ただ豆乳の桶《おけ》に頭を突っ込んだような白一色だ。刑務所で知り合った元スリのいう、あの賑《にぎ》やかな歓喜とはほど遠い、圧倒的な静けさに包まれた白一色。これは外皮をむいた歓喜の中身なのか、それとも自分の知らないまた別の世界なのか。マークスはしばし、眼前にあいた穴を覗き込むようにしてその白一色を覗き込み、考える。福沢諭吉とともに訪れるという歓喜の正体は、無色無辺の空のようなものなのだろうか。光射《さ》す山の頂上の、さらに彼方《かなた》にある虚空《こくう》のようなものなのだろうか。

「ねえ、こっちを向いて。顔を見せて、ねえ何考えてるの——」

「山の話」

「《彼》がいるの——？　気のせいよ、あなた夢を見ただけよ——」女は囁き、また火が消えるように黙り込む。

ああ怯えてる。俺が怯えさせている。マークスはなにがしかの悲哀の振動を額のすみで感じたが、しかしそれも長続きはせず、ひたひた張りついてくる女の声や腕を押《お》し退《の》け押し退け、何時間かなおも網膜に広がる白一色の虚空に見入り続けた。そして、女は女で寝入りもせずに息を殺しており、やがてカーテンの外が白み始めたころ、世界はいつの間にか元の薄ぼんやりした灰色に戻っていたが、入れ替わるようにしてあの声がまたごそごそし始めたかと思うと、あっと言う間に喉から飛び出してきて「返事を引き延ばす奴《やつ》らが悪いのさ！」と一声、怒鳴っていたのだ。

「何の話——？《奴ら》って誰？　あなた、《彼》の話なんかもう聞かないで。ねえ、こっちを向いて。顔を見せて——」女の怯えた声がまた首筋を這《は》い降りていくのを聞きながら、マークスは「静かにしてくれ！」ともう一声怒鳴ったが、自分の耳に返ってきたのは《あいつ》の噴き出すような笑い声だったから、女が聞いたのもそちらのほうだったかも知れない。それから間もなく、隣の部屋から聞こえてきた早朝のテレビの音が、耳のなかでズンチャカ、ズンチャカ躍りだし、波長が合ったらしい《あいつ》はしばらくズンチャカ、ズンチャカ飛び跳ねていたものだった。

福沢諭吉が一万枚！　返事を引き延ばす奴らが悪いのさ！　ズンチャカ、ズンチャカ、ズンチャカ。

十月八日木曜日

早朝、合田は一番電車で赤羽台の自宅に着替えに戻ったが、その半時間後には吾妻哲郎からの電話で本庁の幹部会議に呼び出され、再び京浜東北線に乗っていた。幹部会議は、前夜の王子の事件を受けて刑事部長が招集したらしかったが、通常は警部以上の出席と決まっている場に各係の主任クラスまで出ろというのは、たんに上意下達を徹底する目的以上のおまけが付いてくるということだろう。そう勘繰ると、気が重かった。

三日ぶりに桜田門の庁舎へ入ると、一階エレベーター口で吾妻と鉢合わせになった。合田は一応着替えだけはしてきたが、吾妻のほうは自宅から駆けつけたにもかかわらずネクタイはよじれ、上着もスラックスも皺《しわ》だらけという恰好《かっこう》をさらしていた。本庁へ呼び出される事態に過敏に反応し、そういう自分を嘲笑《ちょうしょう》しては保身半分、反逆半分に我が身を引き裂かれて、最後は考えるのが面倒臭くなるというのは、この男のいつものパターンだが、その朝は不精髭《ぶしょうひげ》に加えてウィスキーまで臭《にお》わせている念の入れようだった。

「ほほう、抜け駆けにつぐ抜け駆けでご活躍のお方は、さすが清々《すがすが》しいお顔をしておられますな」吾妻は開口一番にのたまい、立て続けに大きな欠伸《あくび》を洩らすと「年寄りがまたやりやがってな」と呟いた。

吾妻の家では、奥さんのほうの高齢の父親が徘徊《はいかい》を繰り返し、一週間に一度は行方不明になって警察に世話になる。そのつど吾妻は走り回って夜を明かし、朝日とともに噴き出すのは夜のうちに呑《の》み過ぎたウィスキーのげっぷと、人生に対する冷笑のヒステリックな間欠泉《かんけつせん》だ。

「なあ合田、現世の徳は積むもんだぜ、とくに俺らは相殺《そうさい》する分が大きいからな。それで来世はやっと人並みってとこだ」吾妻は勝手に喋《しゃべ》って、勝手にヘッヘッと嗤い、ウィスキーの臭いをぷんぷんまき散らした。「それで、王子はホトケを大塚へ移したんだって？　だめだな、こりゃ」

「十係も大変だ。地検からぞろぞろお出ましだったし」

「そいつはめでたい。お役人らが自分で捜査をやりゃあいいのよ」

「とにかく会議では口開けるな。臭うから」

合田は、赤い目をして欠伸を連発する吾妻をエレベーターから押し出した。

午前八時、本庁六階会議室のテーブルについたのは、捜査一課、四課の担当管理官と各係長、理事官、課長、刑事部長、参事官のほか、公安部長と公安一課長、調査部管理官、係長といった顔ぶれだった。そして、オマケで吾妻、合田、須崎、須崎と同じ十係の寺島警部補の主任クラス四名。緊急かつ異例な内輪の寄り合いといった感じで、公式の記録も録《と》られなかった。

議題は、前夜の王子の事件と都立大裏事件の関連性を認めるか否《いな》かの一点だったが、いったいどういう理由で公安が顔を出してきたのかの説明もなく、一課長花房警視正の目が部下一同に睨《にら》みをきかせるなか、淡々と人畜無害なやり取りが続いた。

「――『同じ凶器である可能性もある』という話だが」と、刑事部長の警視長は言った。「そもそも都立大裏の事件と昨夜の王子の事件の関連性を云々《うんぬん》する根拠は、被害者の損傷だけなのですか」

「そうです」と捜査一課長の花房が答えた。

「違う凶器である可能性もある、ということですか」

「そうです」

「これまでの報告では、どちらの事件も計画的な犯行の線が濃厚だということだが、いったい第一の被害者と第二の被害者の関連はどうなのです？ 関連性はあるのか、ないのか」

「現状では何ともいえません」

「四課は？」

「現状では何ともいえません」と四課長も同じ返事をした。

「都立大裏の捜査現場の感触はどうですか？」

「吉原」と四課長が指名した。

吉原警部はいかにも窮屈そうな表情で、通りいっぺんの口上を並べるに留まった。

「まあ——被害者の肩書だけを見ますと、全く関係はないとしか言いようがありません。しかしながら、都立大裏の被害者は元組員ではありますが、組員として殺害されたのではないようでありますし、これまでの捜査で、事件の直前にどこからかまとまった金を受け取っていた事実も浮かんでいます。そういう意味では、都立大裏事件のウラがまだ解明されていない以上、被害者の素性のみで、関連の有無を云々する段階ではないと考えます」

「現時点で二件の関連をどう見ているのか、私は現場の感触を聞いているのですが」

刑事部長は言わずもがなのことを言い、吉原は憮然《ぶぜん》とした顔を覗《のぞ》かせて、三秒ほど下を向いた。元より昨夜のうちに合同捜査本部は設けないことが早々と決まった状況があり、この期《ご》に及んで、幹部の前であれこれ物を言うバカはいない。保身のためでなく、今後の動き方にこれ以上の網をかけられないために、吉原も結局「何とも言えません」という常套句《じょうとうく》を選んで、その場はお終《しま》いだった。

「碑文谷の見方はどうですか」

「二件の関連については、今後の捜査を見ながら、適宜判断すればいいことだと考えます。解剖の結果、創傷が似ているなら同一犯である可能性を視野に入れるだけのことで、被害者を含めた関連云々は、捜査の前提条件とはなりません」

林係長の返事も、可もなし不可もなしの原則論だった。証拠による判断と対処。そもそも捜査にはそれ以上の原則がないのは事実だが、それにしてもどれもこれも、実際に足を棒にする末端の捜査員の心証に届く物言いとはほど遠かった。

「では、王子は？」

花房に指名されて、十係の沢木係長が答えた。

「こちらには目撃者がおり、犯人の姿が見られています。犯人は現場に最低数十分は潜んでいたと思われるので、聞き込み次第でさらに目撃者が現れる可能性も大です。都立大裏事件との関連云々より先に、犯人逮捕が最優先されるべきです。都立大裏事件で犯人に結びつく手がかりが何も挙がっていない以上、現時点で、王子の捜査は都立大裏事件によって左右されるものではありません」

沈黙の須崎のほうを窺《うかが》うと、犯人の姿が目撃されている余裕は感じられず、こんな時間潰《つぶ》しをしているヒマがあったら、犯人を追って一歩でも街を歩いていたほうがマシだという仏頂面《ぶっちょうづら》をして、テーブルをひそかにコツコツ叩《たた》き続けていた。その音はまるで、逃げていく犯人の足音のように合田たち現場の耳には聞こえたが、そうは感じていないのだろう幹部の物言いはどこまでも悠長だった。

「とりあえず二件の事件については、ホシを確保してから関連を捜査しても差し支えないと思われます」そう言ったのは、第三強行犯捜査班の竹内管理官。人呼んで《チュウシンの竹内》。忠臣の鑑《かがみ》で上への注進を欠かさず、腹の中は自己中心。名付け親は吾妻だ。

「差し支えがあるかないかを決めるのは現場です」と、その吾妻は恐れを知らぬ一言を吐き、ついでに「合田も同じ意見です」とご丁寧な一言を付け加えてくれた。しかしともかく、吾妻は正しかった。《ホシを確保してから》などという戯言《ざれごと》が、いったいどこから出てくるのだろう。二件の事件は、手口犯でも常習犯でもない。おそらく前科はない。突発的な愉快犯でもない。何かの目的があり、周到な計画にもとづいて無名の犯人が動いていると思われる本事件において、被害者の身辺から筋を絞り込んでいくほかないというときに、二件の関連を射程に入れない限り、どこかで道が途絶えてしまうか、時間を無駄にする大回りになる可能性は大なのだ。

案の定、須崎の拳《こぶし》はますます苛立《いらだ》った音を立て続けており、幹部の話はしっかり悪い方向へ向いていた。

「なにぶん昨夜来、凶器が同じだという情報があちこちに流れているので、これに対する対処も考えなければなりません。その意味でも、当面は両事件の関連については、慎重に取り扱う必要があります」と花房は言い、刑事部長がすかさずそれに応じた。

「王子の事件については、警察は情報を外へ垂れ流しているのかという苦情も然《しか》るべき方面から来ている。マスコミも一部嗅《か》ぎつけているし、これ以上騒がれると捜査に支障をきたす恐れもある。同一凶器という確証が得られない現時点では、当面碑文谷と王子の両捜査本部が慎重に動く、ということにしたい。そういうことで、よろしいですか」

あらためて翻訳するまでもなく、幹部が上意下達を徹底したいとする要点は《二つの事件の関連は表に出さない》《証拠が挙がれば、なおさら出さない》ということだった。

理由はともかく、そういうことだった。それは合田たち末端の現場の耳にも間違いなく沁《し》み込んだし、吾妻は通常ではあり得ない捜査への不当圧力のおかげですっかり目が覚めたといった顔をして、いかにもポルフィーリィらしい倒錯したにやにや笑いだった。「《慎重に》首を絞めろってか。それって拷問《ごうもん》しろってことだぜ」などとウィスキー臭混じりの私語を吐き続け、テーブルの下で合田はその足を蹴《け》っ飛ばさなければならなかった。

片や十係の須崎靖邦は、今後の被害者周辺の鑑捜査の難渋をあらためて思い知らされたかのように、顔を青黒く凍らせていたものだった。王子は犯人の目撃証言があるとはいえ、その犯人を逃してすでに十三時間。自首の可能性はゼロ。碑文谷との関連を含めた被害者の周辺捜査がままならないとなれば、《黒っぽい服装をした若い男》といった目撃情報一件が即、早期解決に結びつく望みは薄いと言わざるを得ない。それは須崎が一番よく知っているはずだった。

「ついては、まず両本部の捜査情報の管理を徹底すること。犯人逮捕までは双方の情報交換は制限し、必要に応じて一課長と各署長を通して行うこと。またマスコミ関係の対策として、外部では両本部の捜査員相互の接触は慎むこと。以上、徹底お願いします」

刑事部長の締めで《よい子》の会議は速やかに散会になった。会議室を出るとき、合田は須崎靖邦と目が合い、どちらからともなく顔を背け合ったが、二番目の被害者松井浩司なる人物の周辺については、碑文谷も無関心でいることは出来ないのだという思いは揺るがなかったし、須崎とはいずれ早急に接触の機会が来ると思った。

本庁を出るとき、合田と吾妻は林警部に一言念を押された。

「この一両日は、王子の捜査の模様眺めだ。向こうの動きを見ていたら、上からどういう圧力がかかるか分かる。次の一手を考えるのはそれからだ」

部下がヘタに動いて指されるのを心配したのか、もとから熱意がないのか、どちらとも判断のつかない林の言葉だった。

碑文谷は、その日は出直しの雰囲気だった。王子の事件が同一犯人かも知れないという話が出てきて浮足立ったのも束《つか》の間《ま》、足元を眺めれば都立大裏で事件が発生して四日目、碑文谷の捜査は大した進展を見せてはいなかったからだ。

「全員、写真を見ろ！」

吾妻の号令で、五日早朝の事件現場のカラー写真が全員に回された。ダレかけているときにはよくやる手だ。そうして事件の記憶を新たにし、未《いま》だ姿かたちも見えない犯人に対する思いを煽《あお》り、王子にホシは渡さないと自分にハッパをかけて、午前九時半、全員が席を立った。

とはいえ、合田はお供の森を連れて渋谷へ出た後、割り当ての西新井へは急がず、しばらく東横線改札口前の広場にいた。秋の長雨で持ち歩いている傘が、その日は不要になり、荷物になって片手をふさいでいた。電車を降りたとたん、森が赤く腫《は》れた首筋を掻《か》き始めたので、ちょっと治まるのを待ってやりながら合田はタバコを一本吸い、その間にやっと行き先を決めた。

「今日は地検へ行こう」

「畠山の公判資料なら、有沢さんと広田さんが昨日当たってます」

「いや。俺の目で確かめる」

吾妻哲郎が四課の資料を参考にして作成した二百数十名の敷鑑のリストには、洩《も》れている者がいるはずだった。被害者畠山宏が《わざわざ髭《ひげ》を剃《そ》って》会った何者か。現住所を正確に知っており、十月二日夜に実際に畠山宏を訪問したことが分かっている何者か。

その人物は、日暮里駅と梅島の往復にタクシーを利用しているが、なぜタクシーか。もしも運転手に顔を見られる危険を失念していたとすれば、その人物はある種の《習慣》でタクシーを利用したという推測も成り立つのだった。目的地までの距離の長短にかかわらず、日常的にタクシーを使う《習慣》。わずか十分ほどで済む用事のために、往復数千円分のタクシー代を厭《いと》わない《感覚》。それは市井《しせい》の勤め人のものではあり得なかった。ある程度の社会的地位があり、金もある。そんな人間が畠山の鑑のなかにいるとしたら、過去五回の公判資料のなかにいる可能性が高かった。人生の半分以上を刑務所で過ごした畠山の、日常の生活圏にはいるはずがないから、いるとすれば逮捕から起訴、公判にいたる日々のなかか、五回の事件のなかだ。

森にそういう話をすると、めったに私語を吐かない森が一言いった。

「主任の勘が当たってたら、ウナギ奢《おご》ります」

そうしてその日の残りは、地検で過去五回の畠山宏の公判記録を閲覧することで潰れた。その日は、ウナギにはありつけなかった。

その夜の捜査会議は、どの班もろくな成果がなく、林が「王子の事件との関連は、現時点では言及不可」と本庁の指示を伝えただけで、わずか十分で散会した。王子も成果はなし。その朝、本庁の一課長から公表自粛を言い渡された新聞各社の記者の姿が、遅ればせながら碑文谷署の外にもちらほらし始めた夜だった。七係はヤケ気味の又三郎の音頭《おんど》で渋谷へ出て一杯やり、合田も付き合った。

午後十時過ぎ、赤羽駅西口の商店街にあるファミリーマートで缶コーヒー一缶を買い、合田は団地入口の石段を上った。一昨年までその入口にあった交番は閉鎖され、いまは建物が残っているだけだった。以前そこにいた年配の巡査長を見ると、いつも死んだ父を思い出した。交番が閉鎖される前の日、「これが最後の缶コーヒーですな」と長閑《のどか》に笑った男は、ついに合田の素性を知らないまま去り、いまは練馬のほうにいるという話だった。

自宅のある三十八号棟の五階に辿《たど》り着くと、玄関ドアのノブに『掃除当番』の札が下がっていた。それを外し、一人暮らしの部屋の明かりを点《つ》けると、台所のテーブルに置かれた新聞の折り込み広告一枚がまず目に入った。この春に東京地検に異動になってから、いつも留守の間にやって来て、ちょっとした資料整理や書き物に使い、そのつど簡単な書き置きと仄《ほの》かに整髪料の匂《にお》いを残してゆく男が、その夜も寄っていったのだ。五年前に合田が加納貴代子と離婚して以来、気まずさもあって疎遠《そえん》になった加納との仲だったが、互いにあえて顔を合わさないようにしているいまの関係を、部屋に残されてゆくその香り一つがいつもちょっと裏切ってゆく。そういう加納も、その本人にこうして合鍵《あいかぎ》を渡している自分自身も、どちらもがこころなしか必要以上に隠微だと思いながら、合田は書き置きをざっと斜め読みした。

《雄一郎殿

小生のアイロンが火をふいたので、君のを借りに来た。官舎では、こういう生活道具の貸し借りはしたくないのだ。ついでに黒ネクタイも一本拝借した。お察しのことと思うが、今夜は故松井某の通夜《つや》、明日は本葬があるため、小生は一日青山斎場に詰めている。故人の関係省庁だけで二百人程度の会葬者が予定されている。小生は場内整理係だ。

昨夜、王子署に出向いたので、事件について多少の話は聞き及んでいる。小生で役に立つことがあれば言ってくれ。なお、蛇足ながら一昨日久しぶりに貴代子から電話があった。ボストンの水が合っているそうだ。君も元気だと伝えておいた。

加納祐介》

《そうそう——》と、加納は紙の端に小さな字で書き足していた。《山梨の友人から入手したニュースを一つ。三年前に白骨死体の復顔写真が手配された事件で、有罪が確定して服役中の老人が、地裁に再審請求を出してきたそうだ。刑訴法四三五条の六号による請求だと聞くが、新規に反証となる証拠が出てきたのかどうか。検察の立場から言うとはなはだ不快だが、公判記録を閲覧した限りでは、証拠や自白の整合性に問題があったと言わざるをえない事件であったので、成り行きを注目している》

合田は、三年前に隅田川沿いの工場で見た老人の顔をちらりと思い浮かべた。代官山周辺でいくつか些細《ささい》な窃盗事件が重なり、一件で家人が怪我《けが》をしたため強盗罪が適用された事案の参考人だったが、別件で老人の事情聴取に来た山梨県警の警部から、後日『殺人を自供した』と聞かされたときは、狐《きつね》につままれたような感じだった記憶があった。そういえばそれと前後して届いた私信で、加納は山梨の事件にちょっと触れていたのだったが、仮に県警や地検の捜査に何らかの《問題があった》としても、自分の担当でもないそんな一件に、いまもなにがしかの関心を払っているというのは、多忙な検事生活から考えて少し奇異な印象も受けた。警察以上に魑魅魍魎《ちみもうりょう》の巣窟《そうくつ》らしい検察組織のなかで、おおかた何かの見えない糸がいまも張りめぐらされており、山梨の事件の処理をネタにした内部の潰《つぶ》し合いがあるのかも知れないと思ってみたが、元よりそんなものは一刑事に想像出来る世界ではなかった。

しかし、それにしても当時すでに精神面で問題のあったあの老人が、なぜ今ごろ再審請求なのか。自白もあり、公判で黒白を争うこともなく上告もなかった事案について、今ごろ支援団体が付いたのか。余計なことだと思いながら、ただの習慣で合田は自分の手帳の片隅に《北岳／登山者殺し》《再審請求は誰が出したか。要確認》と書きつけた。

手帳をしまって、ぴかぴかに拭《ふ》き上げられた手元の食卓をちょっと眺めた。早朝着替えに戻ったときに自分が放り出していったはずの新聞や湯飲みを片付け、生ゴミを片付け、ついでにテーブルを拭いていった男は、布巾《ふきん》を絞りながらいったい何を考えていたか──。考えだすと、加納の顔は貴代子に重なり、微妙であったり単純であったりした大学時代からの男二人女一人の年月に重なり、また少し中心を失った位相に落ち込むような脱力感とともに、合田はいつもの当てどない気分にたどり着いていた。別れた女への執着はもうないが、一方でその双子の兄である男の残り香を自分の住まいで嗅ぎながら、俺は何をしているのだ。加納も加納で、いくら十五年来の友人でも、実の妹との結婚を破綻《はたん》させた男の家へ足を運んできては、何を考えるのだ。どちらも、まるで傷が治るのを恐れるようにつかず離れず、利害はないが、明確な感情があるわけでもない。なぜここにあるのか分からない、さして意味もない、他人の整髪料の匂い一つが苛立《いらだ》たしく、切なかった。

しかし春以来、いつもそこで思考は停止し、先はない。合田は酔いざましの水を飲み、一日の終わりに下着一枚になって風呂《ふろ》場でスニーカーを洗った。仕事に追われてほとんど家には寝に帰るだけだった短い結婚生活で、女は夫婦二人分の履物を洗ったり磨いたりする仕事だけ、最後の絆《きずな》のように伴侶《はんりょ》に残していったが、それすら気づいたのは別れた後だった。一日履いていたスニーカーをブラシで擦《こす》りながら、合田は明日行われるという王子の被害者松井某の葬儀のことを、ちょっと考えた。言うまでもなく葬儀には、被害者の遺族一同、職場の同僚、同窓生、友人知人など、ほとんどの鑑が揃《そろ》う。法務省や検察まで早々に捜査に介入してきている現状では、王子の捜査本部ですら近づけない可能性もあったが、せめて会葬者名簿があれば。

明日の葬儀で自分は場内整理係だと、わざわざ書き置いていった男の意図はあえて考えずにおいた。考えるたびにどうしても貴代子と一つになる加納祐介の顔をあらためて呼び戻しながら、合田はスニーカーを洗う手を止めた。石鹸《せっけん》を洗い落とした手で、念のために青山斎場の電話番号を電話帳で調べ、手帳のすみに書きつけた。

＊

「先生、マークスです!」

つながった受話器に、一発威勢よく言ってやった。《先生》はまずは生唾《なまつば》を呑《の》み込んだようだったが、いつものように何も言わなかった。

「これで《M》が消えてしまったよ。《A》は何年か前に死んでる。この間の吉祥天女《きちじょうてんにょ》は余計だったから、残るは《R》と《K》と《S》だ。三人で福沢諭吉の相談はしたか？　いつ渡せるのか、そろそろ決めてもらわないと、マークスがまた機嫌を損ねてしまいそうだ。いまはご機嫌だけどな。聞こえてるかい、先生」
《大金だから、そんなに簡単にはいかない――》
やっと聞こえた先生の声には、奥歯をギリギリ嚙《か》みしめるような音が混じっており、それが受話器から耳へ忍び込んできてマークスの脳髄をちりりと刺激し、飛び跳ねさせた。
「今夜は何だかいっぱい喋《しゃべ》りたい気分だ。先生、ここは何とか引き延ばそうと考えてるのかな？　明日九日とは言わないさ。十日は祝日、十一日は日曜日、十二日月曜日の一日では難しいだろうから、十三日火曜日にしよう。カレンダーに印をつけろ。十三日だ、十三日！」
《十三日は仕事がある、無理だ――》
「十三日さ。もう決めたんだから。さあ、今から言うことをメモしろ。ほら先生、書斎にいるんだろ？　書くもの、あるだろ？　いいか、十三日午後六時。上野駅の中央改札に向かって左側。総合案内所の向かいに公衆電話が十台ある。一番右端の電話機の裏に、コインロッカーの鍵を張りつけておく。金は西武百貨店の紙袋に入れて、そのコインロッカーに入れろ。鍵を締めたら、その鍵は元の右端の電話機の裏に置け。――ちゃんとメモはしたか？」

《その前にもう一度相談は出来ないか、明日でもいい、相談を——》
抑えようとしてもひとりでにうわずってくる相手の声は、マークスをちょっとイライラさせた。不快というほどでもなかったが、聞きたいのはもっと楽しい話、楽しい音なのだ。
「十三日さ。《あいつ》がそう決めたんだ、十三日だ、分かったか！」
《あいつ、というのは誰だ——》
「マークスさ。先生たちの大事なマ、ア、ク、ス！」
電話を切ってから、物音の絶えた公衆電話ボックスのなかでマークスはひとり、しばらく余韻を楽しんだ。受話器を通して聞いた男の声の振動は脳髄に伝わり、なおもぴくぴく軽く飛び跳ねている感じがした。先生はいまから、きっと《K》か《S》に電話をかけるぞ。そして言うんだ、マークスから電話があった、と。ご機嫌だったぞ、もう二人も殺して、そのたびに元気になりやがる、と。さあお前たち、金をどうする？　十三日に福沢諭吉が一万枚！
すると《K》か《S》は言うんだ。俺にそんな金はない。窓口のお前が何とか片付けてくれ、どうにかしてくれ！　いまごろどうしてこんな話が降ってくるんだ！　マークスというのはどこの何者だ？　若い声？　イカレている？　どこの何者かも分からない人間に俺たちは脅されているというのか――。

どこかの男たちの泣き言や繰り言が、電話線を伝って夜のなかを飛び交い、怯《おび》えた振動をあちこちに振り落としてゆく。それはきらきら光る粉のように降り注いで、空を見上げると電線の辺りがぼうと明るく輝いているのが見えるのだ。電話ボックスのガラス越しに、マークスは街灯の明かりを浴びて青白く光る電線を眺め、にんまりした。実際には光が降るというほどではなかったが、普段よりたしかに明るい、空も明るい、星も明るい。こんなふうに男たちが怯えれば怯えるほど世界が明るくなるのなら、今夜はもっと怖がらせてもよかったのだとマークスは反省もした。《もっと怖がれ、もっと怯えろ》と脳髄の声が調子を合わせ、《十三日！　十三日！》と唄《うた》うように繰り返す、そのリズムが足に伝わってマークスは知らぬ間にまた少しステップを踏んでいた。十三日、十三日、十三日。

いまごろ仲間に電話をかけているだろう先生は、どんな顔をしているか。さぞかし窓口になっている自分にイライラし、《M》が死んで予想以上に怖《お》じ気づいている自分にイライラし、頭で考えてきた世界の秩序と現実の乖離《かいり》にイライラし、感情的になったり冷静になったりの繰り返しだろう顔か。なまじ頭が良すぎて恐怖が恐怖になりきれず、疑念や自信や自嘲《じちょう》を振りきれずに、電線にひっかかっている凧《たこ》のような顔か。

しかし考えてもみろ。思うに、いい子の秀才《M》は初めから、自分は一番金のない公務員だからと高を括《くく》って、知らん顔を決め込んでいたはずだ。元からそういう人物だったようだし、仮に生きていても役には立たなかっただろう。では《K》はどんな奴《やつ》か。そうそう、あれもお固い深窓の令息で、人に手を汚させて優雅に生き残るのが自分に定められた遺伝子だとでもいうふうな人物だ。残る《S》はといえば、昔から頭は良くないらしい。しかし人脈とコネがスーツを着て歩いているような奴でも、とにかく金は持っているんだから、差し当たり救いの神は《S》だろう。さあ電話をして、たっぷり不毛な話をしろ。もう日数はないが、夜はまだ長いぞ。

そうしてマークスは、自宅の書斎で受話器を握りしめているだろう男の顔や声を、さらに入念に思い浮かべながら、その日もまた世界がかろうじて安定していたことに満足を覚えた。いまのいま、部屋の中を行ったり来たりしているだろう男の顔が、ときおり不安げにこちらを向いてはまた逸《そ》れていくのを見、実際には聞こえない電話の声や男の動悸《どうき》が、自分の耳元で鳴り響いているのを聞きながら、マークスは自分でも不思議なほど冷静だった。

それはいわば暗い山と明るい山が釣り合っている真ん中、《あいつ》と自分の力が釣り合っている安定だったが、こんな日々は実際、後どのくらいもつだろう。それだけは自分で決められない以上、いろいろなことを急ぐ必要があるな、と思った。福沢諭吉の使い道。あるいは計画が潰《つぶ》れたときの対処。真知子という女のこと。そして何よりも、ひょっとしたら来るのかも知れない暗い山に備えて、いまのうちにものを考えること。忘れないよう、紙に書いておくこと。

三生長

十月九日金曜日

碑文谷及び王子の両捜査陣にとって、その日のハイライトは何といっても午後に青山斎場で行われた松井浩司の葬儀だった。あくまで故人の遺族が出す葬儀という一点にわずかな望みをつないで、碑文谷は林警部黙認の形で七係の肥後、有沢、松岡が斎場周辺の張り込みに行き、同じように王子もひそかに捜査員を出して会葬者に目を光らせたが、結果は、そんな状況もあらかじめ計算していた関係者の警備態勢の勝ちだった。皇族の出入りがあるという名目を付けて、斎場の入口がある都道三一九号線と、外苑《がいえん》西通りの前後百メートルで車両の検問という手段に出てきたのは、あろうことか所轄《しょかつ》の赤坂署の警備部と機動隊で、碑文谷も王子も一人残らず排除されるという異常な事態だったからだ。

もっとも、会葬者の顔を一つ一つ拝むことは出来なかったが、それで引き下がるようでは刑事の名折れだ。肥後以下、七係の三人は近くの建物から双眼鏡で監視を続け、ハイヤーなどの数を丹念に数え上げて、葬儀のおおよその規模や会葬者の構成などを一応摑《つか》んできた。すなわち、会葬者の総数は百八十前後。青山斎場という場所柄、比較的こぢんまりした規模だったと言える。内訳は、女性を交えた親族が十数名。官公庁職員と思われるハイヤーの相乗り組は約八十名。タクシーや自家用車の残り六十数名の所属は不明ながら、全員が男だったという。

親族以外の全員が男。非常識にものものしい警戒のなかで執り行われた葬儀に、法務省以外から参列したのは、故人とどういう関係の男たちか。肥後たちが持ちかえったメモを囲んで、合田たちはまずその点を話し合ったが、故人の職業柄、思い浮かぶのは司法修習の同期とか、大学時代の男ばかりの何かのサークルのOBといったところしかなかった。

「それにしたって、何もかも自分らで《異様です》と言ってるようなもんだ。お上の頭の中身なんか、この程度だってことだぜ」

ひとまず吾妻哲郎が勝ち誇ったように一刀両断にして、メモはその場で速やかに肥後のポケットに消え、数字は合田たちの頭に消え、幹部席にも所轄の捜査員にも、葬儀の件は結局伝えられなかった。すでに朝の捜査会議で、松井浩司の葬儀会葬者の記帳簿の提出を遺族に求めるよう、七係は主張したのだったが、そのとき碑文谷の若署長がちょっとそわそわした目をしたのを見逃すような合田たちではなかった。そうでなくとも、表向きは王子に関わるなという刑事部長通達が出ている以上、言わぬが花。そしらぬ顔でそそくさと各々《おのおの》の席に散った七係を、幹部席の林がちょっと苛立《いらだ》ったような目で見ており、その口から十回目の会議の始まりを告げる「静かに！」の一声が上がった。

七日の王子の事件発生から二日。碑文谷の捜査員は誰しも、自分たちが本命の穴から遠ざかっているような気分に襲われ、おおっぴらに吐き出せない分、その気分は日々増殖を続けていた。王子には目撃者がいるという一点だけで、ホシが挙がるなら王子が先だと弱気が出、都立大裏の事件のほうに大した進展がない焦《あせ》りが募る。そういうときの会議が些細《ささい》な言葉尻《じり》一つで紛糾し、ことごとく穏やかでなくなるのは当然だった。

「当班は本日、被害者畠山宏の過去の交遊関係のうち、新宿署の記録に基づいて賭博客《とばく》十三名に対して聞き込みを行ったところ、成果はありませんでした」

四課と一緒に鑑捜査に出ている碑文谷の刑事の報告があったとたん、森義孝が机を拳《こぶし》で叩《たた》いて罵倒《ばとう》した。「あんたは人をバカにする気か。誰と誰と誰に会って、どう成果がなかったのか報告して下さい」

「おい、その拳は余計だ。ストレスはお肌の大敵だぞ」と又三郎が一応茶々を入れたが、その間にいちゃもんをつけられた刑事は憮然《ぶぜん》とした顔で手帳を繰り始め、「時間の無駄だ」という声が飛び、即座に「無駄とは何だ！」と森はまた机を叩いた。すると、「言ったのは俺だ」と碑文谷の刑事課長が言い出して、部下の手から手帳をひったくるやいなや、十三名の氏名住所を次々に読み上げ、「成果なし」を十三回繰り返した。

「本庁殿、これでいいか」

「《成果なし》はそちらの私見です。内容とは違う」

虫のいどころが悪かったせいで、最後は合田がとどめを刺したが、決して無能だというわけではない刑事課長の、噴火寸前の顔つきを見るまでもなく、いかにもまずい一言だったのは自分でも分かっていた。会議室はざわつき、幹部席の若署長がそわそわ揉《も》み手をし、ここは動物園か、サル山かと四課の吉原らが嗤《わら》いだすと、普段はあまりサル芝居に乗ってこない雪之丞《ゆきのじょう》までが、「外野はお気楽ですな」ときっちり厭味《いやみ》を返す始末だった。

合田は取りあえず自分の余計な一言を後悔しながら、「言い過ぎました、申し訳ありませんでした」とかたちばかりの詫《わ》びを入れ、すかさずタイミングを計っていたように吾妻ペコがだめ押しの叱咤《しった》激励をしてくれた。

「とにかく今日に至ってもまだ、ホシの目星もついていない現状への認識が不足している人は、大いに反省して頂きたい。畠山については、ヒットがあろうがなかろうが贅沢《ぜいたく》を言っている余裕はない。碑文谷は、本日の十三名については面接内容をあらためて検討した上で、明朝速やかに報告を上げて下さい」

そして吾妻は、そう言った舌の根も乾かぬうちに森に対しては「誰がアホウか分かってるだろうな」と小声ですごみ、その陰険な目は隣の合田にももちろん回ってきた。片や幹部席の署長、副署長、刑事課長はひそひそ話になり、林警部はむっつりし、やがて何を勘違いしたか、若署長が奇怪に明るい声を上げたものだった。

「ところで、朝の会議で七係から要求のあった松井浩司の葬儀の記帳簿ですが、王子の本部から、遺族が提出を拒否したと回答がありました。次に、昨日午後に行われた司法解剖の検案書も提出は不可。一応、報告しておきます」

「ただし、凶器が同一の可能性もあるという話は、日本医大法医学教室の関係者から非公式に得られているので、一応、報告しておきます」と、吾妻が厭味たっぷりに補足した。

一日が終わって残ったのは、青山斎場で不毛な時間を潰《つぶ》した肥後たちの渋面。自分ならもっとうまくやったのにと言わんばかりの森の不満面《づら》。どいつもこいつもバカ揃《ぞろ》いだといった吾妻ペコの白けた面。本庁組に頭ごなしに押さえつけられた所轄署捜査員たちの仏頂面。そして、相変わらずしなびたモヤシのような林の能面だった。

森義孝という男は、捜査本部に出ている間も、夜の会議終了後、帰宅前に必ず本庁の自分の机に戻ってくる。張り込みなどで手がふさがってない限り、机に戻ってその日の刑事日報や刑事部長電の一覧表に目を通し、個人のメモを書き、資料を調べたりするためだ。自分のアパートでは落ちつかないのか、独身でヒマなのか、仕事以外に能がないのか、捜査が長期に亘《わた》るとほかの机は埃《ほこり》だらけになるのに、森の机だけは特別だった。

その夜、合田は畠山宏の過去五回の公判記録や、四課保存の過去十件の捜査書類一式を再々度チェックするために森と一緒に本庁へ戻り、自分の机に坐《すわ》った。

今度の事件では、森は聞き込みをした相手の指紋の照合もやっていたが、持ち帰った名刺、タバコの吸殻、ゴミ箱のメモ用紙などを毎日鑑識へ回し、結果を待ち、数万枚の指紋票と突き合わせるだけの、気の遠くなるような作業を厭《いと》わない原動力は何だろうと思うと、それは非合理すれすれの合理性、もしくは偏執すれすれの執念という以外にになかった。遺留品の紙幣から出た二十種類の指紋のうち、判明しているのは被害者本人と西野富美子だけで、残りは指紋票に該当するものがない。すなわち前科がない残り十八種類の指紋に、さらに毎日毎日新たに無名の指紋を加えて森が狙《ねら》っているのは、万一のヒットだけだが、その万一に賭《か》ける労力を無駄と考えるか、有益と考えるか。そのへんの基準が自分らとはだいぶん違うだけだと思えば、合田はほかの仲間のようにはこの偏屈男を疎《うと》む気になれないのが常だった。もっとも、好きになるには百年かかるという条件付きで。

そろそろがらんとし始めた大部屋に、宿直室へ移された同報のスピーカーの声だけが響いていた。「おいおい、雪が降るぞ」と部屋を覗《のぞ》いたどこかの記者が、合田の姿を見て声をかけていった。「降るなら降れ」と、三係の机からカップラーメン片手の誰かが代わりに応《こた》え、合田は欠伸《あくび》で応え、森は机から顔を上げもしなかった。

合田は午後十時四十分に一足先に庁舎を出た。赤羽台の自宅へ帰る前に、その夜は行かなければならないところがあったからだ。遅刻だなと思いながら地下鉄駅へ走り、池袋行きの電車に乗った。

池袋の駅を出ると雨になっていた。近年、駅前も地下街も整備されてきれいになったが、それでもまだ、この辺りは闇《やみ》に散るネオンの色がどろんとして濃く見える。明治通りに並んだ映画館わきの路地を少しうろうろし、目を皿にしなければ気付かないような小さな二番館の看板を見つけて地下へ下り、入場券を買った。二本立で、聞いたこともない題の古い洋画のスチール写真が貼《は》ってあった。

二百人ほど入れる館内には、黒い頭がほんの五つか六つ散らばっているだけだった。そのなかに一つ、深く垂れた頭を見つけるやいなや合田は急いで後ろの席に着き、前の座席の肩を揺すって「おい」と声を殺した。「こんなところで寝るな」

「ああ、来たか――」と呟《つぶや》いて、加納祐介は欠伸をした。

「まず、財布を確かめろ」

「財布は――」加納はダスターコートの胸を探り、「無事だ」と悠長にうなずいた。

人けのない暗がりに無条件に危険を感じ、暗闇に散っているいくつかの頭が全部スリか痴漢に見えた自分がおかしいのか。昔、加納兄妹と一緒によく来た映画館だが、以前はこんな感じではなかったと合田は思った。昔はスクリーンも明るく、見たのは貴代子の好きなコメディーが多かったが、いまスクリーンに映っているのは、モノクロのうっとうしい冬の画面だった。

「ここも変わったな」などと加納は呑気《のんき》に呟いた。

「ああ――」

「ネクタイ、助かった。クリーニングして返すよ」

「葬儀、どうだった」

「知らない人の葬式は悲しくならないのが困る」

そんなことを言いながら、加納は前の座席からひょいと、告別式の式次第を印刷したカードを後ろへ差し出した。弔辞を読み上げた関係省庁職員、団体などの名前が並んでいたが、その数は少なく、加納の話では、刑事局長のほかはみな次長級で、弔辞も短かったという。式はことさらに質素で、花輪には献呈者の名前も付かなかった。会葬者以外には誰が参列したのか分からないような配慮がなされたのは、徹底したマスコミ対策だ。遺族は香典も辞退したので、会葬者には会葬御礼のハンカチ一枚が一律に配られただけで、葬儀社側も会葬者の名前は知らず、記帳簿はそのまま遺族の手に渡された。

加納は、参考までにと言い、参列した役人の主だった顔触れの肩書を淡々と連ねた。

合田は後ろの座席で素早くメモを取った。

「故人の風評はどうだ」

「弔辞では型通りのことしか言わないからな。しかし、真面目《まじめ》一方の人物だったというのは多分事実だろう。最高検の内部でも、とくに問題があったという話は聞かない」

「何もなくて殺されるはずがない」

「結論を急ぐな。王子の事件については、法務省も検察もあくまで、一現役検事を被害者とする事案という認識だし、それ以上でも以下でもない。にもかかわらず今日の葬儀はなぜ、あんなふうになったか。分かるか？」

「いや」

「分からなくていい。常識では考えられない口出しをしている者が、法務省の上のほう、ないしは永田町周辺にいるということだからな。その結果、我々検察ははなはだ不本意ながら、組織として常識では考えられない過剰反応をして、わざわざ君らの耳目を集めるというバカをやったというわけだ」

「あんたたちが過剰反応した《上のほう》って、誰だ――」

「それは分からん」

合田は、どこまでも物静かな加納の声を耳に沁《し》み込ませ、ゆっくりと反芻《はんすう》しては、一つ一つ慎重に判断を保留した。ふと我に返ると、その短いひとときは、常に追われ続けている日々のなかにあいたエアポケットのようだったが、そういえば加納兄妹と過ごした賑《にぎ》やかな年月の底にあったのは、この静かに満たされてゆく時間だったのだろうと思うと、場違いと知りつつ、何かしら渾然《こんぜん》とした胸苦しさが湧《わ》きだしてくるのを止められなかった。これがいやで会わないようにしてきた男なのに、いざとなればネタが欲しい一心ですり寄っていく自分が切なかった。あるいは、大事なネタの話をしている最中にふと脱線して、一人の男のことを無性に考えていたりする自分が。

「ともかく《上のほう》の横やりが、あまり世間に騒がれたくないという程度の動機だとしたら、一番ありそうなのはご大層な縁戚《えんせき》関係か閨閥《けいばつ》。もしくはその式次第にある、法曹界や大学OBのネットワークとか——」加納は言った。告別式の式次第には、暁成《ぎょうせい》大学法学部同窓会、同大学蛍雪《けいせつ》山岳会OB会などの肩書が並んでいた。斎場近辺で七係が把握した会葬者のうち、素性不明のスーツ姿の男たちの大半は、出身校の同窓会関係者だったようだ。

「ただし、同窓会はまずい。そこは日弁連会長や霞《かすみ》が関《せき》の住人がいろいろ揃っている。当たるんなら、山岳会のほうが安全だと思うが、そこも事前に勤め先を調べてからにしろ」

「松井浩司は山に登っていたのか——。遺体は日焼けしてなかったが」

「昔の話だろう。お前だっていまはなんだ、この手は——」

加納は、自分の座席の背にのっている合田の手をつつき、微笑《ほほえ》んだ。その加納の手も白かった。ともに山歩きで真っ黒になっていたころ、夜に大学の守衛に泥棒と間違われ、学生証を見せると、写真と顔が違うと言われたのはもう遠い話だった。

「雄一郎。今年の夏は、山には行かなかったのか」

「ああ。新宿と上野で外国人の殺し合いが五件。盆休みも取られへんかった」

「あ、大阪の言葉——久しぶりに聞いたな」

「疲れてるんやろ。つい出てしまう」

「雄一郎の大阪言葉、いいぞ。もっと使え」

「やめてくれ、アホ」

「本、読んでるか」

「ああ。ぼつぼつ——」

「なあ、正月に穂高《ほたか》へ行かないか。二人で」

「穂高のどこへ」

「北鎌《きたかま》尾根から槍《やり》ヶ岳《たけ》。前穂北尾根でもいい」

加納はスクリーンのほうへ向けたままの顔を動かそうともしなかったが、少しトーンの上がったその声から、ちょっと顔を緩ませているのが分かった。学生時代からずっと、年に数回は加納と二人で山へ登ってきた年月も自分の離婚とともに終わり、二度と一緒に歩くことはないと合田は思ってきたのだったが、閉ざしていた扉を再び軽々としなやかに開けてみせたのは、今回もやはり加納のほうだった。春からそれとなく周到に機会を窺《うかが》っていたか、それともたったいま思いついたのか、どちらにしろこの男には自分の裸の心を覗かれている、この自分自身がそれを許している、と認めざるを得なかった。

「ええな――。北鎌か――」と合田は呟いた。

「俺は三月に登った。雪が固くしまっていて雪崩《なだれ》もなかった。よかったぞ」

「俺は二年ぶりやな――。ザイル、腐ってるわ」

「十二月の土日に、南アルプスで足馴《な》らしをしよう。正月休み、必ず取れよ」

「ああ」

「ところで会葬者の記帳簿だが、警察は最低限遺族と交渉する権利はある。遺族は、あちこちからマスコミに騒がれないよう釘《くぎ》を刺されていると思うが、本心は複雑なはずだ。俺なら何とかして当たってみるが」

「そのつもりだ」と合田は答えた。

「気をつけろ。深追いはするな」

「ああ」

前の座席から、加納は後ろ向きに手だけ出してきた。合田はそれを握り、席を立った。「ありがとう」と声をかけると、「ああ」という軽い返事があった。

帰り道、合田はどこかのショーウィンドーに映った自分の顔を見た。変わりばえしない自分の顔だったが、個人生活の範疇《はんちゅう》にいる一人の男と会っていた短いひとときの間は、たしかに何かの覆《おお》いが一枚剝《は》がれていたような面はゆい感じだったと思った。

十月十日土曜日

捜査に休日はない。祝日だったその日も午前七時過ぎには捜査員が碑文谷へ姿を現し始め、まずは口々に王子に動きがないことを確かめ合っては各々《おのおの》胸をなで下ろし、同時に複雑な気分を新たにした。事件発生後の初動が早く、目撃者までいる王子の捜査本部が、二日経《た》ってもまだホシの確保が出来ないとなると、事件のスジは想像していた以上に悪いというほかなく、それがまた一層の重圧となって碑文谷へ跳ね返ってくるのは必至だったからだ。

合田が署に入ったとき、廊下ですれ違った森義孝が紙を一枚突き出してきたかと思うと、曰《いわ》く「一名漏れてましたので、追加しておきました」だった。昨夜本庁で合田が四課資料から拾った人物リストを、一つ一つ点検した印がついており、最後に森の筆跡で名前が一つ書き足してあった。

「それはどうも」

合田は朝っぱらから自分の不備をつつかれた不快さに負けて、ぶっきらぼうな返事をした。森は森で、朝の通勤電車で整髪料か何かの香料をたっぷり浴びたらしい、赤々とただれた顔をぎりっと歪《ゆが》めただけで何も言わず、先に会議室へ入ってしまった。合田は自分でも分からない何かの痛みか熱のようなものを腹に感じたが、その直後に、今度は碑文谷の若署長、水野警視と目が合ったかと思うと、廊下の真ん中で呼び止められていた。

公務もあるだろうに、朝晩欠かさず捜査本部に顔を出す水野は、森義孝とは大違いの、ローションの香りも爽《さわ》やかな艶《つや》やかな顔をして、「あまりうちの者をいじめないで下さいよ」と微笑みかけてきた。昨夜、七係が碑文谷の捜査員を罵《ば》倒《とう》したことを指しているに違いなかったが、だからやめてくれという口調でもなかった。

何が言いたいんだ、こいつは。ちょっとした不快をもう一つ重ねながら、合田は眼前の若い警視の顔を眺めた。森義孝と同い年でありながら、あと一、二年もすれば本庁へ戻って調査担当管理官か副参事。さらに数年のうちには確実に道府県警察本部の本部長席が約束されている男と、自分たちノン・キャリアの落差が、突然、あらためて何か非現実的に感じられたのは、徹夜明けの森の惨《みじ》めに疲れた顔を拝んだ直後だったからか。普段は滅多に考えないにもかかわらず、そのとき合田は、さらに昔年の自分の父親の顔を思い浮かべては眼前の清々《すがすが》しいキャリアの顔と重ね合わせ、同じ警官でもまったく重ならないことにあらためて奇妙な感慨を味わったりした。

もう二十年も昔、大阪市内の交番で昼となく夜となく立ち番をしていた父は、家に帰ると酒を呑《の》んで暴れ、夏には襟首に汗疹《あせも》をつくり、冬には冷えから腰痛を患《わずら》い、警邏《けいら》と交通課を往復して勤続三十二年でやっと巡査部長に昇進した年に、定年まで三年を残して肝硬変で死んだ。一方、その息子は所轄署五年、本庁六年の勤務歴のなかでたまたま大きな事件にいくつも恵まれ、たまたま三回も特別功労賞に恵まれ、たまたま競争率百倍の昇任試験に合格して、二十九歳で警部補まで這《は》い上がった。ノン・キャリアの昇進には上限があり、定年まで二十七年、どんなに運がよくてもあと一つか二つ昇れば終わりではあったが、それでもキャリアを除いた全国二十万人の警察本体の、頂点に近いところに自分はおり、そのずっと下のほうに何万人もの父がいるのだった。水野のような上級職と、自分のようなたたき上げのなかのエリートと、その他大勢という、似て非なるものの三段重ねで警察という組織は出来ているのだ。そして、そのそれぞれに醜悪な日々があり、それぞれ外に対しては権力を振りかざし、内では上昇志向を剝《む》き出しにして競《せ》り合《あ》いながら、それぞれの階層はどこまでも混じり合うことがない。酒に溺《おぼ》れた卑小な父の顔、自分や森義孝の中途半端《はんぱ》に居丈高な顔、そして滑稽《こっけい》なほどすっきりと突き抜けたこの水野の顔。そのどれもが見事に重ならない、こんな組織が警察という一枚看板を掲げているのが、異様といえば異様だった。

「ところで、ガイシャの敷鑑リストの見直しは進みましたか」

にこにこしながら水野はふいに言い、その目はいましがた森から手渡されたまま合田の手にあった紙切れ一枚に向かってきた。たまたま見ていたのだろうが、先日来の捜査会議で指摘されてきた事柄だとはいえ、合田は反射的にぶるっと全身の神経が収縮するのを感じた。これは捜査の現場とは次元の違う、ある種の感覚器官を働かせている生き物だ、と思った。とっさのことで数秒迷ったが、リストについてはどうせ会議で公表するものだったから、その場は水野に手渡すほかなかった。

水野は案の定メモにじっと目を走らせ、「なかなか周到ですな」などと呟《つぶや》く間にメモの中身を正確に把握してしまっていた。「全部で八十九名、ですか——。うち警察・検察関係が七十二。これは後回しでいいでしょう。残る十七名のうち、女性も後回し。男性十名の中で、印がついているのが五名——。これは要注意の印ですか?」

「畠山宏と直接に面識があった、という意味です」

「会社員、賭博《とばく》。元区役所職員、賭博——。この、林原《りんばら》というのは《弁護士》とあるが」

「過去二回、畠山の公判の弁護人を務めているので、一応リストに入れました」

「なるほど。七係に睨《にら》まれると司直も弁護士もない、というわけですか」

水野はさらりと言ってリストを合田に返すと、「ところで合田さん、今度コレをやりませんか」と言いだして、剣道の小手の身振りをしてみせた。三十前に警視になってしまうキャリア組のこうした男たちに特有の、愛想の良さだった。

「あるところで、合田さんは《突き》に弱いと聞いたのですが」

「人の弱点を署長にタレ込んだのは誰ですか」

「昔の中野の教官」と小声で言って、警視は笑った。「昨日、偶然会って、ちらりとそんな話をしたのですよ。実は僕も《突き》が苦手なので、これはいい相手が見つかったと思ってね。時間があれば、ぜひお手合わせ頼みます」

「はあ」

適当な生返事を返す傍ら、合田はそのとき、脳裏に思いがけない注意信号の暗い火花を散らせていた。かつて中野の警察大学校で、自分の喉《のど》に《突き》を見舞って失神させた教官といえば、一人しかいない。その人物は、いまは警察庁警備局長の椅子《いす》に坐《すわ》っていたが、公安のお偉方と気軽に世間話をするような男が副本部長として捜査本部に坐っている現実を、合田はあらためて認識させられたかたちだった。この水野の口からは、何がどこへ漏れていくか分からない。聞き込み先一つであっても、いつ虎《とら》の尾を踏まされるか分からない、とその場で肝に銘じた。そうした不毛な用心のための用心も、この十一年間に警察という組織で身につけた切実な狡知《こうち》の一つではあった。

また、水野とそんな立ち話をしたせいで、その日会議に提出するつもりでいた松井浩司の告別式の式次第や、会葬者の顔ぶれなどのネタは、結局合田のポケットに収まったまま、外に出されることはなくなったのだった。

その夜の捜査会議では、合田と森の手で新たに鑑のリストに追加された五名について、その日のうちに行われた聞き込み結果が報告された。被害者畠山宏の賭博人脈である会社員など四名は、例によって成果なしに終わったが、最後の林原という弁護士についてば予想外の紛糾になった。林原の聞き込みに当たったのは七係の肥後和己と、碑文谷の刑事の二名。火をつけたのは、またも森義孝だった。

「本日、過去二回にわたって畠山宏の弁護人を務めた林原雄三、四十三歳に対する聞き込みを行ったところ——」

肥後がそう報告を始めたとたん、森が「林原雄三の経歴からお願いします」と鋭く遮った。肥後は一瞬虚を衝《つ》かれた顔をし、不機嫌にばりばり音を立てて手帳を繰り始めた。

「林原雄三は、昭和二十四年東京都世田谷区生まれ。昭和四十六年暁成大学法学部卒。四十八年、司法試験合格。五十年、弁護士登録。渋谷区神宮前六丁目で法律事務所を開業。これでよろしいか、森巡査部長」

そのとき、合田は何より心臓に楔《くさび》を一つ打ち込まれたような衝撃で身体《からだ》がこわばった。そろりと目を動かすと、吾妻ペコをはじめ又三郎、雪之丞《ゆきのじょう》、十姉妹《じゅうしまつ》も似たような固い顔をしていた。最初から承知していたらしい森は無表情を決め込み、たぶんわざと伏せる気だったのだろう肥後は《この野郎》という目で森を睨《にら》み、片や四課の吉原や碑文谷の捜査員たちは、何があったのかいまひとつピンと来ないらしい、鈍い表情だった。

王子の被害者松井浩司と林原雄三なる弁護士の出身大学が同じ。年齢と卒業年度も同じ。たった今明かされたのはそれだけのことだったが、自分でリストを作っておきながら、出身大学を調べる一手間を省いたお粗末に、合田は激しい自己嫌悪《けんお》を感じざるを得なかった。リストに弁護士の名を確認した際、何をおいても『弁護士名鑑』を開いて確認する作業を怠らなかった森義孝への完敗。そのことを朝、自分に告げなかった森への怒りと嫉妬《しっと》。そしてそれ以上に、何かしら不確かな焦《あせ》りに追われて、刑事の仕事の基本さえ危うくなっている自分への怒りと不安を覚えた。日々、捜査で頭を一杯にしていると自負しているわりには、森などに比べて余計な雑念が多すぎる自分への嫌悪を新たにした。もっとも、いち早く頭を整理したらしい吾妻などは、「面白くなってきたな」と余裕たっぷりに舌なめずりしていたし、又三郎と雪之丞は何やら早速ひそひそ話だった。

実際、あらためて振り返るまでもなく、王子の被害者と都立大裏の被害者を結ぶ一点が、ついに現れたということではあった。論理的に、弁護士林原雄三は畠山宏を包含し、松井浩司を包含し、それによって一見かけ離れた二つの事件は、林原という共通項でつながったのだ。もちろん、出身大学と卒業年度の一致がたんなる偶然である可能性はあったが、行き詰まりの捜査に風穴が一つあいたのは確かだった。

ようやくざわざわし始めた会議室に、「報告の続きを！」という林係長の一声が響いた。それを再び遮って、森が手を挙げた。

「林原弁護士の聞き込みを行ったのは事務所ですか、自宅ですか」

「渋谷の事務所だ」

「今日は祝日ですが」

肥後は再び一瞬ぽかんとした顔になり、連れの刑事のほうへ振り向いた。相棒のほうもやはり「え——？」という間の抜けた顔をした。林原のネタを抱え込むのに気を取られて、二人とも初歩的なポカをやったということだったが、事ここに及んで、揚げ足取りに構っていられないとばかりに、吾妻がすかさず「外野はちょっと黙ってろ！」と森を抑えた。「法律事務所というのは、資料の作成などがたて込んでいたら日曜も祝日もないのが普通だ。体育の日に弁護士が事務所を開けてたからって、何の不都合もないぞ。

肥後さん、報告を続けて下さい！」

肥後は、不愉快丸出しの表情で報告を再開した。

「本日午後二時半、神宮前六丁目の林原法律事務所を訪ねました。事務所は六階建てのビルの一階で、シャッターも降りていなかったし、受付に人はいませんでしたが、呼び鈴を押すと奥の部屋から本人が現れたので、今日が祝日だということは、たしかに気づきませんでした。それで、氏名を確認し、畠山宏というかつての依頼人について尋ねたところ——」

そこで、十姉妹が「あの——」と声をあげたが、即座に又三郎のひじ鉄が飛んで、その声は消えた。吾妻も知らん顔だった。余計な質問で報告を中断させないというより、詳しい話はあとで七係が独占するぞという、いつものサインだった。

「林原弁護士は最初、畠山という名前を思い出せないようでしたが、吉富組の元組員と説明すると、《ああ、あの博打狂《ばくち》いですか。あの男がまた何かしましたか》と言いました。林原は、四日から岩手に出張していて東京には七日に戻ったので、五日に畠山宏が殺された事件については知らなかった、とのことです。そこで林原に畠山との関係について あらためて尋ねたところ、《過去に二回、弁護人を務めた》《最初が五十二年の恐喝未遂、二回目が五十四年の銃刀法違反。二回目の公判が結審した後は会っていない》と答えました」

「そんなはずはない」

いきなりそう言い放ったのは、またも森義孝だった。又三郎がチッと舌を鳴らし、肥後は目をつり上げ、合田は止めるひまもなかった。森は一向に動じる様子もなく、「四課の捜査書類一式を点検したところでは」と、自分の手帳を片手に整然と並べたてた。

「林原が二度目に弁護した銃刀法違反事件の公判が結審したのは、昭和五十四年九月。しかし、その後昭和五十七年にも、林原は畠山に会ってます。畠山が仮出所中だった同年六月、路上でのケンカを止めようとした警官を小突いて公務執行妨害で現行犯逮捕されたときの捜査書類によると、送致後、地裁が健康上の理由で保釈を認めたので、四課は地検の指示で公判までの一ヵ月間に計三回、畠山の自宅を視察している。当時の視察簿によると、五十七年七月十二日の視察報告に『畠山の足立区のアパートを弁護士林原雄三が訪問』と書いてある。従って、本日林原が《二回目の公判が結審した後は会っていない》と言ったのは事実と異なります。なお、五十七年の裁判は無罪判決が出ましたが、担当は山口輝夫という弁護士でした」

早速「偉い、偉い」と又三郎が野次を飛ばした。碑文谷の刑事課長は「そんな資料はこっちに来ていないぞ！」と言いだし、「資料を調べるのは勝手だ、こっちも知らん」

と吾妻がやり返し、ついに薩摩《さつま》の殿様も堪忍袋《かんにんぶくろ》の緒が切れたらしい一声を発した。

「月曜日にでも再度本人に確認します、それでいいでしょうが！」

「私も同行します」

森は言い、また一触即発になったところで、幹部席の林がやっと「静かに！」と怒鳴った。

「四課のほうから少し補足していただけますか。五十七年のその時期に、保釈中の畠山を担当外の弁護士が訪れた理由は何ですか」

林に指名された吉原警部は、重箱のすみをつつくような話に心底うんざりした表情を隠そうともしなかった。「いくらでも補足はしますが、こっちはそんな細かい話をいちいち覚えているわけでないんで」と、先ずは厭味《いやみ》を言った。

「とにかく五十七年夏といえば、畠山は仮出所中だったはずだし、視察簿に残っているのなら公式の訪問だったということですから、それこそ弁護士本人に確認すれば分かる話です。私が記憶している範囲では、ちょうどその時期に、林原は吉富組のほかの組員の裁判で弁護人を務めていたと思います」

「林原は吉富組関連の依頼をしばしば受けているんですか」

「いずれも国選弁護人のはずですから、個々の選任の経緯については、東京弁護士会に聞いて下さい。そっちのほうが、私の記憶よりよっぽど正確だ」

実際、吉原の説明は正確ではなかった。吉原もまた、細かい記憶を呼び戻す忍耐を一寸《ちょっと》失っていたのだろう。合田と森が確認した四課の暦年ごとの弁護士選任通知簿によれば、林原が最初に畠山を弁護した恐喝未遂事件では、東京弁護士会が指定されており、林原はたしかに国選弁護人だった。しかし二度目の銃刀法違反事件では、通知簿には最初から林原の名前が記されていたのだ。そして、五十四年当時はまだ畠山も羽振りがよかったのだろうが、二度目はわざわざ費用のかかる私選弁護人を立てて、結果的にかなり軽い量刑を勝ち取ったとなれば、その後もちょっとした公私の関係があったという視察簿の記録には、整合性があるということだった。

それにしても、暴力団絡《がら》みの事案では、拳銃《けんじゅう》所持だの覚醒剤《かくせいざい》だの、起訴事実自体は争えない場合が多く、弁護側は代わりに捜査や取調べのちょっとした行き過ぎや不備を突いてくる。刑事訴訟法に則《のっと》って公判そのものの当否を争うような場面では、捜査を担当した刑事はしょっちゅう証人として裁判へ呼び出され、ああだこうだと締め上げられる。吉原にとって弁護士などはさしあたり天敵であり、話題にしたくもないというのは、心情的に分からないでもなかった。着席した吉原は、《貴様ら、よその課のあら捜しだけはするな。組関係はうちに任せろ》という目を七係によこした。《分かってます》と合田も目で応《こた》えた。

その間に、合田の手元には吾妻の字で『すずめのお宿』と一言書きつけられたメモが回ってきた。合田はそれを隣の森に回した。森はさらに隣の肥後に回した。肥後はふんと鼻を鳴らして、後ろの又三郎に回した。そして又三郎は雪之丞へ。雪之丞は十姉妹へ。

会議が終了した後、各々《おのおの》碑文谷署の裏手にある通称『すずめのお宿』公園へ集合、という合図だった。もちろん、主たる目的は林原弁護士への聞き込みについて肥後を締め上げるためだったが、ネタを七係で独占するというより、不測の水漏れをまずは警戒しなければならなかったのだ。ほかにも、王子の捜査本部との接触が表向き禁止されているなかでは、会議でおおっぴらに出来ない懸案もあった。たとえば、松井浩司の葬儀の会葬者の記帳簿。暁成大学法学部の卒業者名簿。目撃者がいたという王子の捜査の進展具合、等々。

九時前に会議が終わった後、林を除く七係七名はそれぞればらばらに署を出、念には念を入れて違う方向へ散ってから、三々五々公園に集まった。

何があっても懲《こ》りない上に立ち直りも早い肥後は、自分しか知らない林原弁護士についての感触をどこまで仲間に披瀝《ひれき》したものか、なおも腹のなかで計っているのは見え見えの顔をしていた。その鼻っ柱を吾妻が真っ先にへし折って、「先ずは、林原の写真と現住所！」と言い、片手を突き出した。

「弁護士名鑑に出てます」と肥後は仏頂面《ぶっちょうづら》をし、吾妻はすかさず合田と森のほうへ《確認してるのか》という目をよこした。それには森が一つ首を縦に振って応えた。

「次。林原の事務所を訪ねたとき、彼は何をしていた」

「呼び鈴を押したら、奥の部屋から出てきました。何をしていたかは、知りません」

「そのときの服装、顔つき」

「服装は普通のスーツでした。顔つきは、とくにどうということは――」

「上着は着てたか」

「ええ」

祝日に事務所を開けて、仕事をしていたのなら上着は脱いでいたはずだった。上着を着ていたのなら、林原は事務所を開けたばかりだったか、逆に閉めるところだったか。

「次。林原との一問一答。最初に林原には何と言って切り出した」

「《畠山宏という人物について、ちょっとお伺いしたいことがあります》」

「返事は」

「心当たりがないという顔だったんで、《以前、公判で二度先生にお世話になった吉富組の元組員です》と説明したら、《ああ、あの博打狂いですか。あの男がまた何かしましたか》と応えました」

「そのときの顔つきは」

「普通です。とくに興味もないような。それで私が《五日に都立大裏で殺されました》と言ったら、林原は《へえ、知りませんでした》と——」

「林原の表情は」

「だから言ったでしょう。とくに表情はなし、です。とにかくあまり表情のない人物で」

「面識のある人間が殺されて、表情なし、か」

「私にはそう見えました」と応えて、肥後は訂正も追加もしなかった。

「それから？」

「四日から岩手へ出張に行っていて七日に帰京したので、五日の新聞は見なかった、事件のことは知らなかった、と林原は言いました。あとは会議で報告した通りです。畠山との関係について質《ただ》したところ、《過去に二回、弁護人を務めた。最初が五十二年の恐喝未遂、二回目が五十四年の銃刀法違反》。最近畠山に会ったかという質問に対しては、《二回目の公判が結審した後は会っていない》。それだけです」

「その間の表情は」

「とくに無し、です。何度言わせたら気がすむんですか。とにかく表情のない御仁で、能面というか、目が据わっているというか――。そうですね、検事とか弁護士とかにいるでしょう、灰色がかった金属みたいな白目をしている奴《やつ》。あれですよ、林原は」

肥後は、イライラを爆発させるように脱線してヘッヘッと嗤《わら》いだしたが、つられて吹き出したのは十姉妹だけだった。合田も、金属みたいな白目という比喩《ひゆ》に正確な意味を求める気はなかったが、その感覚は何となく分かった。法律という絶対に、権力という触媒を混ぜて生身の細胞に沁《し》み込ませたら、壊死《えし》を起こして無機物になる。昔、司法修習時代にそんな冗談を言って、自分を茶化したのは加納祐介だった。

もっとも、その場で森は一言「弁護士名鑑の写真は平板で特徴のない四十男の顔です」と言わずもがなの補足をし、又三郎は「最低限、ワニ革の財布くらいは持っていそうだぜ」と呟《つぶや》いて、まさにトカゲの舌のようにちらりと核心に触れてみせた。

「そういえば私らが事務所にいたとき、電話が一回かかってきました」と肥後が言い足した。

「祝日なのに、留守番電話になっていなかったのか」と、吾妻がすかさず質した。

「留守番電話だったかどうかは分かりませんが、とにかく受付の電話が鳴って、林原は受話器を取った。《来客中なので、あとにしてくれ》とか言って、すぐに切りましたが」

「正確に、言ったのはそれだけか」

「そうです」

「《林原です》とか、《林原法律事務所です》とか名乗らなかったのか。それは変だろう」

「祝日ですからな。かけるほうもかけられるほうも、あらかじめ承知していた電話だったんでしょう。そういうプライベートな感じでした」

「電話がかかってきた時間は」

「私らが事務所を辞去する少し前だから、午後二時四十分くらいだったですかな――」

そこまで来たところで吾妻ペコ、否《いな》、和製ポルフィーリィは素早く頭のメモを整理するやいなや、ぐるりと合田らを見渡して「さあ、要点を言うぞ」と言った。

「一、四日から七日までの岩手出張の件。一、本日十日に事務所にいた件。一、十日午後二時四十分ごろに事務所にあった電話の件。一、五十四年の公判が結審した後は畠山宏に会っていないという証言の件。一、五十七年七月の視察簿に記録されている面会の件。以上、森と合田は明日以降、早急に林原に再度面会して確認すること」

「それは私が――」

肥後は言ったが、吾妻の有無を言わさぬ一瞥《いちべつ》で速やかに消し飛んだ。

「次に、十月二日に梅島の畠山のアパートを訪れたタクシー客の件。林原の写真をもって運転手への面割りと、周辺の聞き込み。これは十姉妹《じゅうしまつ》、お前だ。次に、林原宅の張り番と行確《こうかく》（行動確認）だが、自宅住所を確認しているのは――」

森と肥後が黙って片手を上げた。

「よし、行確は肥後と雪之丞《ゆきのじょう》。相手はちんぴらじゃないんだから、くれぐれも慎重に」

「それで、俺は――？」又三郎が長い首を突き出してきたが、吾妻の返事は「暁成大学法学部」だった。「何がなんでも卒業者名簿を入手するって言ったの、お前だろうが」

「確かに言いましたよ、しかし、期待はしないでほしい」と又三郎は言い、「どういう意味だ」と吾妻は目をつり上げた。

「いま言った通りです。ホトケ様を拝みにくる人間の身元さえ隠そうという連中が、卒業者名簿を垂れ流すはずがないでしょう。そういえば、日弁連の会長が暁成でしたっけ。いまの法学部長は国家公安委員。理事長は官房長官の従弟《いとこ》で、女房はたしか宮家だ。今日は祝日だったから大して動けなかったが、まあ結果をお楽しみに」

「それがどうした。名簿は数千、数万と出ているんだぞ。仮に入手が難しい場合は、『司法大観』を逆引きして片っ端からOBを洗い出せ。手はいくらでもある」

「手がないとは言ってませんよ、ご心配なく」

又三郎は口先だけの返事をした後、その目をちょっと合田の方へ流してきて、ニッと嗤った。八日未明の王子署の裏口で、合田が一検事と交わした一瞬の目線さえ見逃しはしなかった男だ。いざとなれば、それをネタにあれこれつついてくる気だと見て取ったとたん、入手先を伏せて仲間には見せようと考えていた告別式の式次第は、合田のポケットのなかで再度日の目を見る機会を失うことになった。そのとき、合田のなかで数秒の葛藤《かっとう》はあったが、どこまでも職務の世界に、元義兄を含めた私生活の人間関係を持ち込むのはいやだという思いが、あらためて噴き出したのだった。

「最後に、お蘭《らん》。お前の努力は認めるが、会議であんまり突っ込むのはやめろ。お前は自分でネタをばらして、手の内を見せて、『どうぞカモにして下さい』って札を首からぶら下げてるようなもんだ。合田、お前がもっと教育しろ。以上、今夜はここまで！」

吾妻は言いたい放題、喋《しゃべ》るだけ喋ってバサリとトレンチコートを翻《ひるがえ》し、一日の忍耐もあと数秒で切れるとでもいうふうに足早に立ち去っていった。

「ぺコの奴、俺のネタを聞かずに行っちまいやがった。あれで年寄りの面倒を見てるんだから、世界の七不思議だな」又三郎が言い、肥後がすかさず「お前がネタを聞かせるってか。雪が降るんじゃねえか」とせせら嗤い、「いいから、ネタは何だ」と合田は急《せ》かした。

「松井浩司だが、七日の午後七時半、普段通りの時刻に帰宅したところを殺されたというんだろ？　それが六日と七日の二日間、登庁してないというんだ。両日とも午前八時に家を出て、勤務先には九時前に病欠の電話を入れて、午後七時半には帰宅した。家族は何も知らなかった。そういうわけで、事件前の足取りがはっきりしないらしい」

「それ、いつの時点の話だ」

「今日の夕方」

都立大裏で畠山宏が殺された翌日から、二日続けて病欠。それも注目すべき事実ではあったが、元やくざの畠山とは違って、定刻に家と王子駅を往復している上に、もともとそれほど生活圏は広くないと思われる公務員一人の足取りを未《いま》だに摑《つか》めないことのほうが、異様といえば異様だった。遺族、同僚、友人知人など、初歩的な聞き込みすら王子はままならない状況か、あるいは事実は又三郎の話と異なっているか、どちらかだと合田は思った。

「林原といい、松井といい、今夜はいい夢が見られますぜ」

そううそぶいて肥後は立ち去り、次いで又三郎と雪之丞が、十姉妹が、それぞればらばらに散っていった。一秒か二秒、何か言いたげな目をしてこちらを見た森の《お蘭》

も、そのまま背を丸めて立ち去った。あの目は何だろう。一瞬引っかかるうちに、合田はどん尻《じり》になってしまった。

五分後、考える前に足が動いて碑文谷署へ引き返したとき、先に帰ったはずの吾妻がトレンチコートを翻して玄関から出てくるのにぶつかった。内心ピンと来たが、吾妻は先手を取ってニッと嗤い、「お前も調べに来たか」と言うが早いか合田を強引に歩道へ引き戻した。

「今夜の当直は、津島って野郎だ。水野の金魚の糞《ふん》だ。あんまり俺たちがうろうろすると、まずい」吾妻は言い、《歩こう》と促した。

「いま、弁護士名鑑を調べた。驚くな、林原の自宅住所は八雲四丁目六番地だ。――これで、肥後が歯切れの悪い様子だった理由が分かったぜ。お前の《お蘭》も知ってるぞ、あれは」

会議で肥後が林原の出身校の名前を挙げたときの一撃に次ぐ、想像もしなかった一撃だった。事件現場から二百メートルも離れていない自宅。都立大の真ん前。二秒呆然《ぼうぜん》とし、その直後《そんなはずはない》と合田は思った。

「あの辺りの家は初動のときから一軒残らず当たってる。林原という家はなかった」

「住宅地図は『大野』になってる。たぶん奥さんの実家か何かだろう。問題は表札がどうなっているかだが、いまざっと地どりの配置簿を見てきた。八雲四丁目は四区で、五日から今日までのところ、地どりの担当は碑文谷の二人だ」

「五日朝一番の初動のときは、どうなってた。俺と森が梅島へ行く前、あんたが現場で聞き込みの割り当てをし直した、あのとき——」

「俺もそれが気になったから調べたんだが、あのときは機捜もいたし、誰がどこを回ったかは記憶にない。表札の名前によっては、うちの誰かが四丁目を回っていたら最悪だがな」

その可能性はしかし、なきにしもあらずだった。薩摩《さつま》の殿様が今夜は珍しく言葉を選んでいたことや、森が帰り際《ぎわ》に残していった変な目つきは、七係の誰かが五日に当該の家を当たっていたことを知っていたからだと、悪い想像をした。いずれにしろ、会議で林原の経歴が取り沙汰《ざた》された以上、碑文谷でも早速現住所を調べたに違いなく、地どり担当を含めて隠微な騒ぎになっているのは想像に難くなかった。

「言っとくが、今夜は行くなよ。碑文谷の連中にぶつかったら目も当てられん」と吾妻は言い、合田にも異論はなかった。おそらく碑文谷も同じことを言っているだろうとは思ったが、当該の家の様子や表札については明朝にも明らかになることだったし、何よりも一晩のうちに二発も他人から決定打を食らったショックは想像以上に効いていた。とはいえ、自分でも他人の食べ残しを漁《あさ》るようだと認めつつ、合田はなおも執拗《しつよう》に林原を巡る一連の話は何かがおかしいと思い続けた。

「ペコさん、林原は四日から七日まで出張していたから五日の事件は知らなかった、と言ったんだったな？　たとえば目と鼻の先で起きた事件の話を、家族も亭主に話さなかったというのはあり得ないぞ」

「だから？　明日になれば分かることだ。調べてみたら家族は別居中だったとか」

「四丁目六番地は、引っ越し前の住所だったとか」

「あるいは、弁護士先生の話が大嘘《おおうそ》だったとか」

吾妻は蛇が蛙《かえる》を睨《にら》むような目をしてヘッヘッと嗤い、合田の肩をポンと叩いて先に都立大学駅の改札をくぐっていった。

そのまま帰宅するつもりで乗った電車の中で、合田は自分でも何をしたいのか分からない当てどない逡巡《しゅんじゅん》を繰り返した。渋谷で山手線に乗り換えたものの、さらに埼京線に乗り換えなければならない池袋で足が動かず、そのまま座席に座り続けて田端の駅に差しかかったころ、北へ向かう東北本線の貨車の列を車窓から眺めながら、やっと席を立った。田端で京浜東北線に乗り換えたとき、合田はやっと自分は王子へ向かおうとしているのだと考えてみたが、王子へ何をしにいくのか、腹のなかはなおもあいまいなままだった。

王子駅に降り立ったのは午後十一時前だったが、駅舎や高架橋の明かりが眩《まぶ》しく感じられるほど、町の闇《やみ》はすでに深かった。駅を出て、北本通りの王子署の方向をちょっと眺めながら、合田は上着のポケットに収まったまま出番を失った恰好《かっこう》の、松井浩司の会葬者のネタが、自分にここまで足を運ばせてきたことを確認した。式次第そのものを外に漏らせない事情に変わりはなかったが、要点だけなら――。そう思った。それからまた迷い、要点だけならと再度自分に言い聞かせた。

合田は陸橋を降り、駅舎の近くに立って、帰宅する王子の捜査員の姿が現れるのを二十分ほど待った。現時点で王子の捜査態勢がどうなっているのかは分からなかったが、マスコミや世間の目をかわすためにもひっそりやっているはずで、遅くとも終電前には散会するだろう。そう予想した通り、十一時十五分過ぎには顔を知っている捜査員が三々五々通りを渡ってきて、駅に消えていった。合田はなおも駅舎を見渡せる陸橋下に立ち続けた末、十一時四十分過ぎに足を踏み出した。陸橋を降りてきた須崎靖邦が一人、駅舎へ入っていくのが見えた。須崎は改札へ向かう前に清涼飲料水の自販機の前に立ち、小銭を入れてみかんジュースを一缶買った。そうだった、あの男は顔に似合わない下戸で、昔からいつもみかんジュース専門だったなと思いだしながら、合田はその背後に近づいた。

電車の音でスニーカーの足音がかき消されたせいか、須崎は不意を食らった顔をして振り向き、疲労の色の濃い目を強張《こわば》らせた。

「ネタの話ならお断りだ」

「交換ならいいでしょう」

「断る」

須崎は買ったばかりの缶ジュースをひと口呷《あお》った後、一呼吸置いたかと思うと、手にした缶をいきなりビュッと一振りした。黄色い果汁をジャケットの胸に浴びて、合田は一瞬虚を衝《つ》かれたが、その間に須崎は眉間《みけん》に鋭い皺《しわ》を刻んでちらりと構内へ目を走らせると、駅舎の外へさっと歩きだした。捜査本部の誰かが駅に姿を現したのだった。合田も少し間を置いて踵《きびす》を返し、須崎を追って駅舎を出た。

須崎は、ジュースを浴びせたのは自分でもさすがに暴発だと感じたか、陸橋の下でひとりコンクリートの敷石を踏みつけるようにして立っていた。合田が追いつくと、眼前にいきなり千円札一枚を突き出してきて、「これはジャケットのクリーニング代だ。アカはとっとと消えろ！」と低く呻《うめ》いた。

「アカ呼ばわりはやめて下さい。ジャケットの弁償はしてもらうが、その前に松井浩司のネタを交換しましょう。松井の事件前二日間の足取り、はっきりしないそうですね」

返事はなく、荒い鼻息だけが返ってきた。

「うちも青山斎場で張り込んだから、諸般の状況は大体分かってます。同一凶器の可能性がある以上、松井の敷鑑はうちの捜査にも重要だし、うちの成果はお宅の成果につながる」

合田は一息にそれだけ言い、その場で自分の手帳に『暁成大学蛍雪山岳会OB会』と書きつけてページを破った。それを須崎に突き出し、代わりに千円札一枚を受け取った。

「九日の葬儀で、そのOB会の代表が弔辞を述べた。生前、松井が持っていた数少ない私的なつながりです。そこなら官公庁以外のOBが見つかるかも知れない」

「松井が大学時代に登山をしていたことは、うちも掴んでる。ただしうちは、まともに被害者の写真一つ持ち歩けないほど締め上げられてるんだからな。なまじ成果を期待されても困るから、いまの話は聞かなかったことにする」

長年、《ブルドーザー》と呼ばれる豪腕で数々の困難な局面を乗り切ってきた須崎靖邦が、いまはじりじり足を踏ん張り、奥歯を嚙《か》みしめるようにしてそんな台詞《せりふ》を吐く。

捜査をどう進めるか、この三日間ぎりぎりの鬩《せめ》ぎ合いをしている須崎の物言いは、捜査に介入してくる力の何たるかを、場外の合田にもあらためて思い知らせるものだった。

「とにかく、都岳連で民間の山岳会をしらみ潰《つぶ》しに当たったら、その蛍雪山岳会のOBが一人くらい見つかる可能性はある。ほかにも、山岳用品の専門店を当たれば顧客名簿がある。山岳雑誌の定期購読者もいる。お宅がやらないんなら、うちがやります」

それだけ言って、合田は先に踵を返した。須崎の一連の様子から、交換するほどのネタが王子にない確率は五割。仮に何かあったとしても、もう一押しするのは次の機会にしたほうがより確実だと判断したほか、より水漏れを警戒してしかるべき王子が相手では、肝心の碑文谷のほうのネタを売るのも、まだ少しばかり早いという直感の声が聞こえたためだった。否《いな》、聞こえたのは、ほんとうは一秒でも早くこの男から離れろという身体《からだ》の条件反射の声だったか。

須崎靖邦はもう何年も、合田について「あの野郎は『アカ』だ」と何かにつけて周囲に言い続けている男だったが、『アカ』とは須崎にとって、文字通りの意味に加えて、組織の論理や空気に馴染《なじ》まない目線一つ、言動一つへの違和感の総体なのだった。読書をする『アカ』。スニーカーを履く『アカ』。女房を教育出来ず、よその男に寝取られた『アカ』。警視庁歌を唄《うた》うと笑いだしてしまう『アカ』。猥談《わいだん》に付き合わない『アカ』。かといって、警察という暴力装置を支える思想の単純さを嗤《わら》いとばす力はなく、ひたすら石のようにじっと日陰に身を潜めている『アカ』。

合田が『アカ』のレッテルを貼《は》られたのは、昭和五十九年に遡《さかのぼ》る。巡査部長に昇進して、警察大学校で所定の教練を受けるために合宿していたある日、教官に呼び出されて、奥さんに原発反対運動から手を引かせるか、君が警察を辞めるかどちらかだぞと言われた。合田は当初、貴代子がそんな運動に関わっていることさえ知らず、仕事に追われてほとんど家に帰らなかった自責の念や、個人生活にまで張りめぐらされた警察組織の監視網への疑心暗鬼をつのらせながら、ただうろたえたものだった。

貴代子は、双子の兄祐介と理想主義の骨を分かち合って生まれてきたような女だったが、その頭脳は兄以上に浮世離れしており、当時は東大理学部の研究室で量子論の博士論文を準備していた時期だった。そういう頭脳には、原発反対が警察のレベルでは反体制と一緒だということが理解出来ず、片や合田のほうは商業用原子炉の技術論には半分もついてゆけず、話し合うこと自体が、夫婦の根本的な価値観の差異を広げてゆくという結果になった。ほんとうの問題は原子炉の設計基準の当否などでなく、夫婦のこころの有りようにあることは双方が知っていたにもかかわらず、どちらもがそこに踏み込むのを恐れ、迂回《うかい》し、問題をすり替えたのだ。

後に判明したことを含めて振り返れば、貴代子本人は原発反対運動に関わった事実はなく、同じ理学部にいたある助教授が、なにがしかの科学的見地から革新系労働団体の主催する運動に関与していたとかで、少しずつ分かってきた事態の真相は、端的にその某研究者と貴代子の不倫だった。警察大学校の教官の脅しは言葉を選びかねた末のものだったとも言え、合田は二重の意味で、僅《わず》かばかりの立場も面子《メンツ》も打ち砕かれた恰好だった。

事態は結局、貴代子が去るというかたちで収拾し、合田は何ひとつ対処出来なかった。貴代子は書籍以外の荷物を全部残して家を出てゆき、離婚は昭和六十二年に成立して、合田には警察と、『アカ』のレッテルが残った。兄の加納祐介も、六十年の春の異動で大阪地検から福井へ飛ばされ、以来地方を転々とした後、東京へ戻ってくるのに七年かかった。しかし、それについて本人は一度も触れることはなく、合田に宛《あ》てた手紙ではただ、貴代子を責めてくれるなと折にふれて懇願してきただけだった。誰が悪かったのか、何がほんとうの原因だったのかという自問は、そうしていまもそれぞれの胸のうちにしまわれたままになっている。

あれから年月も経《た》った今日、『アカ』という言葉を浴びせられるたびに、ほんとうは貴代子との惨《みじ》めな諍《いさか》いの日々を思い出させられるだけなのだということは分かっていたが、それでも実体のない言葉一つに耳が震えるのだった。私生活に差し込んできた見えない手は、それが国家権力という特殊な幻想だと分かっていても、個人の生理や身体に或《あ》る嫌悪《けんお》と恐怖を植えつける。またそこには、自虐《じぎゃく》的な陶酔もひそかに張りついており、ときには逆に暴力の本能を刺激されたりもする。最終的に妻より警察を取った自分という人間への憎悪や自嘲《じちょう》を、『アカ』という言葉で他人から突きつけられる不快も、結局のところ、どこか快感と紙一重の隠微さなのであり、たとえば加納祐介もそれを知っているから沈黙するのだ。久しぶりにそんなことを考えてみた夜になった。

十月十一日日曜日

祝日だった昨日に続き、地どりも聞き込みも期待出来そうにない行楽シーズン真っ只《ただ》中《なか》の一日が、その日も否応《いやおう》なしに始まった。

合田は快適とはほど遠い目覚めを迎えた後、午前六時前には家を出て、その一時間後には都立大学北側の八雲四丁目に立っていた。日曜日の早朝の住宅街は、五日朝に見たときよりさらに森閑として、スズメの声だけが鋭かった。ほんの六日前に路傍に転がった陰惨な死体の記憶が家々や町並みに沁《し》み込み、せいぜい二百メートル四方の一画を市《し》井《せい》の賑《にぎ》わいから切り取ってしまったかのような、事件現場独特の空気はなおも濃厚だと感じた。

四丁目六番地の一軒家はそんな一画に建っていて、合田は最初に表札を確かめた。緑《ろく》青《しょう》の浮いた銅製の表札には『大野』とあり、その下の郵便受けには『大野・林原』の小さな金属プレートが貼ってあった。いま眺めればそうと気づくが、五日朝に一軒ずつ聞き込みに回った刑事たちの頭にはおそらく『大野』しか残らず、昨夜林原の名前が挙がったときも、資料で住所を確認するまで思い出せなかったのは確実だと、まず思った。

おおかた妻の実家だろう家は、御《み》影《かげ》石造りの大正建築風の二階建てで、ざっと見たところ建坪は優に百坪はあり、近所の家と比べても格段に立派だった。庭木は大きく茂り、二百坪ほどある敷地を囲む石塀とともに家屋と住人の生活を覆《おお》い隠していたが、後から造ったらしいガレージの支柱や扉の鋳物《いもの》は比較的新しかった。そこには大型のベンツが一台入っていた。

表から見える窓はすべてカーテンが閉ざされており、家人はまだ誰も起きていないのかと一瞬考えたが、あるいはと思い、ちょっと郵便受けに指を突っ込んでみると新聞はなかった。家人がすでに取り込んだのなら、誰か起きているのか。あるいは一足違いで外出したか。大きすぎる家のなかの気配は外からは窺《うかが》えず、代わりに目に見える範囲の様子を合田はもう一度脳裏に刻んだ。ガレージの扉の格子《こうし》から吹き込んだらしい雨で、車体のフロント部分に埃《ほこり》のシミが出来たベンツ。この前、雨が降ったのは八日。少なくともそれ以降、動かされていないように見えた。ほかには、石塀の周囲の側溝に溜まった落ち葉。門扉《もんぴ》の内側に落ちているクリーニング店の新装開店のチラシ一枚。脳裏に鈍い閃《ひらめ》きを走らせながら、近所の目につかないよう二分足らずでそこを離れた。

そのとき、十五メートルほど離れた辻《つじ》に広田《雪之丞《ゆきのじょう》》の姿があり、目が合うと広田は下を向いた。なるほど、五日にババを引いたのはあいつだったか。合田は顎《あご》で合図をし、先に別の路地へ足の向きを変えた。広田が追ってくるのを確認してさらに方向を変え、駒沢通りへ出たところで広田が追いつくのを待った。

広田は、それなりの理由や事情があって早朝に足を運んできたのだろうに、相変わらず他人事《ひとごと》のような鈍い表情で「おはようございます」などと言い、合田は返事もしなかった。広田は続けて「昨日の夜の会議で、もしやと思いまして――」と言った。そのまましばらく肩を並べて歩いた。

「あんた、七日に又三郎と組んで地裁に畠山の公判記録を調べに行っただろ。そのときに林原の名前は見たはずだ」

「気づきませんでした。五日朝の初動のときに、聞き込みに行っただけでしたから」

「そんなん、理由になるか」

合田は一応はねつけたが、いつものように広田の空虚に吸い込まれて手応《てごた》えもなかった。余計な神経を詰め込みすぎた広田の頭が、周囲への無関心という鎧《よろい》で自分を守るのは勝手だったが、その鎧も私生活では破れが目につき、どこかの若い男と修羅場を繰り返しているくせに、などと思うと、名ばかりの上司であっても堪忍袋《かんにんぶくろ》の緒が切れそうだった。

「で、五日の聞き込みのときに、あの家で応対に出たのは誰だ」

「奥さんです。私らが《大野さんですか》と最初に尋ねたとき、女性は《そうです》と言ったんです。表札もそうなってましたし、それ以上詳しく尋ねることはしませんでした」

「その女性は、間違いなく林原の奥さんか」

「林原の奥さんです。いまさっき、交番で確認しました。あの家は奥さんの母親の大野照子という人の所有で、照子が春に療養所に入院してから、娘の美津子と娘婿《むすめむこ》の林原雄三の二人暮らしになってます」

「聞き込みの内容は」

「高校のグラウンドの裏で男性の遺体が発見されたことを告げて、夜中に不審な物音や人物に気づかなかったかと尋ねました。ほかの聞き込み先と質問はみな一緒です。女性の返事は正確には覚えてません。要は、何も気づかなかったという返事だったはずですが、そのとき奥さんが、たしか《主人も私も夜遅くまで起きていましたけど》と言ったような――」

「主人も私も？　岩手に出張していたという林原の話と食い違うやないか」

「分かってます。今日、一緒に行った碑文谷の奴《やつ》に確認します」

「奥さんというのは、どんな女性だ」

「四十ぐらいの、ちょっと神経質そうな、普通の中年女性です。――いや、自信ありません。ほら、先月の歌舞伎《かぶき》町の事件。私が二十代半ばだといった女、捕まえてみたら四十三だった――」

この男はいったい自分をどこまで腑《ふ》抜《ぬ》けに見せたいのか、どうでもいい脱線をして広田はひっそり嗤い、それを環七の往来の音がかき消した。合田はもう聞こえなかったふりをした。

「ところで今朝のあの家、見たか」

「見ました」

「新聞販売店を当たって、あの家が新聞を止めてないか調べろ。それから、新装開店のクリーニング店。あの付近一帯にチラシを入れた日時だ」

「主任も、逃げたと思いますか――」

「今日明日、様子を見たら分かるやろ。この件、朝一番で吾妻には通すぞ。ええな?」

碑文谷の捜査本部では、組関係の聞き込みがほとんど終了したのを理由に、四課から出ていた吉原以下四名がその日から姿を消した。畠山が所持していたかも知れない拳《けん》銃《じゅう》について、新たな手がかりは何も出てこないままの退場だった。

また、早朝に碑文谷管内で強盗傷害事件が発生して捜査員が足らなくなり、急遽《きゅうきょ》四名が抜けていった。一方、王子のほうは逃げた犯人の追跡に全力をあげよという警察庁の号令がかかり、その朝から二十名増員されて、六十名の大所帯になったと聞いた。二転三転するお上の方針に振り回されて、目をひんむいている須崎の顔が見えるようだった。

八名減ってスカスカになった朝の会議では、水野署長が王子の捜査本部からの非公式の情報と断って、七日の事件現場で採取された靴痕《こんせき》跡の内容を読み上げた。犯人のものと思われるそれは、大きさが二七センチ。ラバー底の模様は鮮明であり、メーカーは都立大裏のものとは異なるアサノシューズ。昭和五十六年から六十年にかけて製造されたテニスシューズで、価格二千円。全国の量販店で六万足余りが販売済み。

また古いスニーカーの登場だった。二つの事件が同一犯である心証がさらに強まる一方、ホシの生活風景の特異さをあらためて窺わせる話であり、事件発生七日目の捜査本部には十分な気付け薬になった。二千円程度の安価なスニーカーは、大事に履いても何年ももたない。ラバー底が潰《つぶ》れていないのなら、買ったままほとんど履いていなかったものを靴箱から引っ張りだして久々に履いたことになるが、都立大裏の事件でもそうだったとしたら、このホシは安物のスニーカーをろくに履かずに置いておく癖でもあるのか。あるいは、何らかの事情で一時期スニーカーを履く生活をしていなかったか。いずれにしろ、どちらかと言えば服装や身なりに無頓着《むとんちゃく》な人間、という感触ではあった。

続いて、いつも通り吾妻がその日の捜査目標を綿々と読み上げた。といっても、この五日間と内容はほぼ同じ、梅島周辺での畠山宏の鑑、十月四日から五日未明までの畠山の足取りに尽き、そこにはもちろん、前夜七係の間で確認した弁護士周辺や松井浩司周辺の懸案事項は影もかたちもなかった。タクシー運転手への再度の面割り。周辺の聞き込み。林原弁護士への聞き込みや行確。暁成大学の卒業者名簿の入手等々。それぞれに懸案を抱えていた七係の面々は普段通りの白々した顔だったが、実際には雪之丞は言うまでもなく、予想もしなかった八雲四丁目六番地という住所一つが効いて、さすがに各々《おのおの》今度こそ目が覚めたといったふうだった。一方、当該地区の地どりを担当してきた碑文谷の捜査員はなおさらで、刑事課長は朝っぱらから血走らせた目をしきりに七係のほうへやっていた。

そして、そんな状況の全部を恐るべき狡知《こうち》で周到に計算していたのは、結局、吾妻ペコだった。さっさと人員の割り振りを始めた吾妻は、捜査員の頭数が減ったのを理由に、今日からしばらく現場周辺の地どりを中止して、現場の二十四名十二組をすべて聞き込みに当てると発表した。それには林が即座に「どういうことか説明しろ」と突っ込んできた。事件発生から七日、未《いま》だホシとガイシャ双方の目撃情報も得られていない現場周辺の地どりを中止するのは、異例といえば異例だったからだが、そこは吾妻ペコ、碑文谷から捜査員の補充があるまでの例外的な態勢だとか、現場周辺に行方不明の拳銃が落ちているとは思えないとか、適当な理由を並べた末に「以上です、散会!」といち早く告げてしまった。そうして吾妻は、今日明日の種々の利便のために、とにかく都立大周辺を空っぽにしたのだ。

どっと捜査員たちが席を立った。何はともあれ問題含みの地どりから外された者たちの、ちょっとした隠微な安堵《あんど》の波動が一瞬会議室を満たし、退《ひ》いていった。いかにも所在なげな顔の幹部をよそに、又三郎と雪之丞はそそくさと姿を消し、肥後はそわそわと下を向いてこれも逃げるように出ていった。十姉妹《じゅうしまつ》があとを追い、最後に森と合田が部屋を出たとき、会議室の片隅では早速、抜け目ない吾妻が林警部相手に根回しのひそひそ話だった。

その日は、十月二日夜に日暮里《にっぽり》から梅島へ客を運んだタクシー運転手は夜勤明けで夕刻まで出勤せず、合田と森は日中の大半を渋谷区神宮前の林原法律事務所の見張りに費やした。定休日であっても、十日の祝日がそうだったように、弁護士本人が姿を現す可能性はあったからだ。二時間交替で事務所を見張り、それぞれ手が空いた時間は原宿の中央図書館で過ごした。森は弁護士名鑑に載っている顔写真では不安だと言い、弁護士会の会報に林原の近影がないか探したが、とりあえず見つからなかった。一方、合田はぼんやりと山岳雑誌をめくりながら、これといって当てがあるわけではない直感の靄《もや》の中を行き来しただけだったが、一つ二つ思いついたことはあった。たとえば、松井浩司が大学を卒業した昭和四十六年から遡《さかのぼ》ること四年間の、主だった山々の山小屋の幕営届けを調べてみよう、と。蛍雪山岳会パーティの足跡は至るところにあるはずだと思うと、一、二時間は問い合わせ先のリスト作りで時間を忘れた。

午後四時過ぎ、林原法律事務所に依然動きはなかった。合田と森はタクシー運転手をつかまえ損ねないよう日暮里へ移動し、そこで運転手本人に会って、弁護士名鑑からコピーした林原雄三の写真を見せて面割りをした。特徴も表情もない四十男の顔一つを手に、運転手は長い間考えていたが、結局分からないと応えた。森は《予想通りだ》といった顔をした。

碑文谷に戻る途中、ポケットベルに吾妻からの連絡が入り、電話をかけ直して、八雲四丁目の成果を確認した。林原宅の新聞は九日から止められており、クリーニング店のチラシ配布は九日午前中ということだった。従って、林原が夫婦揃《そろ》って八雲の自宅を空けたのは八日、もしくは九日早朝。十日に事務所に現れたところから見て旅行ではなく、いまも通勤圏内にいると考えられたが、新聞を止め、車をガレージに残していくという工作までして八雲から姿を消した林原は、間違いなく確信犯だった。

午後八時前の時点で、林原宅がやはり空いたままであることを確認した後、吾妻は林係長に事態を耳打ちした。林は立場上、証拠不十分を理由に林原の内偵については首を縦に振らなかったが、内々に碑文谷の刑事課長に対して、八雲四丁目六番地については双方の過去の失態を不問に付すという提案をすることには、しぶしぶ承知した。林原周辺の内偵に当たって、身内同士の暗黙の了解を取り付けるという意味では、林は結局、吾妻の口八丁手八丁に押し切られたも同然だった。もちろん、その夜の会議では、林原については本日は面会出来ず、という一言しか報告されなかった。

十月十二日月曜日

その日は長い一日になった。

まず午前九時半、合田は渋谷へ向かう電車のなかでポケットベルに呼び出され、渋谷駅で碑文谷に電話を入れると、すぐに本庁六階へ来いという林の伝言を伝えられた。いまから林原の事務所へ行くというときに、神経を逆撫《さかな》でされるような鶴《つる》の一声だったが、無視するわけにもいかなかった。同行の森をとりあえず事務所へ向かわせ、碑文谷の電話番には梅島周辺の聞き込みに行っているはずの肥後を渋谷へ回す手配を頼んだ。どうせ今日も所轄《しょかつ》の相方にエサをやっての単独行動だろう吾妻を渋谷へ回さなかったのは、八日の幹部会議のときと同じく、こうなったら吾妻も本庁へ呼び出されているはずだと直感したためだった。

仕事中に幹部の都合でところ構わず呼び出される不快さも、肝心の用件も、想像し始めると切りがなく、合田はあえて何も考えずに地下鉄に乗り直した。永田町駅で乗り換える代わりに地上へ出、桜田門までの柳のお堀端を一キロ、スニーカーの足で軽く走った。

午前十時過ぎの本庁六階は、ひっきりなしに同報のスピーカーから流れてくる無線指揮台の声ばかりが、無機質にのっぺりした大部屋に響き続けていた。合田が足を踏み入れたとき、すかさず「おい、何しに戻ってきた。ホシ挙がったのか」と飛んできた声は特殊犯捜査の席からで、相変わらず強行犯捜査の席はほとんどが空っぽだった。そこに林がひとりぽつんと坐《すわ》っており、合田のほうへ《外で》と顎《あご》で言った。

大部屋から出てきた林は通路の隅へ合田を促し、写真週刊誌を一冊開いて突きつけてきた。最初に、『猟奇連続殺人か？』という大見出しが目に飛び込んできた。写真は、五日朝の都立大裏の捜査現場を撮ったもので、手前に立入禁止帯、その奥に遺体を覆《おお》った天幕、捜査帽を被《かぶ》った私服が数名と制服警官の姿が写っていた。そのうち、顔がはっきり判別出来るものが二つ。一つは森義孝。一つは碑文谷の刑事課の巡査だった。

「今朝、取次店に入った今週号だ。店頭に並ぶのは明日だが、上が騒ぎだした」

「問題は顔を写された二名ですか、それとも記事の見出しですか」

「バカもの！　両方だ」と、林は喉《のど》から絞り出すような声を出した、そのときだった。隣の一課長室のほうから「おい！」と呼ばれ、振り向くと《チュウシンの竹内》管理官がドアロから手招きをしていた。

合田は林と一緒に一課長室に入ったが、そこでの話は二十秒だった。デスクに書類を広げたまま、花房一課長は一重瞼《ひとえまぶた》の下の眼球だけをゆるりと動かし、部下二名を凝視した。

「私の言いたいことは分かってるだろうな」

捜査現場の頂点に立つ男に課せられた毎日の無数の懸案の中の、これも一つだといった機械的な声。三百六十五日、捜査一課長という不可侵の鎧《よろい》の奥から発せられ、種々の恫喝《どうかつ》さえ物々しい絶対性を纏《まと》う声。そのとき林とともに直立不動の姿勢で立ちながら、合田が考えたのはそんなことだった。

「明日その記事が出たら、今日までの報道規制もいっぺんに吹き飛ぶ。警察の威信も地に落ちるし、何より今後の捜査に支障をきたすこと甚だしい、早急に善処しろ」

一課長のあとを継いだ竹内が、傍らから「結果の報告は本日中だぞ！」と唾《つば》を飛ばし、林は「善処します」と応《こた》えて早々に合田を部屋の外へ押し出した。林はさしていつもと変わらない無表情だったが、かといって敢然としているというのとも程遠く、若い合田には現場と上の板挟みで胃を壊すのがせいぜいの、不甲斐《ふがい》なさしか感じられなかった。

「あとで記事をよく読め。凶器の形状、創傷の性状、二件のガイシャの身元、全部書いてある。内部から漏れたのは確実だ。吾妻と相談して、目立たないようにやれ。いいか、温情など無用だぞ、分かってるな？」

林は、返事が遅いとばかりに目を覗《のぞ》き込んできて、合田は「はぁ」と生返事をした。

「それから、この写真に顔を撮られた捜査員は、すぐに本部から外せということだ」

「それは出来ません。これ以上人は減らせません」

「代わりは補充する」

「現場を見てない者は役に立ちません。これだけは譲れません」

「俺を困らせる気か——」

「ホシが挙がらなかったらもっと困ります。森の働きは係長がご存じでしょうが」

林の能面に苦渋が走り、それが膨らんでやがていきなり爆発した。

「俺の言うことが聞けんのか！　命令は命令だ。俺が碑文谷の署長に電話を入れるから、君はすぐにこの雑誌を署へ届けて、必要な処置をしろ。俺はこれから幹部会議だ。午後にいったんこっちへ電話を入れろ」

林はそう言ってから一瞬、怒鳴るしかない所在なさに自分で押し潰《つぶ》されたような顔をし、大部屋に消えた。

警察では、一課長と七社会の定例懇談から個別の夜討ち朝駆けまで、報道への公式非公式のリークもその逆の報道規制も、持ちつ持たれつの情報操作の一環であり、日常的に行われている現実がある。そういう慣行を長年作っておきながら、何かの不都合が生じたとたん情報漏れだと騒いでも、あまりに恣意《しい》的だというのが合田の本心だった。しかも、物理的にも内部の犯人探しなど出来るわけがない現場に対して《善処しろ》というのは、実際には何も指示していないに等しい言辞であり、真に受ける気もなかったが、それにしても週刊誌の記事一つに対する反応として、幹部のこのヒステリーはちょっと異様な感じもした。もとより、今回の二つの事件が世間の知るところとなって困るのは捜査の現場ではなく、何かしら不透明な理由で事実を隠蔽《いんぺい》したがっている霞《かすみ》が関《せき》なのは確かだったが、だからといって捜査の陣頭に立つべき一課長までがと思うと、あらためて悄然《しょうぜん》とした気分になった。そうか、どこかで聞いたことがあると思ったら、《善処しろ》は霞が関の常套語《じょうとうご》だったか。

エレベーターが一階に着いたとたん、開いたドアの前に息を切らせた吾妻の顔があった。その眼前に週刊誌を突きつけて押し戻し、合田は玄関ホールで簡単に事情を話した。吾妻は写真と記事にざっと目を通すと、早速鼻先をうごめかして「こいつは見物だな」と言った。

「上の連中は、新聞ならまだしも、コントロールの効かない週刊誌にすっぱ抜かれて青ざめてやがるんだろ。それで、王子のほうも誰か呼ばれたのか」

「分からん。写真は五日の現場だから、うちだけが呼ばれたのかも知れない」

「だったら犯人探しなんか意味ないってことだ。それよりちょっと気になるな、この記事」

「どこが」

「捜査情報を漏らしたのが誰にしろ、新聞でなくて雑誌記者に漏らしたというのがまず一点。週刊誌にしたって、この手の記事は巷《ちまた》で話題になっている事件の場合しか、部数にならんのは百も承知のはずだ。それが一点。よっぽど今週はヒマだったか、何か裏があるか——。とにかく、こんな写真一枚で仲間を捜査から外せるか。俺がモヤシにかけあってくる。あとはお前が好きに片付けてくれ。俺はこれから区役所へ——」

「またお年寄りが何か——」

「今度こそホームにぶち込んでやるんだ」

吾妻は、その背中にひそかに家族という生活の匂《にお》いを沁《し》みこませたトレンチコートを翻《ひるがえ》して、あたふたとエレベーターに駆け込んでしまった。合田はときどき吾妻に対して感じる一抹の羨《うらや》ましさを一瞬味わいながら、しかし一歩踏み出すともう、たったいま、自分が何かを考えたという意識もなかった。

地下鉄と東横線を乗り継いで碑文谷へ戻る途中、合田は車内で問題の写真と記事を何度も眺め直した。五日早朝の事件現場の路傍で、小雨に打たれた顔をこちらに向けている森義孝。たまたま一台のカメラに狙《ねら》われていることも知らず、相変わらず《痒《かゆ》い》という顔をしているが、白手袋さえなければ、その辺の通勤途中のサラリーマンに見えなくもない、思ったより平凡な風情《ふぜい》だった。あいつ、こんな顔だったかなと少々見入った。

　記事のほうは、たかだか四百字足らずの字数にしては、二件の遺体の損傷について『頭蓋骨《ずがいこつ》に直径一センチの穴』とあるなど、通常の事件でも公表は控えられる類《たぐい》の生々しいネタが活字になっているのが、何よりも異様な印象だった。

『――凶器は不明だが、おそらく特大のドリルの刃に似た細長い鋼鉄製の物体と見られている。――捜査当局は、公式発表を避けているが、都内に頭蓋骨に穴を開けるような殺人鬼が二人もいてはたまらない。前科十犯の元組員と高級官僚の被害者という取り合わせも恐怖だが、これを同一犯と認めず、別々の捜査本部で二人の殺人鬼を追っている捜査当局の神経も恐ろしい』

　吾妻が指摘したような版元の部数の論理については、合田はいまひとつ分からなかったが、おおよそこんな誌面になると事前に知っていて情報を流した輩《やから》が身内だという点には、同じく違和感を覚えた。人によって外部へのリークの動機は様々でも、保秘を破り組織を裏切る行為の心理的重圧は刑事にとって相当なものであり、だからこそ相手を選びもする。それが新聞でなく、写真週刊誌だったというのは端的に変だと感じた。

またそれ以上に、記事には一ヵ所、決定的に捜査員の目を釘付《くぎづ》けにする記述もあった。凶器について、《特大のドリルの刃に似た細長い鋼鉄製の物体》とは何だ――。

合田は、都立大学駅から署までほとんど全速力で走り、真っ先に捜査本部に置かれている捜査書類の綴《つづ》りのなかから死体検案書を探しだして、目を皿にした。山田助教授が《成傷物体》の項に記しているのは、正確に《先端作用面の小さい、長さと重さのある棒状の鈍器》《表面に凹凸があることも考えられる》の二点のみ。《ドリルの刃》や《鋼鉄製》といった文言はどこにもなかった。

それだけ確かめて合田は署長室へ走り、来客中だった水野警視を問答無用で廊下へ呼び出した。写真週刊誌を見せ、今日中に報告をという一課長の指示を短く伝えて、いますぐ王子から死体検案書をファックスさせるよう迫った。すると水野は「それはどうですかね」と他人事《ひとごと》のような気のない返事をした上に、「だいたいマスコミがこうして動くのも、皆さんが王子の捜査に首を突っ込み過ぎるからでしょう」などと悠長なことを言いだし、合田はわずかな忍耐も尽きる思いで「何を言ってるんだ、貴方《あなた》は」と一声恫喝した。しかし、それも相手には通じなかったようだった。

「どうしたんですか、貴方こそ――」

水野は笑わない目で口許《くちもと》だけの微笑《ほほえ》みを浮かべてみせ、次いで何を言うのかと思ったら、「ひょっとして、リークした犯人に心当たりでも？」だった。これには合田も、さすがに呆《あき》れて嗤《わら》いだしてしまった。

「心当たりがなければ言ってません。事実関係を確認したら、署長に真っ先にお知らせしますから、とにかくいますぐ王子から検案書を取っていただきたい。この件の速やかな対処は、一課長命令です」

「いいでしょう。貴方の名前で稟議《りんぎ》を上げて下さい。本庁へ通して許可を取りますから」

この期《ご》に及んで、これ以上水野相手に時間を潰す余裕はなかった。合田は会議室に取って返して書類を一枚書き、それを署長室に放り込んでやっと一息つくと、続いて刑事部屋へ上がって刑事課長を呼んだ。

その場で写真週刊誌に目を通した警部は顔いっぱいの渋面をつくり、言葉少なだった。

「それで、お宅もこの森さんを外すんですか」

「本庁でそう言われましたので。今日のところは取りあえず従いますが、なるべく速やかに捜査に戻せるよう、手を尽くしてみるつもりではいます。人手が足りませんし」

「しかし、どうやって」

「これから考えます」

「うちの大川とお宅の森さん、いつ呼び戻しますか」

そう尋ねられて、合田はちょっと返事に詰まった。「本人たちには、今夜の会議の前に告げればいいのではないかと思ってますが――」

「そうしてくれたらありがたい。大川には私が言います」警部は言い、百も二百も憤懣《ふんまん》をかみ殺した末のため息をどっと吐き出した。

続いて合田は会議室へ戻り、渋谷の林原法律事務所へ回っているはずの肥後の受令機に、「状況の報告を」と伝えた。普段なら森を呼び出すのに、出来なかった。しばらくしてかかってきた肥後の電話では、事務所は通常通り開いているが、肝心の林原弁護士は姿を現さない、ということだった。事務所が閉まるまで、とにかく張りつくほかはなかった。「手ぶらでは戻るな」とだけ合田は言った。

王子からの死体検案書のファックスは、午後一時も回ってから水野署長が直々に会議室に持ってきた。一言いわずには気がすまないといった目に愛想笑いを浮かべ、「そろそろ手のうちを明かしませんか」という脳天気な一言のオマケ付きだった。

「手のうち、ですか？　いいですよ。たとえば私ら現場が十名いたら、目が二十、耳が二十、口が十、あるってことです。よく覚えておかれたほうがいい」

「なるほど。それは、今回は霞が関に聞かせてやらなければならないかも知れませんな」

　水野はにこやかに言い、合田はそれ以上相手になるのは避けて、ファックスと雑誌を手に速やかに会議室を出た。先に牽制球《けんせいきゅう》を投げたのは合田のほうだったが、水野というのは、よけるふりをしながら自ら球に当たってデッドボールにしかねない危険な人物だと、あらためて気づいたためだった。

　壁に耳があるどころではない捜査本部を出て、合田は駅へ戻り、ホームのベンチで王子の死体検案書の文言を検《あらた》めた。創傷の性状や死因は碑文谷の被害者とほぼ同一で、凶器についての記述も同様。冒頭に《特定出来ない》とあり、《最大径一センチ程度で、先端が尖《とが》った棒状の物体》と続いていた。王子の被害者は野犬などの被害を受けておらず、頭蓋内の損傷がより鮮明に鑑定出来た結果の《先端が尖った》という文言だと思われたが、いずれにしろ《ドリルの刃》や《鋼鉄製》はどこにも記されていなかった。

　だとすれば、これはどういうことだろうか。硬くて細長い棒状の物体を求めて、碑文谷でも工具専門店や工作機械メーカー、自動車部品メーカー、町工場などを訪ね歩いていたが、日々挙がってくる素材はステンレスやアルミなどの合金、エポキシ樹脂、セラミックなどいろいろだったし、形状も、一定の長ささえあれば表面の凹凸は必ずしも問題になっていない。従って、捜査員の頭に《ドリルの刃》や《鋼鉄製》といった予断があるかというと、それはないと言えた。では、写真週刊誌に対してそうした限定的な表現で凶器を説明した何者かは、たんに個人的な心証を無責任に語り、記者はたんに面白おかしく活字にしただけだったのか。しかしそうなると真相の暴露という、リークやすっぱ抜きの本来の目的は初めから成立していなかったということであり、双方の意図も記事そのものの意味も、ますます不透明だと言わざるを得なかった。

組織への種々の不満の意趣返し。自己満足。内部告発。癒着。金。そのどれにも当てはまりそうにない不可解なリークが一つ。それに乗った低俗な写真週刊誌が一つ。

合田は半時間ほど執拗《しつよう》に自問し続けたが、少なくとも、これを下らないと一蹴《いっしゅう》することが出来ない理由だけははっきりしていた。《ドリルの刃に似た細長い鋼鉄製の物体》。この文言は、正確にどこから出てきたか。リークをした人間の口か、それとも記事を書いた記者自身の語彙《ごい》か。それを先《ま》ず突き止めなければ、現場の捜査員を二名も犠牲にさせられる不本意を腹に収めることなど、端《はな》から不可能だと自分に言い聞かせた。

そうして一つ意を決すると、合田はそのまま昼下がりの電車に乗り、四十分後にはまたまた桜田門の六階に上がっていた。エレベーターを降りると、すかさず「こんなところを嗅《か》ぎ回ったって、いるのはお偉方だけだぞ！」という声が飛んできた。「一課長に刑事部長、警察庁に地検までががん首揃《そろ》えて朝から会議、会議、会議だ。林係長がまた胃を押さえてたぞ」「動物園に言うだけ無駄、無駄」また別の笑い声が聞こえ、合田は「林も現場や。そこまでヤワやないわ！」と、関西弁を一発見舞った。

合田は大部屋の空っぽの机で、その日二枚目になる稟議書を書いた。《案件》写真週刊誌の発行責任者及び、記事を書いた記者本人との面談。《理由》記事の文言に多々不審な点があるため。《目的》記事内容について、版元に然《しか》るべき対処をさせたい。《期日》至急。

それを席にいた一課の理事官に託し、「至急です、花房課長から下命のあった件です」と念を押して会議中の林に届けてくれるよう頼んだ。もともと目が上にしか付いていない理事官は、いかにも一主任ごときがという顔をしたが、ともかく稟議書を手に部屋を出ていき、十五分待たせて戻ってくると、「林が来る。そこで待て」と言った。

林はすぐに大部屋へ現れ、朝と同じように《外へ》と鋭く顎《あご》を振った。合田が廊下へ出ると、林は稟議書の用紙をその場でぐしゃりと握り潰《つぶ》し、合田の手に押し込んできた。

「こんな稟議、出す奴《やつ》があるか。結果が出なかったらどうする気だ。この手の話は黙ってやるもんだ。結果が出たら、そのとき事後承諾を取ればいい」

「こうでもしないと係長を呼び出せないから、紙にしたまでです。係長をお呼びしたのは、以前神田署におられたから、神保《じんぼう》町近辺の人脈がおありだろうと思いまして」

「調べたいのは何だ——」

「この編集人の住所、生年月日に決まってます」

合田は写真週刊誌の奥付を突きつけ、林は数秒無言でそれに目を落とした。版元の出版社の所在地は神保町二丁目。問題の写真週刊誌の編集人、すなわち編集責任者に会うに当たって、事前に相手の身上を摑《つか》んでおくのは当然の手順であり、犯歴があればよし。無くてもともと。それだけのことだった。

「ただし、最終的に責任を取らせるのは編集人ですが、本命は記事を書いた記者です。記事に警察のものではない内容が含まれているのは、看過できません」

「詳細はあとで聞く。その件、了解したが、版元に行くのは少し待て。会議が終わったら俺が同行する。五時半に神保町の三菱《みつびし》銀行前。君は版元に電話をして、この滝沢とかいう責任者と記者に確実にアポイントを取っておけ」

林の出方はちょっと予想外だったが、朝からさんざん幹部連中の隠微な愚痴と右往左往に付き合わされて、さすがのモヤシも一矢《いっし》むくいたいという気になったか、と思った。

その後、合田は大部屋から外線で出版社の代表番号へ電話をかけた。二度三度たらい回しにされてやっとつながった電話からは、最初に景気のよさそうな編集現場の喧騒《けんそう》が聞こえ、続いて《編集長の滝沢ですが。お宅、ほんとに警視庁ですか。部署は？》と応《こた》えた男の声も、こいつはデスクに足を載せているのかも知れないと、思わず想像させられたほどに余裕たっぷりだった。

《捜査一課がうちみたいな週刊誌にご用とは、光栄ですな。今日は私も記者も外出しませんから、いつでもどうぞ。家宅捜索なら令状をお忘れなく。いや冗談ですよ、ハッハッハ》

「よろしくお願いいたします」と機械的に告げて、合田は電話を切った。出版、テレビ、芸能界の三つは個人的に苦手な業界で、その方面に乗り込むときは一に能面、二に能面、三に能面、最後は恫喝《どうかつ》と決めていた。

出かける前、もう一度碑文谷へ確認の電話を入れると、私用で姿を消していた吾妻が戻っていた。電話の口調から、捜査員を外す件で上にかけあった成果がなかったのは聞かずとも分かったが、そこは敗北も反省も知らない吾妻のことだ。合田が写真週刊誌の版元へ出向くと知るやいなや、《せいぜい土産を期待してるぞ》と厭味《いやみ》とも激励ともつかぬ言葉を吐いた。その吾妻に、渋谷で林原法律事務所に張りついている肥後と森の二人には午後七時半ぎりぎりまで粘るよう指示を頼み、合田は六階大部屋を後にした。午後三時十五分だった。

その半時間後にはもう、合田は神田神保町にいた。約束の時刻までの約一時間半、古書店街で機械工学や建築・土木関係などの書籍を眺めて過ごしたが、その間も、頭にあったのは《ドリルの刃に似た細長い鋼鉄製の物体》一つだった。どこの誰の情報にせよ、目の前にない未知の物体というより、むしろ目の前にある特定の物体の属性を言い表したと思われる表現は、何かの偶然か、虚言か。あれこれ脳裏に浮かんでは消える閃《ひらめ》きは泡ほどの確かさもなかったが、一方で、《ドリルの刃に似た細長い鋼鉄製の物体》は確かにどこかに実在する物体なのだという気がしてきて、当てもなく手当たり次第にページを繰り続けた。

午後五時半、時刻通りに三菱銀行の前に現れた林は、先ず一言「思ったより荷が重くなりそうだぞ」と言った。聞けば、明日写真週刊誌が店頭に並ぶのと同時に、警察は新聞各社の報道協定解除を黙認せざるをえないが、同一犯という一点はあくまで認めない方針だという。ついては警察として週刊誌の版元への何らかの対応は避けられず、林は事前に版元の意向等を確認する役目を仰《おお》せつかってきた、ということだった。

「それはつまり、同一犯という箇所を訂正させるということですか？　どうせ無茶を通すんだったら、この際それより実《じつ》を取りに行きましょう。相手との話は私に任せて下さい」

「何を取るって？」

「記事を潰すんです。ほかに何がありますか」

「ネタは何だ——」

「《ドリルの刃に似た細長い鋼鉄製の物体》。私ら捜査員が知らない話を週刊誌に流したのは誰か。あくまで可能性の話ですが、脅しのネタはあります。それより編集長の犯歴を」

合田は林を促して歩きだしながら、これから会う写真週刊誌編集長の犯歴照会の結果に目を通したが、内容にこれといって目ぼしい点はなかった。昭和二十二年生まれ、四十五歳。昭和四十三年に日大法学部在学中、公務執行妨害で二回逮捕、起訴されており、裁判で執行猶予《ゆうよ》付き有罪確定。昭和五十四、五十八年の二回、猥褻《わいせつ》図画《とが》頒布《はんぷ》罪で有罪、罰金。同六十年、平成元年の二回は名誉棄損で有罪、罰金。大学時代にはゲバ棒を振り回し、出版業界に就職後は過激なポルノ写真で雑誌の売上げを伸ばし、ここ十年は写真週刊誌に籍を移して、やはり過激なスクープで物議をかもし続けている業界人の、これが勲章なのだろう経歴であり、それ以上でも以下でもなかった。
版元の六階建ての社屋は銀行のすぐ裏手にあり、林は頭を整理するひまもなかったと
いうふうに、入口の前で「おい待て」と弱気な声を出した。「凶器がドリルの刃に似た
物体かも知れないと考えたのは、我々だ。知らない話とは言えんと思うが――」
「選択肢の一つを考えるのと、断定するのとは違います」
「君は自分が言おうとしていることの意味が分かっているんだろうな――」
「分かってるつもりです」それだけ言って、合田は先に玄関の自動ドアの前に立った。
ガラスに映った林の顔は、ほとんど試験の科目を間違えていた学生のような慌《あわ》てぶりで、
「係長、ここは腹を括《くく》って下さい」と重ねて一言念を押さなければならなかった。
滝沢という編集長は、刑事二人を来客用の応接室に通し、近くの喫茶店からコーヒー
まで取って、いかにも海千山千の世馴《よな》れた応対ぶりだったが、この世に何ひとつ恐いも
のなどないと本気で考えているらしい強度のある目は、どちらかと言えば思想犯に近い
感じがしたものだった。
「ところで、うちの雑誌をご覧頂いたそうですが、わざわざ警視庁から刑事さんがお二
人も足を運んでこられるような内容でしたか。そういうことなら実に光栄な話ですが」

男は眼鏡の奥で嗤《わら》ってみせ、そこはやはり対外的な押しの面からも、林が先ず応じた。

「お忙しいところ、時間をお取りして恐縮です。記事の内容について二、三お尋ねしたいことがあるので、記者の方を呼んでいただきたい」

「いきなりそう言われましてもね。内容に関しての責任は、編集長の私にありますんで」

長「昨今は警察も言論の自由は尊重してますので、その点はご心配に及びません」

「その前に、お尋ねになりたい点を具体的に聞かせていただきましょう」

生「とりあえず凶器の件を」

「記事の内容に、何か間違いでもありましたか」

三「今日現在、残念ながら警察は凶器の発見に至ってないので、間違いかどうかは知りません。むしろ私どものほうが、記事の詳細な内容に驚いているのが実態でして」

「係長さん。せっかくの機会ですし、こちらもお力になれる範囲で協力はいたしますが、冗談は抜きにしていただきませんと。もう一度お聞きしますが、凶器についてのうちの記事内容に間違いがあるんですか、ないんですか」

「それは、こちらの質問です。時間がないので、記者の方を呼んで下さい」

「記者は、入手した情報を取捨選択することはあるが、情報自体に手を加えることはない。記事が提供された内容に基づいていることは、責任者の私が保証します」

「もう一度だけ言います。記者の方にはいまここで話を聞かせていただくか、任意で捜査本部までご同行いただくか。ご本人にそうお伝えいただきたい」

よくも悪くも、外に対しては一枚岩になる警察の見本のような林の物言いだった。一方、編集長はさすがに思案するような顔つきになって数秒沈黙した後、「おっしゃる意味が分かりませんが、そういうことなら取りあえず本人を呼びますから」と応じ、その場で内線電話をかけた。

それから、ものの一分も経《た》たぬうちに現れたのは、寝不足の腫《は》れぼったい顔に不精髭《ぶしょうひげ》を生やした三十代の男だった。申し訳程度にひっかけてきた上着の皺《しわ》がいかにもふてぶてしいような、ちょっと荒れているような感じであり、身に染《し》みついた習性のように一瞬、目の端で刑事二人の素性を窺《うかが》うと、「それでお聞きになりたいというのは」と手短に切り出した。

今度は合田が林に代わり、開いた週刊誌をテーブルに置いた。

「この十七行目、《ドリルの刃に似た細長い鋼鉄製の物体》という文言についてお聞きします。この文言は、正確に情報提供者の言葉通りですか？」

記者は質問の意味が分からなかったような顔をして誌面に目を走らせ、「そうです」

と応えた。

「一言一句、この通りでしたか。貴方《あなた》が選んだ言葉は一つもありませんか」

「ありません。凶器を見てない私が、どうやって言葉を選ぶというんですか」

「その情報は耳でお聞きになりましたか。それとも文字でご覧になったのですか」

「耳で」

長「では、これから私が言うことをここでメモに取ってみて下さいますか。よろしいですか。先端作用面が小さく、長さと重さがあり、表面が滑らかでない棒状の鈍器——」

合田は同じ文言を二度繰り返し、記者はそれを自分の手帳に走り書きにした後、暗い目を上げた。すかさずそれを捉《とら》えて、合田は「どう思われましたか」と畳みかけた。

生「いま申し上げたのは、私たち警察が現時点で凶器について知っている事柄のすべてです。メモをご覧になって、どう思われましたか」

その端から、編集長の滝沢が「ここを取調べ室だと勘違いしておられるんですか」と歪《ゆが》んだ笑い声を上げたが、記者のほうは再び手帳に目を落とすと、しばらくは無言だった。

三「いったい、何をおっしゃりたいんですか——」

「それは、そのまま私どもが貴方にお尋ねしたいことです。いまも申し上げた通り、警察は凶器について《先端作用面が小さく、長さと重さがあり、表面に凹凸があることも考えられる棒状の鈍器》と理解しているだけです。《ドリルの刃に似た細長い鋼鉄製の物体》とはどういうものか、是非教えていただきたい」

「情報提供者が言ったことを、そのまま正確に書いただけです」

「では、《ドリルの刃に似た細長い鋼鉄製の物体》と聞いたとき、それは具体的に何かと尋ねましたか」

「尋ねたが、それは言えないということでした」

「なぜ言えないか、尋ねましたか」

「尋ねたが、とにかく言えないということだった。よくあることです」

「ところで、その情報提供者は面識のある人物ですか」

「ノーコメントです」

「氏名等はお尋ねしません。面識のある人物ですか、初対面の人ですか」

「ノーコメントです」

「今回情報を入手なさった形式は面会ですか、電話ですか」

「警察に答える筋合いはない話だと思います」

「では質問を変えます。貴方はそもそも、その人物が捜査関係者だということを何によって確認しましたか。警察手帳ですか、人を介した紹介ですか」

「そんなことはそちらに言う必要はない話です」

若い記者はついに声をこわばらせたが、日々犯罪者や関係者の否認、虚言、暴言を聞きなれた刑事の耳には微風にもならず、合田は無表情に続けた。

「これは重要な点です。今回、貴方が情報提供を受けた相手によっては、貴方には参考人として任意に、あらためて供述をお願いしなければならないと考えています」

「私が？　いったい何の理由で――」

「理由は一つです。現時点では、《ドリルの刃に似た細長い鋼鉄製の物体》という文言は捜査関係者のものとは考えにくいので、その情報提供者との今回の接触について、詳しく話を伺いたい。それだけです」

「捜査関係者のものとは考えにくい、というのはどういう意味ですか――」

「文字通りの意味です。ですからいま、どうやって身元を確認したかとお尋ねしたんですが」

「警察が捜査関係者でないと考える理由は、何なんですか――」

記者は少しずつ顔色を濁らせながら、なおも腕一本でスクープをものにしてきた自負や強靱《きょうじん》さを見え隠れさせていたが、それを無表情に見つめる刑事の目が《これは落ちる》と瞬間的に見て取っていたことなど、知りもしなかっただろう。いまはただ「刑事」であることだけを自分に課した合田にとって、目の前の記者の、言うなれば真面目《まじめ》でストレートな正義感こそが狙《ねら》い目になった。自分でもちょっと《これでいいんだろうか》と自問したほど、対戦相手としては呆気《あっけ》なかった。

「それは、聴取に応じていただいたときにご説明します」

そうしてもう一手、合田が慎重に相手に探りを入れたときだ。意外にも、先に自爆したのは滝沢編集長のほうだった。眼鏡の奥の目に嫌悪《けんお》をむき出しにして嗤いながら、滝沢は指一本を振りかざして、一気にまくしたててきたものだった。

「いいですか、刑事さん。私らには情報源の秘匿《ひとく》という不文律があるし、そんなことはいくらお尋ねになっても時間の無駄ですよ。うちの記事に、捜査関係者しか知らないはずの情報が満載になったという事実を、まずは直視なさることです。捜査員のどなたかが本来あるべき警察の姿に目覚められたか。もしくは、貴方がたの言う捜査情報の保秘など、実際は有名無実か。身も蓋《ふた》もない話をすれば、要は二つに一つでしょうが。違いますか？」

そのとき合田は、ひとまず瞬《まばた》きもしない、一言も発しないという姿勢で応じた。出力は大きいが最後の粘りがないエンジン。焼入れも圧延もないまま、いわゆる《反体制》

が信念になり得た或《あ》る世代。てのひらに反権力と書いて呑《の》み込むだけで、検証や自問自答をする忍耐と周到さは持たなかった或る世代。そしてたぶん、権力の側と背中合わせになって存在しているという意味で、この自分の片割れでもある世代——。数秒、そんなこともふと考えたが、それはもちろん余裕が成さしめた業《わざ》だった。合田はいま、すでに目の前の刑事の表情を読み取ることも放棄した男が、口を閉じるのを待つだけだったからだ。

「うちの記事の情報源が捜査関係者か否《いな》か、ですか。そんな話はあいにく、市井《しせい》の雑誌にも読者にも関係のない話だというのが、一番的を射た答えだということで、そろそろお引き取りいただけませんか」編集長は言った。

「まだ、記者さんとの話は済んでいません」と合田は応じた。そう応じながら目の端に収めた記者本人の顔つきは、案の定しばらく前から上司の言葉は耳に入っていなかったというふうで、刑事の視線に気づいて慌てたように充血した目を逸《そ》らした。

「編集長として、これ以上の話し合いはお断りしたい。さあ、君はもう行っていい」編集長はさらに言い、部下の記者を立たせたが、それをぼそりと遮ったのは林だった。

「滝沢さん。そちらもお忙しいだろうから、端的にこちらの考えを申し上げますが。通常、外へ流れた内部情報がそうと分かるのは、外へ出ても基本的には同じ色、同じ感触を持っているからでしてね。遺憾なことですが、貴誌が今回活字にした捜査情報は、正しくは捜査情報ではない可能性が高いと我々は考えてます」

「捜査情報でない——？」

「被害者の身上。遺体の損傷の性状。凶器の特徴。これを知っているのは、理屈の上では捜査関係者だけとは限らないですし」

林がそう言ったとき、編集長は喉《のど》から「ホシが——」という一語を噴き出させて絶句し、記者のほうは青黒く沈んだ頬の筋肉をぶるっと震わせると、天井を仰いだ。

「情報提供者がホシだったというんですか——？」編集長の呟《つぶや》きはやがて哄笑《こうしょう》になり、しばらく応接室に痙攣《けいれん》気味の笑い声が響き続けた。「うちの記者が連続殺人鬼からネタを取ったというんですか——。冗談もほどほどにしていただかないと」

「ホシだとは言ってません。とにかく捜査関係者だとは考えにくいので、情報提供があったときの状況をお聞きしたいと思って参上しただけです。記者さん、よろしいですね？」

林は《続けろ》と合田に目で言い、合田は《坐《すわ》って下さい》と記者に目で言った。

「ちょっと待って下さい。そんな話をこちらが本気で信じていると思われては困る。こいつは入社以来週刊誌で鍛えられてきた記者です。電話の声を聞けば、相手の筋ぐらい

――」編集長がまた口を出してきたが、合田はすかさずそれを遮り、「電話だったんですか」と記者のほうへ声をかけた。

「――そうです。八日夜、十一時ごろに編集部で電話を取りました」記者は一分ほど置いてやっと意を決したように応《こた》えた。

「貴方にかかってきたんですか」

「いえ、編集部に残っていたのが私だっただけです」

「初めて声を聞く相手だったんですか」

「そうです。男です。《捜査関係者ですが、都立大裏と王子六丁目の事件について、情報を提供したい》と言いました。どこでお会い出来ますかと尋ねると、《会うことは出来ない、この電話で話すからメモを取って下さい》という返事でした」

「どういう話し方でしたか」

「早口で――、たぶん電話口でメモか何かを読み上げている感じでした」

「男は一方的に内容を並べたんですか」

「そうです。B5判の私のメモ用紙五枚が埋まったから、かなりの情報量です。新聞に出た概要も含まれていたので、新しいネタとしてはその半分くらいでしたが。男が《書きましたか》と言うので、私は電話口でメモの要点を読み上げて、《警察は二つの事件を同一犯と認めていないということですね？》と確認しました。男の返事は——、《こんなことでは陰で笑っている奴《やつ》らがいる》でした」

「陰で笑っている奴らがいる。正確に、その通りの言い回しでしたか」

「正確にその通りです。メモに残してあります」

「陰で笑っている奴ら、というのは複数ですが、これは誰のことですか」

「担当外の刑事や所轄《しょかつ》が笑っているという意味だと思いましたが、聞き返す前に電話は切れました」

「その時点で、貴方はその電話についてどういう印象を持ちましたか」

「そのときは、このネタを使って記事が一本かけるという閃《ひらめ》きだけでした。五日朝の都立大裏の現場へは私も行きましたし——」

「情報提供者については、どういう印象を持ちましたか」

「碑文谷か王子の刑事だと——」

「いまはどうですか」

「分かりません」記者は首を横に振った。傍らで「そんなバカな話があるか、ホシだという証拠がどこにあるんだ」と編集長は独りごちたが、記者は自分の足元に目を落として動かなかった。合田は続けた。

「男の声は何歳くらいでしたか」

「若い声でした。固い感じの——」

「話し方の特徴、方言などはどうでしたか」

「抑揚のない標準語でした」

「加入電話でしたか、公衆電話でしたか」

「公衆電話でした」

「電車の音とか、車の音とか、何か聞こえましたか」

「近くで電車の音が聞こえました。高架を走る電車の音だったと思います」

「近くでというのは、どのぐらいの距離ですか」

「ガード下に近いような——。電話の声が聞こえないほどの音ではなかったから、ひょっとしたら違うかも知れません」

「ほかには何か聞こえませんでしたか」

「電話のすぐ後ろで、引き戸をガラガラ開け閉めする音が聞こえました。戸を動かすとチャランと鳴る金属の飾りがぶら下がっている、あの音が一緒でした。それから男の笑い声が二つ三つ——」

「飲食店のようでしたか」

「そうだと思います。しかし、それにしてもあれがホシだったというのは、私にはまだ信じられません——。たしかにネタの迫真性のわりに、それをメディアに漏らす声というのが無表情すぎるとは思いましたし、電話だけで会おうとしなかったというのも、通常はあり得ない話だったのは認めますが。——それで、電話の主がホシだったという根拠は何ですか」

「ホシだとは言ってません。捜査関係者だとは考えにくい、というだけです。根拠は《ドリルの刃に似た細長い鋼鉄製の物体》です。警察は、凶器が鉄だとは知らなかったもので」

「ほんとうにそうなんですか——」

「細長い物体だろうとは見当をつけていましたが、鋼鉄製とは知りませんでした」

「つまり、私はひょっとしたら連続殺人鬼の声を記事にしたかも知れないんですね——？」

「考えたくはありませんが」

そこでまた編集長の口出しがあった。「刑事さん、その凶器の件は情報提供者がホシだったという証拠にはならないでしょう。捜査関係者でなかったかも知れない、という証拠もない。これ以上、可能性や蓋然性《がいぜん》の話をしても実りはないということで、この辺でお終《しま》いにしませんか」

「その前に、B5判のメモ用紙のコピーをお借りしたいのですが」

「お断りします。容疑もなし。令状もなし。提出する義務もなし、ですよ」

「編集長さんのメモ用紙ならお願いしてません。記者さん、お借りできますか」

「コピーなら――」記者は編集長から目を逸らすようにして低く応えた。

「ご協力、感謝します」

記者は席を立って応接室を出ていき、再び戻ってくるとコピー用紙をテーブルに置いて、そのまま無言で姿を消した。

「さて、滝沢さん。事態の収拾方法ですが」と、林が再度口を開いた。「警察としては明朝の記者会見で、御社の記事が根拠のないでたらめとでも発表するほかないと考えています。御社には、明朝の全国紙に謝罪広告を出していただかなければならないが、その件至急に御社内でご検討下さい」

「そんなことは、うちのサイドで処理させていただきます」

「警察にも面子《メンツ》というものがありまして。しかるべき謝罪広告がない場合、今回のお宅の記事の件、新聞という新聞のかっこうの餌食《えじき》になるのは避けられんでしょうな」

「そんな脅しに屈するほど、うちはヤワではないですよ」

「今、六時十五分を回ったところです」林は腕時計を覗《のぞ》いた。「一時間以内にあらためて電話を入れさせていただきます。それまでに謝罪広告の件、上とご相談下さい」

「まさか本気で、ホシだと思っているわけではないだろうな」

社屋を出たとたん、林はネジを巻き直したように元の単調な顔に戻り、そう言った。たったいま、一緒に違法ぎりぎりのごり押しをやったのは特例中の特例であり、終わればもう思い出したくもないというところか。刑事生活三十年、大言壮語もスタンドプレーもなしに地道にやってきた男はしかし、自分たち若い世代に何を伝えてきたというのだろう。合田はふと考えてみた。無茶も言わない代わりに忍従と規律を強い、評価すべきものを評価せず、認めるべきものを認めない。そのために幾つかの事件の解決を逃した悔恨と失意を合田たちは味わわされ、本人には失点と孤独が残った。そのほかに何があっただろう。

「ホシだという証拠もなしに――。こんなマネは二度と許さん」林は繰り返した。

「ホシだという証拠はないですが、《ドリルの刃に似た細長い鋼鉄製の物体》はある、という気がします」

「同じことだ。情報の出所が怪しければ、凶器のネタも怪しい」

「しかし、もしも出所がホシだったら、凶器のネタも正確だということです」

「そんな話は考えたくもない。いいか、今日の話は君の胸にしまっておけ。他言はならん」

ネオンと食い物屋の匂いと車の灯火でいっぱいになり始めた通りに出たとき、林は思い出したように「森には話したか」と一言いった。「これから話します、今夜の会議は欠席させます」と合田は返事をした。

「そうだった、もう一つ一課長に聞かれたんだが、王子が都岳連と事件の関連を調べているそうだ。記者懇談でそういう話が出たらしい。君、知ってるか」

「どうして私に聞くんです」

「聞いてるのは一課長だ。君は学生時代に登山をしていただろう。それに十日の深夜、王子駅で君が十係の須崎と会ったのも、誰かに見られてたみたいだぞ。都岳連の件、君が須崎に何か吹き込んだんじゃないだろうな」

「情報交換しただけです」

「やるんなら、もっとこっそりやれ！　君らのやることはみんな上に筒抜けだ。林原という弁護士に七係が張りついていることも、一課長の耳に入ってるんだぞ」

「朝、一課長は私には何も言われなかったから、黙認ということだと思っておきます」

須崎と自分を深夜の王子駅のどこかで見ていた目。林原の事務所や自宅を見張る自分たちを、さらにどこかで見張っている目。そんなものに足をすくわれるほど自分たちもまたヤワではなかったし、どっちもどっちだという思いで、合田は図太くとぼけておいた。

「そのうち君も、目が覚めるときが来る」

林はそう言い残して本庁へ戻るために地下鉄神保町駅に消え、合田も少し時間を置いて半蔵門線に乗った。林に対してはとぼけてみたものの、気分はよくなかった。種々の水漏れや内通自体には驚かなかったが、ひょっとしたら林原弁護士の逃亡は警察の動きを事前に耳打ちされた結果ではないのか。そんな最悪の想像もせざるを得なかった。

電車は繁華街へ繰り出す人出で混んでおり、すぐにも目を通したかった記者のメモ用紙のコピーは開くことが出来なかった。渋谷駅で電車を降り、すでに午後七時を過ぎている時刻を気にしながら、明治通りを神宮前六丁目まで急ぎ足で歩いた。林原法律事務所はすでに入口のシャッターが降りており、その前の路傍では、肥後和己が缶コーヒーを啜《すす》りながら夕刊の立ち読みだった。

「この通りでさあな」肥後は言い、シャッターを顎《あご》でしゃくってみせた。「六時まで待ったんですが、大先生のご尊顔を拝するに至らず、です。事務員曰《いわ》く、クライアントを何軒か回っていて事務所に戻る時間がない、とかで」

「連絡もつかず、ですか」

「先生はポケットベルをお持ちじゃないそうで。しかし、土産は二点ほどありましたよ。一つは事務所に置いてあった、これ――」肥後はポケットからチラシを一枚出して見せた。Ａ４判のそこには『カンボジアの子どもたちへノートと鉛筆を贈ろう』とあり、援助団体や協賛団体の名前が並んだ下には、難民キャンプを視察している日本人数人の写真が載っていた。

「ほら、この日焼けした御仁が林原雄三。弁護士名鑑の写真とはえらい違いでしょうが。お蘭《らん》がこのチラシを持ってタクシー会社へ面割りに行ってます。もうすぐ戻ってくると思いますが、今度はヒットしますよ、きっと」

写真のなかで、難民の子どもを抱いてにこやかに笑っている開襟シャツの男は、逞《たくま》しく日焼けした腕の筋肉が印象的だった。弁護士というともう少し脆弱《ぜいじゃく》な風体を想像していたが、存外にスポーツマンタイプのようだった。そうだ、林原という男もひょっとしたら松井浩司と同じく蛍雪山岳会の出身なのかもしれない。ふと、そんな閃きが走った。

「それから、もう一つ。私らが事務所で先生を待っていたとき、興和銀行の支店長付き係長とかいうのが一人、事務所に駆け込んで来ましてね。それが十二時前の話です。銀行員が言うには、半時間前に林原が代々木支店に来店して、窓口でスーパーMMCを一本解約したというんですが、窓口のミスがあって、もう一度実印が要るとかで。それで先生は留守だし、事務員が社印ではだめですかと尋ねたら、銀行員曰く、《これは先生の個人口座だから先生の実印でなければだめです》ということでした。弱ったなあ、弱ったなあと言って、青い顔をして帰っていきましたがね」

「スーパーMMCって、いくらだったかな――」

「最低三百万からの大型定期預金だそうで。私もあとで銀行へ寄ってパンフレットを見たんですが」

「それで、銀行員はその後また事務所に来たのか」

「いえ。銀行員が出ていってからすぐに、お蘭が代々木支店を覗きに行って、三時まで見張ったんですが、林原は現れなかったみたいです」

「ひょっとしたら、女房が先生の代わりに来たのかも知れんな」

「女房の顔知らないんですから、お蘭だってそこまでは。しかし、ともかくついに金が出てきましたよ、金が――」肥後は舌なめずりするように低く嗤《わら》った。

ちょっと早過ぎるという気はしたが、まとまった額の金の登場は、事件がなおもどこかで動いているということであり、肥後でなくとも刑事の心臓を隠微に高鳴らせるには十分な展開ではあった。畠山宏が入手した四十数万の現金の出所は、おそらく林原雄三。それは何かの手付金だと思われるが、弁護士が元やくざに依頼するような事柄といえば、よくて何かの示談か脅し。その畠山が死んで、林原がまとまった金を必要とする事態に陥っているのだとしたら、事件の根は案外、単純な恐喝か。

しかし、何らかの理由で林原弁護士が何者かに金を強請《ゆす》られているのだとしても、松井浩司との関連は依然として見えて来ず、何よりも畠山と松井を殺したとみられる犯人像そのものが、ひどくぼんやりしたままなのだった。何年も前の古い安物のスニーカーを履き、人間の頭に穴をあけ、一メートルの植え込みをひらりと飛び越え、軽々と逃げおおせて今の今も弁護士を強請っているのかも知れない何者か。しかも、ひょっとしたら写真週刊誌の編集部へ電話をかけて、凶器の形状などを得々と垂れ流したのかも知れない何者か。若い声。王子の目撃者が公務員住宅に住む学生だと思ったという《青年》の印象。——何かしら乱反射のように定まらないその姿にまた少しとらわれた結果、合田の心臓は結局ひと跳ねするにも至らなかった。

「とにかく先生は都内にいますよ。明日から、ホテルというホテルをしらみ潰《つぶ》しですな。それと銀行、ですか。——ところで主任は、今日一日どこで何を」

合田は手のなかにあった写真週刊誌を開いてみせた。肥後は「うひょ——」と一声漏らして写真を眺め、「つまり、森のやつを捜査から外すってことですか」と言った。捜査員なら、誰でも先《ま》ず考えることだった。

「しばらくは」と合田は応《こた》えた。「明日から新聞が動きだすし、そうなったら追い回されて仕事にならんし」

「そういえば、あいつ武道場で若手をぶん殴ったという噂《うわさ》もありますよ。主任の耳に入ってますか？　何か理由があったんでしょうが、いまどき暴力は洒落《しゃれ》にもなりませんからな。しかし、それにしてもこの記事――」

肥後は写真に付いている記事をじっと睨《にら》んでいたかと思うと、案の定「《ドリルの刃に似た細長い鋼鉄製の物体》――」と口のなかで呟《つぶや》き、その口許《くちもと》をちょっと厳しくして「何ですか、これは」と言いだした。

「だから、版元へ行って記事を書いた本人に会ってきたんだ。情報提供者は匿名《とくめい》の電話で、捜査関係者と名乗ったそうだ」

「こんな捜査関係者がいるわけない。何なんですか、この記事は――」

「手の込んだいたずら。肥後さん、ここはそういうふうに考えるしかない」

「二人の人間の頭に穴をあけた奴《やつ》のいたずら、ですか」

「証拠がない」

「しかし、それではすまんでしょう——」

「世間はこれを文字通りに読む。おかしいと思うのは俺たち現場の刑事だけだ。しかし、俺たちが騒いだら新聞が嗅《か》ぎつける。そうなったら今度こそ目も当てられない事態になる。肥後さん、頼みます。この件はこれまで。いいですね？」

「そうおっしゃるんなら、先ず真っ先にあいつの口を封じませんとな」

肥後はそう言って神宮前交差点の方向へ顎をしゃくり、振り返ると、ダスターコートを翻《ひるがえ》して走ってくる森義孝がいた。

「タクシーのほう、どうだった？」

「主任、肥後さんからお聞きになりましたか？　タクシーはヒットです。二日夜の乗客は林原雄三でほぼ決まりです。で、林原はやはり現れませんか、畜生——」

森は大学駅伝で一区間走ってきたといったふうに肩で息をつき、頬を赤々させて言った。外の風に当たっていると不思議にアトピーは出ないらしい、上気した艶《つや》やかな顔色だった。その森に合田はひとまず「ご苦労さん」という一言をかけ、次いで大事な一件を切り出そうとしたら、それより先に肥後の手が週刊誌を突き出していた。

「ちょっとこれ見ろ。こういうことになってな——。お前、しばらく有給休暇だな」

肥後は言い、森は写真に目を落とした。その目元が一瞬こわばるのを合田は見て取ったが、それだけだった。もともとほんとうの心の奥底は人に見せない男だったが、その殻の固さをあらためて思い知らされる結果になった。森はざっと記事に目を通し、雑誌を肥後に突き返し無表情な顔を上げた。

「だったら、八時の会議は欠席します。明日以降のことは、随時連絡下さい」

「なるべく早く現場に戻れるよう、上を説得する。約束する」と合田は言った。「それから今夜九時半に新橋辺りでちょっと会おう」

「慰安会なら遠慮します」

「俺もそれほどヒマやないぞ。話したいこともあるし、相談したいこともある」

「私もあります。十時に日比谷口にいます」

「了解。じゃあ日比谷口で」

森を路傍に残して、合田と肥後は足早にその場を立ち去り、駅へ急いだ。途中、「お蘭のやつ、記事を読んだのに何も言いませんでしたな」と肥後は言い、「頭が真っ白やったんやろ」と合田が上の空の返事を返すと、「そんな面《つら》には見えませんでしたがね」と混ぜ返して、肥後は鼻先で嗤った。

合田と肥後が碑文谷の捜査本部に滑り込んだのは、午後八時ぎりぎりだった。駆け込んだ会議室の黒板前に、花房一課長、竹内管理官の顔が並んでいるのを見て、先ずどきっとした。次いで吾妻、又三郎、雪之丞《ゆきのじょう》、十姉妹《じゅうしまつ》が《早くネタを吐け》という目線を一斉によこし、チュウシンの竹内がまたそれを目敏《めざと》く見ているなか、合田らは幹部席に一礼して着席した。

「本日で、事件発生から一週間になる。被害者畠山宏の敷鑑、事件前の足取り等、ある程度捜査は進展しているが、十分とは言えない。本日は先ず、一課長より諸君への訓示を賜り、当捜査本部の士気を新たにすることとしたい。全員起立！」

林の号令で、四十名足らずの捜査員は立ち上がった。花房一課長は、午前中本庁のデスクでその姿を見たときと同じ、不可侵の鎧《よろい》の奥から世界を見渡しているような眼球をゆるりと動かし、同じく鎧の奥に仕掛けられた権威というスピーカーの物々しい声を響かせた。

「本件は物的証拠も少なく、目撃者もなく、捜査が難航していることは十分承知している。また王子で発生した事件との類似点が多々推測出来るにもかかわらず、未《いま》だ相互協力が実現していない点について、今後何らかの改善が必要なことも承知している。が、諸君に課せられた責務の第一はあくまで当事件、すなわち畠山宏殺害の捜査であり、逸脱・脱線は決して事件解決の近道とはならないことを全員が胆《きも》に銘じてもらいたい。なお、この後林係長から説明があるが、明日から本件について新聞テレビ各社の報道協定が解除される見込みとなった。ついては、その点からも各自、報道各社に誤解を与えるような不用意な言動、行為は厳に慎み、慎重にも慎重を期してもらいたい」

結局、林が神保町からの帰り際《ぎわ》に仄《ほの》めかしたとおり、暗に松井浩司や暁成大学周辺への接近が狙《ねら》い撃ちされたかたちだった。またそれ以上に、この一週間の不透明且《か》つ恣意《しい》的な捜査方針に報道という煙幕をもう一枚張った結果は、おそらくより一層の箝口令《かんこうれい》や情報管理によって捜査の意思決定がますます見えにくくなるということであり、案外、法務省辺りはこれを狙っていたのかも知れない。合田はそんな推測もした。写真週刊誌の版元まで足を運んで、警察の顔を立てるために無い知恵を絞って記事を潰しにかかった自分も林も、詰まるところ、身内のポーズまでは読み切れなかったのだと思い、どこまでも現場の知恵などたかが知れていると、妙に納得もした。

次いで、林が問題の写真週刊誌を全員に掲げて見せ、明日店頭に並ぶことを説明して、当該の短い記事を読み上げた。一課長の言辞が重しのように効いて、捜査員席は水を打ったようだったが、仲間の顔を窺《うかが》い合うような落ちつかない目が見えないさざ波になり、幹部席からは苛立《いらだ》った咳払《せきばら》いも聞こえた。

「なお、この記事は記者が適切でない情報に基づき捏造《ねつぞう》したものであり、警察が把握している事実とも一部異なる部分がある。版元はこれを認め、明日全国紙に謝罪広告を出す旨《むね》、本庁刑事部に対して本日申入れがあった。従って、今後我々はこの記事内容については一切無視し、当捜査本部で取り上げることもあり得ない」

林は言い、それを花房一課長がこう締めくくった。

「以上、これは文字通りの意味であると取ってもらいたい」

一切無視。取り上げることもあり得ない。これは文字通りの意味である。

いっそ嗤おうか。それとも泣こうか。警察の威信と絶対の意思のようなその一言一句が封殺し、叩《たた》き潰したのは、鼻先を過《よぎ》っていったのかも知れない犯人の影というより、《もしや》という思いに震撼《しんかん》した合田たち現場全員の心だった。花房はもう一度念を入れるように捜査員の顔をぐるりと見渡した後、竹内や水野署長とともに退席していったが、その直後、聞こえよがしに「おい聞いたか、鋼鉄製だってよ！」と又三郎が一声上げ、続いて吾妻ペコが「ドリルの刃に似た細長い鋼鉄製の物体だぞ！　みんな頭にたたき込め！」と怒鳴った。それが現場の精一杯の声だった。

「みんな、もういいか——？　では各班。報告、始め」

いつものように机を叩くことはせず、林が会議の再開を告げた。どの顔もそれぞれに疲労を残した無表情に戻り、単調な報告を耳に刻み込むだけの時間になった。七係からは、「林原弁護士は終日事務所に姿を見せず、自宅も留守」「なお、日暮里《にっぽり》のタクシーは本日、十月二日夜に梅島へ運んだ客を林原雄三と確認した」という二点のみが報告され、碑文谷の捜査員たちがちょっと息を呑《の》むのが分かった。

次いで、古いスニーカーを求めて廃品業者から各家庭の物置、ゴミ処理施設までを連日訪ね歩いている碑文谷の班。畠山宏の写真を持って、鉄道を中心に事件直前の足取りを拾い歩いている班。凶器を探して工場や工具店や大学の研究室を回っている班。そうして素材や形状についての細かい話が続いていたとき、吾妻がまた、「ドリルの刃に似た細長い鋼鉄製の物体だ！　明日からその線で行け！」と自棄《やけ》気味の一声を差しはさんだが、林は眉根《まゆね》に皺《しわ》を寄せただけで何も言わなかった。

そして合田はその間、何か切ない気分を募らせながら、夕刻に入手した記者の取材メモを膝《ひざ》の上で開き、目を通した分から一枚ずつ隣の肥後へ回していった。肥後はそれをまた隣へ回し、謎《なぞ》の情報提供者の痕跡《こんせき》を記したコピー用紙は、そうして《お前、どう思う?》という目配せと一緒にひとまず順に七係の間で回覧されたのだった。

記者のメモは、『10／8　PM11：13　TEL《捜査関係者》↓?』という走り書きで始まっていた。次の一行は、『都立大裏／王子六丁目　捜査情報　※面会×』。

記者は続いて、両事件の被害者各々《おのおの》の身元について記していた。それはどちらも新聞発表された以上の内容を含むものだったが、単純に情報量を比べると、畠山宏よりも松井浩司に関する情報のほうがはるかに多く、詳細である点がまず目を引いた。畠山については、氏名のほかに『右手の甲に吉祥天女《きちじょうてんにょ》の刺青《いれずみ》』『丸刈り』『貧乏臭い』という記述があるのみ。片や、松井浩司は氏名、年齢、出身大学と学部、勤務先と肩書が記され、『大学時代に登山』という付記さえあるのだったが、この情報量の差は、端的に一つのことを想像させた。すなわち、この情報提供者は松井には興味を持っているが、畠山にはあまり興味がない。もしくは松井については多くを知っているが、畠山についてはごく一般的な外見しか知らないのかも知れない、と。

次に犯行について、『都立大裏／頭のてっぺんに穴　直径一センチ　即死』『王子／頭、首、数ヵ所に穴。直径一センチ』とあり、『逃走↓徒歩　王子／上着を処分』と書かれた下には、『上着↓古着』という一行が書き添えられていた。二度読み返すまでもなく、王子での犯行後に上着を処分し、それが古着だったと言う何者かは、でたらめを言ったか、犯人自身であるかのどちらかだった。もっともそうと分かるのは捜査員だけで、記者はおおかた、警察はすでに廃棄された上着を発見しているのに発表していない、と聞き取った可能性もある、微妙な内容ではあった。

そして、凶器。メモの字は『特大のドリルの刃に似た細長い鋼鉄製の物体』と滑らかに記されており、その筆跡からも情報提供者が言った通りに書き取られたものだった。また、その一行には『凶器↓同一』という但《ただ》し書に加えて、『物↓？　不明』とはっきり記されていることから、夕刻の証言通り、記者は当該の物体が具体的に何であるかを尋ねたが、相手は答えなかったことが窺《うかが》えた。

続いて、『動機↓「よく分からない」』。カギ括弧《かっこ》は、情報提供者の発言そのままを書き取ったのだろうが、捜査関係者が「動機はよく分からない」と言ったのならともかく、犯人自身が「分からない」と言ったのだとしたら、傍点の通り、尋常ではなかった。それもまた、じわりと合田の注意を引いた一点だった。

さらにメモの最後の一枚。まず、二重下線付きで『同一犯』とあり、『↓警察の隠《いん》蔽《ぺい》？　情報操作？』と記者個人の印象と思われる但し書が続いていた。これを見る限りでは、被害者が現職官僚であるために警察が及び腰になっているという記事の論調は、どうやら記者の個人的な感想であって、情報提供者が直《じか》にそう言ったのではなさそうだった。むしろこの情報提供者は、通報の内容から見て、警察がたんに別々の犯人を追っていると単純に思い込んだ結果、『同一犯』だと知らせてきたフシがあり、そうだとすればそれもまた異様な話だったが、ともかく捜査現場の誰もが同一犯と考えている現状を知らず、あえて捜査本部が別立てになっている事情も知らないこの何者かが、最低限、捜査関係者でないことだけは確かだった。

そして、最後の一行が『「こんなことでは、陰で笑っている奴《やつ》らがいる」』。

夕刻の面談のとき、記者本人は《陰で笑っている奴ら》について、警察同士の陰口の意に取ったと言ったが、そう取ったのは、捜査関係者を名乗る人物が《奴ら》という複数で話したからだろう。しかしこれも、もし《奴ら》と言ったのが捜査関係者でなかったら、この複数の一語は何を意味するか。もし《奴ら》と言ったのが犯人だったとしたら、この複数は犯人の狙う標的がなおも二人以上いるということ、そのことではないか。

結局、犯人の声だと断定する証拠は一つもないが、限りなくホシに近いという印象が残り、合田はそれはそれで、臓腑《ぞうふ》が冷たくなるような異様さにあらためて押しやられながら、では犯人がこういうかたちで大胆な行動に出た目的は何なのかと、さらに慎重に考えてみざるを得なかった。先《ま》ず、情報提供が新聞でなく写真週刊誌だった理由は憶測するしかないが、ひょっとして若い男なら、日常的に新聞を読まない生活をしている可能性もあった。情報源はテレビか週刊誌。テレビは八日朝と昼のニュースで王子の事件を簡単に伝え、一部民放は夕方のニュースでも同じ内容を繰り返した。それを見た人間が、警察は碑文谷と王子を別々の犯行と見ていると単純に考えても不思議はない。しかしそこで、同一犯であることを知らせなければならないと考えた犯人の真意は何か。

事件の捜査が進展すれば直接の不利益を被《こうむ》るはずの犯人が、一方で捜査が進展しなければ困るという。それが指し示しているのは、絶対に捕まらないという過信か、逮捕されるという発想を端《はな》から欠いた狂気のいずれかだったが、過信のゲームにしては、情報提供の一部始終や発言の一つ一つが奇妙に子どもっぽい生真面目《きまじめ》さなのだった。またさらに、被害者の損傷を正確に『直径一センチ』と言っていることから、犯人は殺害後に血まみれの損傷をしっかり観察したとしか考えられないが、それが狂気だとしたら、現に靴痕跡以外に毛髪一本残していない犯行の周到さをどう説明するか。

すでに人を二人殺害した末に、こうして危険をおかして情報提供に及んだ事実や、『こんなことでは、陰で笑っている奴らがいる』と自ら告げていることから、いま現在、犯人は当初の目算が外《はず》れて何らかの不利益を被っていると考えられたが、しかしその不利益とは何か。

林原弁護士が預金の一部を解約した事実は出てきているが、仮にこの事件のおおもとが恐喝だったと想像してみたとき、刑事の頭で考える通常の恐喝とはあまりに様子が違うとしか言いようがなかった。通常、金はひそかに強請《ゆす》り取るものであり、脅す者と脅される者は少なくとも世界の一部を共有しており、仮に算段が狂って暴力沙汰《ざた》になった場合は、その時点で恐喝の構図は終わりを告げる。ところが今回の犯人は、人を二人も派手に殺してなお金を取ろうというのか。また、脅されている《奴ら》は、なおも金を払おうというのか。

考えれば考えるほど異様、奇怪、非現実という印象が湧《わ》きだしてきて止まらず、合田はその場では結局、情報提供者もしくは犯人の意図を推し量るのを投げ出さざるを得なかったが、ともかく《奴ら》と言ったのが犯人であったのなら、それは事件のさらなる展開の可能性を示唆《しさ》しているのだった。合田は自分の頭を現実的な状況判断へ切り換えながら、メモ用紙の最後の余白に数行の書き込みをし、さらに隣へ回覧した。

《公衆電話／高架の電車の音／近くに飲食店の引き戸／金属製の飾り／電話は若い男の声／標準語／固い感じ／冷静》

合田は続けて、手帳を一枚ちぎって《要公表？　判断任せる》と書き付け、それを吾妻へ回した。それからしばらくして、吾妻は「係長！　いまから全員に資料を回します。写真週刊誌の版元の記者の取材メモです」と一方的に告げるやいなや、メモ用紙のコピー五枚を碑文谷の刑事課長へ回して、素知らぬ顔を決め込んだ。林は一瞬《アッ》という顔をしたが、この件については「他言はならん」と神田駅前で合田に言い含めたのもすでに虚《むな》しい状況であり、もはや黙認せざるを得ないとばかりに一言、「参考までに、全員目を通すように」と言っただけだった。そして、その夜の会議の最後は、結局吾妻の執念の一言で締めくくられたのだ。

「明日から、ドリルの刃に似た細長い鋼鉄製の物体とやらを捜すぞ！」

午後十時を過ぎた新橋駅前は、いつの間にかまた少し降りだした秋の雨だった。濡《ぬ》れそぼった夜の待ち合わせ客に混じって立っていた森義孝は、おおかた捜査本部を外されたストレスのせいか、ものの三時間の間に襟首から頬まで盛大に真っ赤にしながら、それでも何食わぬ無表情をつくって「週刊誌の件、どうでしたか」と真っ先に尋ねてきた。ふいにそれがちょっと胸に刺さるのを感じながら、合田は「寒いから、どっかへ入ろう」と誘い、「空《す》いてるところへ」とだけ応《こた》えて、森は傘の下で白い息を吐いた。

雑居ビルの空いたバーへ入り、一杯ずつ注文したウィスキーに口をつけるのもそこそこに、森の目に急《せ》かされるように仕事の話になった。初めに週刊誌の記者に会った経緯や一課長の訓示について合田がざっと説明すると、森は吾妻らと同じようにホシという一語は呑み込んだまま、「とにかく《ドリルの刃に似た細長い鋼鉄製の物体》を捜せばいいんです」と言った。また、情報提供者が公衆電話をかけてきたときの物音や声の調子については、「こいつ、相当変わった奴ですよ」というのが森の感想だった。午後十一時過ぎという時刻から、公衆電話から聞こえた引き戸の音や男の笑い声は、そこが一杯機嫌のサラリーマンが通りかかる路傍だったことを窺わせるが、そんな場所にある公衆電話の電話口でメモか何かを読み上げたというのなら、それは確かに「相当変わった奴」だと言えた。

「君よりもっと変わった奴か」

「たぶん、この男よりもう少し私のほうが生活圏は広いと思います。少なくとも電話をかける場所を選ぶ程度には」

「このホシは、人を二人も殺してまだ目的が果たせずにいるんだと思うが、目的と手段がここまでずれているのは、確かに生活圏や世界の狭さと関係があるのかもな」

「それにしては、被害者のほうの背景が広すぎるのが気になりますが」

「ほんとうに広いんだろうか——。霞《かすみ》が関《せき》にしても弁護士会にしても、大学の学閥にしても、狭いといえば狭い。例の法学部の卒業者名簿も、又三郎が言うには、今日の時点で印刷業者まで手が回っているということだった。言い換えれば、その程度で押さえこめるほどの世界だってことだ」

「とにかく、ガード下近くの公衆電話でも捜しますか。どうせ私はヒマになりますから」

「それより、山だ。実は松井浩司は大学の山岳会にいて、葬式にはＯＢも大勢来ていたという話がある。山には普通数人のパーティで行くからな。調べたら、松井やその仲間の名前が出てくるかも知れん」

合田は、昨日原宿の図書館で慰みに走り書きしたリストをテーブルに置いた。大学の山岳会が必ず登るだろう関東甲信越の主だった山、各々の登山ルートと山小屋、管理人の連絡先を記してあった。森は案の定、そんな話を自分は知らせてもらっていなかったという目をして、それを手に取った。

「ほかに知っているのは？」

「王子が知ってるが、向こうは松井。こっちは林原だ」

「林原も山岳会なんですか？　そういえば事務所に山の写真が一枚掛かってましたけど」

たぶん何気なしに言ったのだろう森の一言に、今度は合田が耳を穿《うが》たれる番だった。

「それ、ほんとうか。どこの山だ――」

「北鎌《きたかま》尾根。一九七〇年夏、林原雄三撮影。プレートにそう書いてありました」

林原もやはり松井の登山仲間か。蛍雪山岳会か。夕方、ボランティア団体のチラシを見たときにとくに根拠もなく浮かんだ小さな波が突如、脳裏に鮮やかな水紋を描いて広がっていき、合田は森の手から奪い返したリストの余白に、素早く山の姿を描いてみせていた。

「北アルプスの槍《やり》ヶ岳《たけ》は見たことあるか？　こういう三角錐《さんかくすい》のかたちをしていて、尾根からひときわ高く突き出している。――ほら、この南北の稜線《りょうせん》が北鎌尾根。地図上では、槍ヶ岳はこの尾根の南の端にある。君の見た写真の尾根に、この尖《とが》った山があったと思うんだが、尾根の右のほうにあったか、左のほうにあったか、覚えてるか？」

「左の端だったと思います。何なら、明日また実物を確認してみます」

「左か――。だったら、北アルプスの表銀座縦走路にある山小屋のどこかに、林原の足跡が残っているかも知れない。一九七〇年の梅雨明けの七月、八月の表銀座――」

「それ、地名ですか」

「北鎌尾根を眺めて、槍ヶ岳が左端に見える辺りの呼び名。ほら、このリストにある。餓鬼岳《がきだけ》山荘、中房《なかぶさ》温泉、燕《つばくろ》山荘、大天井ヒュッテ、大天荘、ヒュッテ西岳、ヒュッテ大槍、殺生ヒュッテ、槍ヶ岳山荘。もし資料が残っていたらの話だが、投宿者も幕営者も一応届けは出てるはずだ。仮に宿帳が失われていても、登山者の感想ノートとか、寄せ書きとか、何か残っているかも知れない。どうせ山小屋は無線しかないから、まずは一軒一軒、管理人の連絡先に問い合わせてみろ」

合田が一気にそれだけ並べる間、森は自分の手帳に何やら細かく書きつけていたが、やがて思い出したように言った。「そういえば主任も山へ登るんでしたね――。山へ登る人の世界というのはどうですか。狭いんですか、広いんですか」

「どうやろな――」

合田はちょっと考えてみる。十九の夏、大学の図書館で知り合った加納祐介に誘われて初めて登った夏の穂高に始まり、去年夏に最後に独りで縦走した奥秩父《ちちぶ》まで。貴代子と離婚するまで夏も冬もいつも加納と二人で登り続けた日々は、ひたすら長閑《のどか》に浮世離れしていたような記憶だけが残っているのだったが、あの世界は狭かったのか、広かったのか。あるいは、加納兄妹と疎遠《そえん》になってから独りで近場の山を歩き続けてきた日々は、いったい閉じていたのか、開かれていたのか。

「俺は山岳部には入らなかったから、よくは分からんが、ほかのスポーツと違って命がかかってるから、その分何か特別な仲間意識のようなものがあるのは感じる。いい意味でも悪い意味でも。案外、閉じられた狭い世界かも知れんな」

「私らみたいだ」

森は一言いい、虚空《こくう》に向かって軽く嗤《わら》った。

「ところで、捜査のほうはこのまま様子見ですか。林原を任意で呼ぶのはまだ無理だとしても、別件で何かありませんかね。あの先生、けっこう暴力団のフロント企業が関わった金融事件の裁判もやってますから、つつけば何か出てきそうな気もしますが」

「明日は林原の投宿先を割り出して、とりあえず一日二日は張り込みと行確だ。もっとも、ほかに動きがなければの話だが」

ともかく明日になれば、ホシとおぼしき《情報提供者》は東京のどこかで店頭に並んだ写真週刊誌を見る。それで何を思うか。また林原雄三は、八雲四丁目の自宅を空けての潜伏生活四日目に入り、何を思うか。いずれも動きがなければ、の話だった。

「是非とも動きがないことを祈ってますよ。私、これから長野へ行きます。足を運んだほうが速いですから。零時前に新宿から出ている列車、何と言いましたっけ」

森の即断即決にはいつも脱帽だった。飲み残したウィスキーを一息で呷《あお》って森はそそくさと席を立ち、合田も急いで財布の一万円を握らせた。「運賃、折半しよう。新宿発松本行きの急行アルプス。松本で大糸線に乗り換えて穂高下車。六時半には着く。そこからタクシーで、まずは中房温泉かな。紅葉、きれいやぞ――」

「何か拾ってきます」

そうして新橋駅の改札で森と別れ、ほんの数歩田端方向のホームへ歩きだしたときだった。ポケットで鳴り出したポケットベルの呼出しが本庁の六階だと気づき、何かの虫の知らせだったか、無意識に振り返ると山手線の階段口の方向にもう森の姿は見えなかった。

合田は公衆電話へ走り、すぐに本庁六階へ電話をかけた。つながった電話からはまず、午後十一時前という時刻には通常あり得ない激しいざわめきが飛び込んできて、電話口の男は名前を確認するやいなや、《七係の合田から！　呼んだの誰だ！》と怒鳴った。それからすぐに《俺だ、いまどこだ？》と応えたのは林係長の声だった。

《今夜十時過ぎ、須崎靖邦が高島平《たかしまだいら》の団地で刺された。幸い、一命は取り留めたが重傷だ。ホシは自首してきた。いま、十係が板橋署で取り調べている。そこで、だ――》

林が息をついだ一瞬の間合いに、合田はまた無意識に山手線の方向へ振り返りながら、蛍雪山岳会だ――とぼんやり考えていた。

《この件、七係の受令機には通さなかった意味、分かるだろうな？　今夜は絶対に動くな。碑文谷にも王子にも板橋にも、七係の顔はあってはならん。自宅へ直帰しろ》と林は言った。

「自首したホシの身元は――」

《自称、右翼団体の構成員。それ以上はまだ分からんが、とにかく須崎が都岳連を回っていた矢先の話だ。それに須崎は今夜七時前に、碑文谷に君宛《あ》ての電話を一本入れて来

ていた》

「そんな話は聞いてません」

《君が本部に戻ったのは八時ぎりぎりだったじゃないか！　ともかく今夜は自宅に直帰しろ。いいな！》

切れた受話器の手元の腕時計の長針がまた一目盛り、ぴくりと動くのを合田は見つめた。午後十一時二分だった。蛍雪山岳会。須崎靖邦。自分宛ての電話。自称右翼の暴漢。林原雄三。急行アルプス。森義孝――いくつものことをばらばらに脳裏に並べ、かき混ぜ、熱とも痛みともつかない何かの塊が胸元まで突き上げてくるのを感じながら、合田は「死ね」という声を一つ、喉《のど》から飛び出させていた。誰ともつかない何者か。犯罪者より何より、捜査に横やりを入れ、情報を潰《つぶ》しねじ曲げて、ついに刑事一人が命を落としかける事態を招いた者どもこそ、死ね。

合田は三分後には山手線に飛び乗っており、新宿までの二十数分間、当てどなく車窓の明かりを眺め続けた。たまたま自分がまだ戻っていなかったためにつながらなかったという須崎の電話。顔を合わせただけで缶ジュースをひっかけてくるような男が、いったい何の用件だったのか。また何であれ、もしも自分がその電話に出ていたら、須崎は襲われずにすんだのだろうかと虚《むな》しく自問した。

またさらに、より安全だろうと判断した山岳会がひょっとしたら同窓会本体より鬼門だったのかと思うと、なぜだ、なぜだという疑問が脳裏に渦巻き続けた。たかが登山。たかが万年青年のノスタルジーと自閉、もしくは自然回帰の他愛ない幻想の集積に過ぎない登山の世界にあるのは、森義孝にはうまく言えなかったが、ほんとうは閉じられた個々の、剝《む》き出しの卑小なエゴだった。それでも、少なくとも組織という深謀遠慮からはもっとも遠い世界だからこそ、警察に奉職してからもヒマを見つけては山を歩いてきたのであり、どんな意味でも、たんに都岳連などの山岳関係団体に近づいたという理由で命を狙《ねら》われるということなどあり得ないのだった。そしてそれでもなお、もしも須崎が山岳会を調べ回ったために襲撃されたのなら、それは端的に、身辺を探り回られては困る個人がたまたまどこかの山岳会に属しているということを示しているのではないのか。いま、どこかで息を殺している《奴《やつ》ら》が、長年深く山に関わっているということではないのか。登山をする者なら誰でも五年、十年と通う北鎌尾根を、《奴ら》もかつて何度も歩いてきたのではないか。四半世紀前の夏や冬の尾根を行く登山者のなかに、若い松井浩司がおり、林原雄三がおり、ほかにも最低一人以上の仲間がいたのではないか——。

午後十一時三十五分。合田は新宿駅に着いた電車から飛び出し、酔客や仕事帰りのサラリーマンでごった返したホームを走った。地下通路に降りてさらに走り、六番線ホームに駆け上がって、五十分の発車を待つ急行アルプスの車窓を覗《のぞ》いていった。森なら禁煙車両の自由席に乗っているはずだと見当はついたが、車両はどれも季節最後の登山を目指す若者たちとリュックでごった返していた。結局車両に乗り込んで「森！　森義孝！」と名前を呼んだら、人垣の間からやっと森がびっくりしたような顔を覗かせ、それに向かって《降りろ》と手招きした。

「十係の須崎が高島平で暴漢に刺された。山岳会関連という話やから、予定変更や」

ホームへ引きずり出した森に合田はひとまずそう言った。森は三秒、空白の顔をしていたが、その目にはたちまち激昂《げっこう》とも絶望ともつかない独特の表情が浮かび、「何を言ってるんですか、主任は——」という本物の怒号がその口から飛び出した。

「そんなことなら、余計に急ぐ必要があるでしょうが！」

「話はあとだ。とにかく先に切符を払い戻すぞ。時間がない、急げ！」

ホームの時計は十一時四十分を指しており、合田は有無を言わさず森の肘《ひじ》を摑《つか》んで駆けだした。みどりの窓口でまずは森の乗車券をキャンセルした後、合田は新たに岐阜までの乗車券一枚と、十三日早朝の始発の新幹線の特急券を名古屋まで一枚、買った。

「いいか。岐阜には午前九時前には着く。行き先は県警本部の地域課。登山届は地域課の山岳警備隊か、管轄《かんかつ》の市役所や町役場が一括《いっかつ》管理している。君が着くころまでには、必ずこちらから捜査事項関係の正式の照会書か捜査嘱託書が先方に届くようにしておく。照会の嘱託事項は、昭和四十二年から四十六年までの管轄内の登山届の保存の有無と、保存されていた場合の閲覧。もしもそこになければ、県警から各山小屋へ、一斉に記録の有無を無線で問い合わせてもらえ。いまは衛星電話がある小屋もあるから、警察なら早い。それから、岐阜でめどがついたら次は富山。これも同じく行き先は富山県警。次に長野――」

「それで、そんなでたらめの嘱託書の判子、誰がつくんですか」

「碑文谷の署長。ほかに誰がいる」

「不可能です。それに水野は、あれは――」

「この際、贅沢《ぜいたく》言うてる場合か。心配するな。君は、とにかく松井か林原の足跡を一つでも見つけてきてくれ。あとは俺が責任を持つ。何かあったら、すぐに連絡を入れろよ」

「私は暴漢に刺されたりしませんから、ご心配なく」

「アホか。とにかく連絡を入れろ」

もう一言ぐらい何か言いだしそうな森を置いて、合田は足早にみどりの窓口をあとにした。中央通路に出てから、これからどこへ行くんだと自問したが答えは出ず、とりあえず山手線内回りのホームに上がったが、そこでは結局やってきた電車を一本やり過ごしてしまった。渋谷から碑文谷へ戻って、自分に何が出来るか。かといって、このまま自宅へ帰って寝られるか。そう思うと、合田はその後、終電間近のホームの階段を再び降りて隣の外回りのホームに移り、気がつくと田端へ、田端からさらに王子へと向かっており、しかし結局そこも通り過ぎて赤羽まで帰りついてしまうと、ひとまず電車を降りてまたタクシーを拾い、「板橋へ」と告げていたものだった。なにしろ、自宅のある赤羽台の団地から西へほんの三、四キロのところに高島平の団地はある。そんな近距離で刑事が一人暴漢に刺された以上、さほど遠くはない板橋署へ寄ってみるだけは寄ってみるのが当然だと自分に言い聞かせた。

「この先の高島平で刑事が暴漢に刺されたそうで。十時半ごろ、環七も環八も検問で大渋滞でしたよ」タクシーの運転手が言った。

「へえ。ニュースでやってた？」

「ええ、犯人はすぐ捕まったそうですが。昔自分を逮捕した刑事への逆恨みですって。覚醒剤《かくせいざい》をやってたとか言ってましたよ。怖い世の中ですなあ」

おおかた板橋署の調べではそういう供述になっており、それが警察の公式発表なのだろうと、想像は出来た。自称右翼の犯人は過去に確かに須崎と何らかの接点があるに違いなく、それゆえに今回の暴漢に仕立てられて、十月五日未明に畠山宏が都立大裏にいたのと同じように、昨夜は高島平にいたのだろう、と。しかも、覚醒剤のおまけ付きで。

それにしても、須崎はなぜ襲われたのか。登山者の団体を回っていただけではなかったのか。ひょっとしたら、そこで何かを摑んだか。しかし、何を？ 仮に須崎が何かの核心に偶然迫ったのだとしても、刑事一人など脅せばすむところを、なぜ敵はいきなり命まで取りにいったか。もし都岳連を回っていたのが自分だったら、いまごろ自分が刺されていたのか。

合田は、わずかな車中の時間も実りのない自問を止められなかった。霞《かすみ》が関《せき》や法曹界につらなる暁成大学蛍雪山岳会の人脈の一部が、どこかで暴力の支流をつくっているのはもはや疑いようのない事実だったが、どんな事情があれ、現職の刑事を襲うことが藪《やぶ》蛇《へび》になるという発想もないらしいのは、端的に信じられない事態だった。そしてその人脈を、古いスニーカーを履いて人の頭に穴をあけるような人間が脅かしているらしい事件の構図も、ほんとうにその通りなのか否《いな》か、あらためて分からなくなったというのが合田の実感だった。脅す側と脅される側の双方ともに、目的と手段がずれ過ぎている。片や人の頭に穴をあけ、片やいきなり刑事相手に刃物の返礼を見舞う。これではもはや、被害者と加害者の境界線さえ定かでないのだったが、それに輪をかけて、今回は詳細の追及さえ怪しくなる覚醒剤。かの畠山宏以上に不透明な駒《こま》となるのは間違いなかった。

板橋の仲宿《なかじゅく》交差点でタクシーを降りたとき、午前一時十五分前の板橋署は民放の中継車や玄関前に脚立を並べた報道陣の姿がまだ退いておらず、さすがにその前を強行突破するだけの理由が見つからないまま、合田はしばらく中山道《なかせんどう》一本はさんだ向かいの路傍で立ち往生せざるを得なかった。新聞朝刊の最終版の出稿は午前一時半。そこに原稿を入れるためには各社、午前一時前後がタイムリミット。板橋署もそれに合わせて記者会見をしているだろうと見当をつけて、冷え込む路傍の自販機の陰でじっと棒になった。

昨日も一昨日も寝たような寝なかったような状態だった脳味噌《みそ》が、なにがしかの興奮物質を生産してちりちり爆《は》ぜるような痛みを発し続け、眠気を寄せつけなかった。人が血を流して死に、傷ついて、初めてやって来るいつもの神経の覚醒が、いまはかろうじて恐怖や嫌悪《けんお》の噴出をせき止め、余計な憶測や迷いをせき止め、代わりに目と耳だけの生き物へと刑事一人の身体《からだ》を研ぎ澄ませた。

午前一時、三十人ほどの報道陣がどっと玄関から流れだして散っていき、テレビカメラの最後の一台が消えたのはその五分後だった。脚立も消えたところから見て、断続的に記者会見が開かれる予定はなく、取調べも朝までは中断。今後の捜査に新たな展開は予想しにくいということだった。合田は足早に署の玄関へ滑り込み、一階の当直に目だけで挨拶《あいさつ》して階段を上がった。ひととき慌《あわ》ただしかった人いきれがまだ去りやらぬ階段で、最初にすれ違ったのは刑事課の顔見知りの巡査部長で、《アッ》という顔をすると「まずいですよ、ここは」と囁《ささや》いた。「十一時前にお宅の何人かが来て、十係の人と摑み合いだったですから」

「そうならないように気をつけます。それにしても、板橋も大変でしたね」

「どうもすっきりしませんがね。天誅《てんちゅう》だとか叫んで刃渡り三十センチの匕首《あいくち》を振り回しておいて、シャブ漬けで記憶がないんですから」

「右翼だと聞いたんですが」

「自称民族派だと言ってますが、G資料では、この十五年シャブで刑務所を出たり入ったりの住田会系三和会の元構成員です。昭和五十五年に傷害で逮捕されたときの担当が須崎主任だったようで。とにかくやり切れませんわ、検事曰《いわ》く措置入院もやむなし、ですから――」

短い立ち話の間に、頭上の踊り場から「おい、そこ!」という一声が降ってきた。見上げると、十係の寺島主任の顔があり、合田は巡査部長と別れて階段を上がった。

「お宅の顔が見えないから、てっきり逃げてるのかと思ってたところだ」寺島は踊り場に立ちふさがる恰好《かっこう》で、疲労で血走った目を投げつけてきた。

「すぐに見舞いに駆けつけられなくて失礼しました。須崎さんの容体は」

「よくそんな白々しい口がきけるな。今夜八時前に、須崎は出先から体調が悪いから直帰すると電話してきたんだが、そのときお宅から連絡はあったかと聞いていた。ないと応《こた》えたら、それで電話は切れた。その二時間後にこのざまだ。どういうことか聞かせてもらおうか」

「私も外にいたので、須崎さんから連絡があったことは知らなかった。聞いたのは午後十一時前です。それで、ここへ来てみたんですが――」

「あの須崎がよりにもよってお宅に連絡してるんだ。何の話だったか知らんと言うのか」

「知っていたら、すぐにそちらには知らせてます」

「少し前にマル暴からも話があって、住田会の会長が、王子の捜査員には迷惑しているというんで、知り合いの代議士に一言電話を入れてきたというんだがな。うちは住田会なんか当たった覚えはない。組関係に探りを入れているのはお宅のところだろうが」

「今夜、須崎さんは会議へ出ずに直帰したと言われましたか。しかし、この時期にそれはあり得ないでしょう。須崎さんは、どこかへ行かれたのだと思いますが」

「だから、どこへ行ったのか聞いてるんだ。わざわざお宅に電話を入れて、本部には家へ帰ると嘘《うそ》をついて、だ」

「もし何か用件があったのなら、山岳会の話しか思い浮かびません」

「山岳会関係で松井の鑑を洗っているのは須崎ではない。回っているのは若い連中だ」

「そういうことなら、私には見当がつきません。須崎さんのカバンかポケットに何か入ってませんでしたか。手帳にメモか何か残っていませんか」

「そんなもの、お宅に言われなくてもとっくの昔に調べてる！　もういい、お宅なんかに聞いたほうがバカだった」

寺島主任は唾《つば》を飛ばさんばかりに吐き捨てて踵《きびす》を返し、合田はとっさにその腕を摑んで「ちょっと待ってくれ」と食い下がっていた。「住田会の会長が《王子の捜査員》と言ったんでしょう？　代議士の耳に入れるのに、会長が王子と碑文谷を間違えるとは思えない」

「だから？　うちは住田会なんか知らん」

「住田会というより、先ずは何者かの影を王子の捜査員が踏んだんだ。その何者かが住田会に泣きついたんだ。そうは考えられませんか。その何者かは組関係ではない。むしろ、代議士の政治活動の範囲内に入りうるような社会的地位の持主だと考えるのが自然だ。そういう誰かを、お宅の須崎さんは追ってたんではないですか」

「松井の鑑にそんなややこしいのが一人でもいたら、全員泣いて喜ぶわ。あいにく洗っても洗っても出てくるのは登山、登山、登山！　健康なよい子の話ばっかりで反吐《へど》が出る。こんな気持ちがお宅に分かるか！」

「そんなはずはない。誰かいるはずです、でなければ刑事が襲われるものか」

「だから、お宅に聞いたんじゃないか！」

長最後は喉《のど》を振り絞るような声を出して寺島は行ってしまい、二階通路のあちこちに聞き耳を立てる人の気配を感じながら、合田もひとまず上がってきたばかりの階段を再び降りるほかはなかった。王子の捜査員たちが心底動揺しているのは推し量るまでもなく、彼らもまた、上の捜査方針に反してでも個別に動かざるを得ない状況にある。その結果生が今夜の事態だったのだということは容易に想像がついたが、ともかく須崎がどこへ行ったかを、十係自体がいまだ摑んでいない。法務省の現職官僚だった被害者松井浩司についても、《登山、登山、登山》という外貌《がいぼう》しか摑んでいない。目撃者がいたという肝三心のホシの足取りは、日に日に薄くなってゆく。王子のほうの捜査も、要はその程度の段階だということだった。

それにしても所在の知れない林原雄三といい、今夜刑事一人に刺客を放った何者かといい、二人の人間の頭に穴をあけた肝心のホシよりはるかにきな臭く感じられる理由はいったい何だろう。これはたんに、前者が霞が関や桜田門の深謀遠慮や、組織暴力につながっているらしいことから来る印象なのか。あるいはそれと比較して、単独犯とおぼしき凶暴な後者に何の臭気もないことから来る印象なのか。五日前、どこかのガード下から公衆電話をかけてきた孤独なホシは、コンクリートにでも吸い込まれたかのようにとんと気配もなく、代わりに被害者のほうの周辺から種々の激しい異臭が押し寄せてくる。その異常な臭気に押されるようにして合田は署を飛び出し、仲宿交差点方向へ歩き出した、そのときだった。

誰か後ろから追ってくる者がおり、歩調を緩めるとその者は隣に並んで、「合田さん？　東邦新聞社会部の根来《ねごろ》と言います」と声をかけてきた。合田は安易に振り向くことはしなかったが、とくに急いた様子もなく余裕と自信を覗《のぞ》かせた、彫りの深い、四十代とおぼしき何者かの声には無意識に耳をそばだてていた。

「さっき階段で十係の人と話しておられたでしょう。あのとき私、たまたま刑事部屋にお邪魔していて聞こえたんですが。今夜須崎主任が何者かの影を踏んだのかも知れないという貴方《あなた》の話、当たってるかも知れませんよ」

タクシーを拾える交差点まで出たところで、合田は速やかに左折し、さらに数歩進んで足を止めた。初めて社会部記者を名乗る当人の顔を見たが、一昔前の物静かな書生風の顔は、本庁九階にある七社会では見かけたことがないと思った。

「担当はどちらですか」

「地検のほうです。そうそう、加納祐介検事にはお世話になってますよ。虫も殺さぬような端正な顔をして、六法全書が服を着て歩いているようなあの細密主義はなかなか潔《いさぎよ》い。いまはちょうど国税が告訴に踏み切ったある法人の、会計処理の解釈でもめてましてね。加納検事は六十からある関連子会社の帳簿を全部見るまでは起訴に慎重なんで、私ら新聞もお預けを食らってる状況でして。——ほら、ちょっと歩きましょうか」

立ち話は目立つとでもいうふうに根来という記者はぶらりと歩きだしたが、その用心深い目配りは、指したり指されたりの検察社会の暗闘を長年覗いてきたら人間はこうなるという見本のようだった。一方合田は、思わぬところで見知らぬ人間から元義兄の名前を聞かされる戸惑いと、この地検詰めの記者から何か聞けるかも知れないという期待の間で一旦《いったん》は逡巡《しゅんじゅん》したものの、つい後者のほうへ気持ちが傾くのを止められなかった。

「実は私、午後九時ごろ、あるところで須崎さんと出くわしましてね——」と記者は言いだした。首都高五号線の高架から、夜気を切り裂く鋭い車の排気音が降ってきて、その声と重なり合った。「場所は、例の国税に摘発された企業の代表取締役社長の自宅。

そう遠くない時期に明るみに出る話ではありますが、とにかく特捜部が内偵中の事案なんで、具体的な場所や名前はちょっとご勘弁下さい。さっきもお話しした通り、私ら新聞もその企業の周辺へは毎日張りついて、いつ幹部が任意で呼ばれるか見張ってまして、それで昨夜もその社長宅の近所にいたら、なんと須崎さんが現れた――」

「彼はその家に何をしに行ったか分かりますか」

「私たちが見ていたところでは、あの人はまっすぐ家の前まで行って、そのままインターホンを押した。実はその家は十日から当主が留守にしていて、手伝いの人がいるだけなんですが、須崎さんは門扉《もんぴ》越しにそのお手伝いさんと話をして、一分足らずで立ち去りました。私たちは桜田門の刑事が現れたということで、ひょっとしたら当主の身に一大事かと色めき立ったんですが、あちこち当たっている間に、高島平で当の須崎さんが襲われた一報が入ったというわけです」

「その家を訪ねたときの須崎の様子はどうでしたか。周囲を警戒している様子でしたか」

「それはちょっと分かりませんが、あの家のお手伝いはよく教育されていて、新聞や民放のインターホンには応対しませんから、須崎さんは最初から警察だと名乗ったんではないでしょうかね。一課の刑事さんだから地検のヤマについては知らなかったと思うんですが、ともかく現にその家を訪ねて問題の人物と接触しようとした以上、知らずに何らかの影を踏んでいた可能性はある。さっき言ったのはそういう意味です」

「そのどこかの社長は住田会に泣きつけるような人物ですか」

「それはまあ、企業と裏社会の間にはいろいろありますから。とくに建設業界は」

「ところで貴方は、須崎とは面識がおありになるんですか」

「いえ。九日に青山斎場でお見かけしたのが最初。昨夜が二度目」

「松井浩司の葬儀ですか」

「ええ、まあ。王子の事件の捜査本部に地検が出入りしていたし、問題の社長も葬儀に参列した関係で、私らもちょっと覗かせてもらったんですが」

「須崎が昨夜訪ねたその社長は、ひょっとして暁成大学のOBですか」

「経済学部四十六年卒。松井某とは大学の山岳会で一緒だったという話です」

「山岳会の話はどこで聞かれました？」

「斎場で。そういえば王子の捜査本部が都岳連を回っているでしょう。地検が王子の動きに神経質になっているのは、何かの拍子に問題の社長やその周辺を刺激されたくないという思いからのようですが」

「それなら、こんな事態になる前にもっと打つ手があったはずです」

「ごもっとも。昨夜の事態では、地検のなかにもそういう意見があると聞いてます。しかし、ご存じの通り、地検という組織も内部はなかなか複雑怪奇でして」

須崎が今回、どこかの山岳会で問題の人物の名前に行き当たったのは間違いなかったが、それにしても訪問から一時間後の襲撃は、いくら何でも反応が早すぎる。敵は少なくとも七日の事件発生以降、山岳会や同窓会を中心に網を張っており、須崎はすでにどこかでその網に引っ掛かっていたと見るべきだった。だとすれば、地検が今回の事態を予見出来たかどうかは別にしても、内偵事案を優先して様子見を決め込んでいたに違いない連中には、いつものことながら不快感が募った。

しかしもちろん、不快な疑念が湧《わ》いてくるのは十年一日の如《ごと》き地検の魑魅《ちみ》魍魎《もうりょう》だけではなかった。松井浩司を追っていけばその某社長の名前が自動的に出てくるという意味で、間違いなく両者は山岳会などの団体の関係ではあるが、しかし須崎が踏んだ影は、ほんとうに地検特捜部の内偵絡《がら》みの事案だったのか。覚醒剤中毒の暴漢を放つような常軌を逸した行為は、六十社の関連子会社を抱える中堅ゼネコンとおぼしき企業の発想ではあり得ないし、全国に多数のフロント企業を抱える住田会の発想でさえない。そうして昨夜からしきりに湧きつづけていた合田の疑念が戻っていく一点は、やはり《笑っている奴《やっ》ら》なのだった。須崎が仮に何かの影を踏んだのだとしても、それに激しく反応したのは企業でも暴力団でもない。これは、某《なにがし》という氏名を持った個々の人間の話なのだ、と。社会的な肩書が何であれ、中身はほとんど理性を失っている人間たちの話。《笑っている奴ら》の話。そして何よりも、暁成大学四十六年卒の《奴ら》の話――。

「ところでその問題の社長ですが、十日から自宅を空けているというのはほんとうですか」

「ほんとうです。どんなケースでも、地検の手が迫ってくると関係者はいつもかくれんぼ。これが私らの追っている世界です。社長は十日から新宿の京王プラザにいますが、昨日からちょっと姿が見えないので、万一を考えて私らは自宅のほうへ張りついていたわけですが」

「ホテルから姿を消したということですか」

「チェックアウトはしていないようなので、消えたかどうかはまだ分かりません」

「その人、地検の捜査以外に身の危険を感じているような素振りはありますか」

「松井浩司と同じような危険、という意味ですか――？　それが、捜査本部の見方なんですか」

根来はいかにも社会部記者のベテランらしく切り返してきて、合田は自分の不用意さにどきりとしながら、言葉を濁すはめになった。「深い意味はありません。かくれんぼなんて発想は、私ら刑事にはないもので」と応《こた》えると、根来は「まァ、合田さんにも立場がおありになるでしょうから」と、当たり障《さわ》りのない応対へ速やかに軌道修正をしてみせた。

「――ともかく、地検がこうも王子の捜査に関心を示している理由を考えると、たんに余計な波風というだけでは説明不足なのは、私らも同感です。地検の標的がほんとうは何なのか、正直疑いたくもなる。定石通り、今回の企業の不正経理の先には永田町へ流れた金もあるんでしょうが、それにしては地検内部の泥仕合がひどすぎる。結局、例によって派閥同士の指し合いなんでしょうが、今回もほとんどリーク合戦ですよ、特捜部は。ほら、松井さんの葬儀であれだけの箝口令《かんこうれい》を敷いておいて、私らに蛍雪山岳会の話を漏らしたのは何のことはない、連中ですからね」

「大学の山岳会一つがそんなに重大な意味を持つとは思えませんが」

「被害者の鑑捜査が難航しているせいで、警察は一人でも当たれる人間を捜したいだけなんでしょう？　それは分かってますが、地検がリークをするときには、それなりの深謀遠慮があると見るのが私どもの習い性でして」

九日夜、池袋の映画館で元義弟に告別式の式次第を渡した加納祐介にも、何かの深謀遠慮があったのだろうか。合田は一瞬考えてみたが、あり得るともあり得ないとも言えなかった。昔ならあり得ないと断言出来たが、長い疎遠《そえん》の月日を経てこの春にやっと少し取り戻したと思っていた互いの距離も、実はさほど近いものでなかったのかとあらためて考えもした。

合田が黙っていると、根来は続けて「そういえば最近、どこかで加納検事にお会いになりましたか」と尋ねてきた。合田は即座に「いいえ」と応《こた》えた。

「そうですか。加納検事には警察に《身内》がいるから、リークはそこら辺りからだろうと言う声も耳に入ってきてますよ。あくまでそういう声もあるというだけの話ですが。ご本人にその話をしたら、自分ならもっとマシな話をでっち上げると笑っておられましたけど」

「今夜の貴方の本題はそれですか――」

「いやいや、いまの話はほんの脱線です。新聞記者というのはお節介だけが取柄なもので」

そう言って根来はさらりとかわしたが、それにしても、人ひとりが短刀で刺されるような事態を招く結果になったいま、地検や記者クラブはそれをまだリークと言うか。深謀遠慮と言うか。

池袋の映画館で加納祐介が一捜査員に渡した告別式の式次第は、九日夜の時点では確かにある種のリークだったが、地検の一部で蛍雪山岳会というキーワードが持っていた何らかの意味を承知の上で、加納はたんに警察の捜査を不当に妨げるような情報操作をよしとしなかっただけだろう。地検の一部がやっているリークをリークで牽制《けんせい》し、警察に情報を握らせることによって、警察の捜査への不当圧力を排除しようとしただけだろう。そして加納は当然、今日のような事態に至る何かの鬼門がそこに潜んでいることは、知らなかったのだ。あらためてそう思い直しながら、合田は「いまの話は腹のなかに収めさせていただきます」とだけ応じておいた。

「そういえば一つお伺いしますが、合田さんは山の話というのをご存じないですか」

「何の山ですか」

「四、五年前に加納検事が京都地検におられたころに言っておられた。その話も内部の潰《つぶ》し合いの一端だったようですが、山の話で地検内部に不正な事件処理があったと――。今回、蛍雪山岳会の名前が地検のなかで流布《るふ》しているのは、ひょっとしたらその関係かと思ったんですが、ご存じないですか」

「知りません。お役に立てなくてすみません」

「いえ、こちらこそ。何か必要がおありになったら、いつでもご連絡下さい」

根来は、世界の陰気が染《し》みついたような横顔でちょっと微笑《ほほえ》み、くるりと方向を変えて立ち去った。首都高の鋭い走行音がまたすぐにその足音をかき消し、同時にたったいままで隣にいた記者の気配を洗い流してしまうと、いつの間にか立っていた川越街道の交差点には、須崎靖邦が行き着いたどこかの社長の影がまず一つ、のたりと横たわっていた。暁成大学四十六年卒・蛍雪山岳会という共通項で結びついた三番目の《奴ら》。林原と同じく、その社会的立場とは裏腹に、自分に都合の悪い話を暴力で隠蔽《いんぺい》するのが習い性となっているらしい何者か。関連子会社六十社を数える建設会社の代表とあれば、すぐにも身元は割れるだろうが、これで事件が動くというよりも、むしろ事件の根は一つではないのかも知れないという、いやな予感のほうがはるかに大きかった。

だいいち、七日の王子の事件発生当初から介入してきた地検が、一部の報道関係者に蛍雪山岳会の名をリークしたのが九日。一方、合田がその名を同じく地検の元義兄から聞いたのは九日夜。それを須崎に知らせたのが翌十日深夜。王子が都岳連を回り始めたのは翌十一日から。だとすれば、山岳関係に探りを入れたのは地検が先だったと考えられるが、某社長や住田会の認識はなぜ《王子の捜査員》という話になったのか。林原が十日前後、今度の某社長が十日にそれぞれ自宅から姿を消していることからも、今回の事態につながるなにがしかの急変は、十日までに起こっていたのであり、そこに十一日から都岳連を回りはじめた王子の捜査員が登場する余地は断じてない。それがなぜ《王子の捜査員》か。

誰がいつ、何の目的で言いだしたにしろ、住田会を通して代議士の耳にまで届けられたらしい《王子の捜査員》の一言が虚言なら、蛍雪山岳会というキーワードもまた何かの深謀遠慮のために流された可能性があるということであり、さらに言えば、一刑事の須崎が暴漢に襲われた理由も、真相はどこかの某社長に行き着いたためではなかったのかも知れない。ふいにそんなことも閃《ひらめ》いて、合田は新たな身震いに襲われたものだった。

――考えてみれば、そもそも桜田門きっての国粋主義者を自任する須崎靖邦が、なぜ右翼を自称する男に刺されたか、だ。屈強な刑事を刃渡り三十センチの短刀で襲った犯行には、覚醒剤中毒だけでは説明出来ない強烈な殺意が感じられ、むしろ確信犯と見るべきだったが、一法務官僚と元組員畠山宏、大学の山岳会や同窓会、そして古いスニーカーを履いて人の頭に穴をあけて回っているホシが並んでいるだけの本来の事件のどこに、そんな強烈な意思や思想偏向の痕跡《こんせき》が見受けられるか。

結局、須崎はたしかに何かの影を踏んだのだろうが、今日の事態から見て、その何かは根来記者が仄《ほの》めかしたような某企業の不正経理疑惑などではあり得ない。それ以上の何かに触れてしまったのだと考えるのが、現状では一番妥当な推測だった。さらに言えば、一部の先鋭な右翼思想にとっては万死に値する世界。おそらくはこの国の司直でさえ顔を見合わせて口をつぐむような世界が、蛍雪山岳会ＯＢのどこかに潜んでいたということだった。そしてたぶん、加納祐介もそこまでは知らなかったのだと合田は再度自分に言い聞かせて、元義兄でもあった男については、それ以上考えるのを自分に禁じた。もしも蛍雪山岳会を探っていたのが自分なら、早晩自動的にその世界に行き着き、須崎の代わりに自分が刺されていたのかも知れないという想像は、仮定であっても耐えがたく、無条件に切り捨てた恰好《かっこう》になった。

午前四時前、着替えのためだけに赤羽台の団地の自宅に戻り、扉を開けたとき、頭のどこかで予想はしていた通り、空気のなかにいつもの微香が残されており、当の加納が少し前までいたのだと分かった。食卓に折り込み広告の紙が一枚載っていて、そこには普段より少し堅さの窺《うかが》える字でこうあった。

『高島平の一報を聞いて取り急ぎ駆けつけた。

君にはまず小生の不注意を詫《わ》びなければならない。九日の時点で小生は、例の山岳会について松井某の一般的な鑑の範囲と考えていたが、高島平の一件を知り、そうとは限らないことに気づかされた。部内で聞こえてくる話の範囲では、被害者となった捜査員は十二日午後八時過ぎ、地検が別件で内偵中のＳ宅を訪ねているが、ほかにも正午に暁成大学事務局を訪問していた由《よし》。面会した相手・用件等は不明ながら、同山岳会ＯＢには同大学理事長Kが含まれる。蛇足とは思うが、Kの妻は宮家出身。同日午後二時には同事務局から桜田門に苦情の一報が入ったというから、この件は要注意と思う。

なお、小生が平成元年に京都で入手した昭和六十三年版蛍雪山岳会会員名簿がある。

十三日午前七時、東京駅十二番線キョスクの前で待つ』

昨夜須崎靖邦が山岳会の件で《S》を訪ねたのなら、大学事務局を訪ねた理由が同じ山岳会出身の《K》であった可能性はなきにしもあらずだった。しかし、《S》だろうが《K》だろうが、午後二時には本庁に入っていたという苦情の一報が、もしも的確に王子の現場に伝えられていたら、一捜査員が襲われるような不測の事態は避けられたかも知れない。十係の寺島主任の弁から察するに、現場が何も知らされていなかったのは間違いなかったが、なぜこんなことになるのかという絶望感がまずはやって来た。根来という記者の話を聞いたとき、地検は今回須崎の危険を傍観したに等しいと思ったが、桜田門はそれ以上に悪質だということだった。

そして、加納が京都時代の平成元年に蛍雪山岳会の名簿を入手していたというくだり。根来には白《しら》を切ったが、確かに平成二年ごろ、加納が京都からよこした手紙には南アルプスの白骨死体の復顔が云々《うんぬん》と書いてあり、同じ事件の話はついこの間も、かの老受刑者が再審請求を出したという書き置きの文面で触れられていたのだった。もはや、今回の地検の口出しは王子の被害者が法務官僚だからといった次元の話でなく、もう何年も前から伸びていた地下茎の話なのだという憶測が成り立つところまで来たということだった。また、さらに言えば、九日の時点で蛍雪山岳会を『松井某の一般的な鑑の範囲と考えていた』という加納は、この件の情報に関してはむしろ内部で遅れを取っていたということだろう。元義兄について、そうして三たび個人的な感情や疑念を押し退《お》《の》けてみた後、合田の刑事の頭には最後に《山の話》が残った。平成元年の時点ですでに、山岳会の名簿を入手してまで地検が関心を寄せていた《山の話》——。

合田はその場で押入れを開け、自分宛《あ》ての古い私信をしばし手当り次第にひっくり返し、ひっくり返しした。地方勤務の間、ときどき加納が書きよこした手紙はどれもこれも浮世離れした本の話、身辺で見聞きした滑稽《こっけい》な人物評、ヒマに任せて訪ね歩いた郷土の旧跡などの話に尽き、実妹貴代子の思想偏向を問われて地検で不遇をかこつ我が身を茶化して恬淡《てんたん》としている印象があるばかりだったが、大事な話をそうだとは言わない検事の習性で、たぶんに日常を装《よそお》っていたのかも知れない。ときには抜き差しならない大事な事柄を、その文面のなかに忍ばせていたのかも知れない。多くは読み飛ばしただけだったそれらの手紙のなかに、南アルプスの白骨死体のほかにも《山の話》はなかったか。どこかの山岳会や暁成大学の話はなかったか——。何もかもがあったかも知れないか。

いし、なかったかも知れない、渾然《こんぜん》とした記憶の霧のなかだった。見たり聞いたりしたのが自分だったのか、手紙の中の男だったのかもときどき分からなくなる。それらの無数の小さな出来事が、突然《山の話》に吸い込まれてさらにかたちを失い、無明《むみょう》の記憶の穴に落ちていくような感じだった。

そうして足元に封書や葉書を散乱させながら、ふいに脳裏をかすめていった登山の記憶の断片に誘われると、合田は急に思い立って、今度は押入れの奥から昔の登山道具が入った段ボール一個を引っ張りだしていたものだった。そこに雑多に詰めこまれていたザイルやカラビナ、ピッケルなどの底から、鋼鉄製のアイスハーケンを数本摑《つか》みだし、ちょっと電灯にかざして眺めてみた。

冬山で氷壁を登るときに杭《くい》代わりに打ち込むそれは、直径一・五センチの筒に細かい羽状の突起が刻まれたものだったが、用途や好みによっていろいろなかたちがある。合田自身は本格的に使ったことはなかったが、なかには先端が鋭く尖《とが》った《ドリルの刃に似た》形状のものもある。冬山登山をする者しか知らない特殊な道具のそれは、《山の話》にいかにもぴったりで、合田は思わず笑いだした。古いスニーカーを履いて人の頭に穴をあけて回っている偏執的な犯人が、氷瀑《ひょうばく》登りのマニアだという可能性は有りか、無しか。あまり深く考えるまでもなく、直感の答えは《無し》だった。このホシの偏執はたぶん、もっと違う種類だと直感は言っていた。たとえば、もっと著しく無色透明の感じなのだ、と。もしも山があれば自然の一部のようにそこに立つだけで、己の能力の限界に挑むといった人間的な欲望とは無縁の感じ。山という自然の対極にある、複雑で精巧なこういう道具が一番似合わない感じなのだ、と。――しかし、自然の一部のように山に立つ身体《からだ》というのは、いったいどんな身体なのだ？

大して意味があるとも思えない予断をそうしてかき集めてみた後、合田は手のなかのアイスハーケン一本を検討材料の一つとしてスラックスのポケット行きにした。それからまた元義兄の私信を当てもなく探し続け、手元がかすかに明るくなり始めているのに気づいて顔を上げると、壁の時計はすでに午前五時過ぎだった。合田は僅《わず》かに白んでゆくベランダの外の空を仰ぎ、いまごろ、森義孝ははち切れそうな昏《くら》い抱負を腹に抱いてもう始発電車に乗っている、とぼんやり考えた。加納祐介は世田谷の官舎で眠れぬ夜を明かし、山のような懸案に占領された頭の片隅で、元義弟のアパートで折り込み広告の裏にしたためた中途半端な文言のことを考えている。そして、片やその元義弟は寝室の畳一杯に古い手紙を散らかしたまま、欠伸《あくび》の一つも出口を失ったような脳髄の痛みをしんしんと感じているのだ、と。どんな事件も所詮《しょせん》は他人の時間であり、森のように常に強烈な意思力で突進し続けない限り、一刑事や一検事にあるのは自分のものでさえない宙づりの時間だけだった。

＊

『南アルプスに初冠雪・冬の装い』

十二日の夕刊一面に載ったカラー写真にはそういう題が付いていた。それを本紙から丹念に切り取り、セロハンテープで六畳間の壁に貼《は》ったのは裕之だった。病院の勤務が遅出だったその日、真知子が午後七時前に夕飯の買い物をしてマンションに帰ると、裕之は自分で貼ったその切り抜きの前にあぐらをかいて坐《すわ》っていた。そのとき真知子は、最初に卓袱台《ちゃぶだい》に残されたハサミと四角い穴があいた夕刊を見、次いで壁に貼られた写真を見、驚きと感動で一瞬胸が詰まったものだった。あの子がハサミを使った！　入院していたころはハサミの使い方を理解出来ず、教えてもすぐに忘れ、ハサミを握らせると最後は机や壁を突き刺すのがオチだったのに。真知子はこれで病気が治ったとは思わなかったが、ハサミ一丁でも使えたのなら奇跡に近い進歩だと性懲《しょうこ》りもなく嬉《うれ》しくなって、鮭《さけ》の切り身なんか買うんじゃなかった、お刺し身を買ってくるんだったと思った。

裕之が切り抜いた写真は、頂上に雪を戴《いただ》いた稜線《りょうせん》が茫洋《ぼうよう》と薄青の空に浮かんでおり、南アルプスがどこにあるのかも知らない真知子には、何だかひたすら遠い、巨大で静かな山塊という印象だった。これまで《あいつ》がいつも語ってきたのは暗い山であり、押し退けても押し退けても氷のカーテンが垂れかかってくる山だったのに、それとはまるで違う、明るく晴れて鎮《しず》まった静寂の山。前の日に初雪が降り積もり、穏やかに夜が明けた山。それが裕之の目に映っている！　それもまた奇跡のようなことに思えて、真知子は泣けてきた。一人の若者をツバメのように飼っていると病院の仲間には自嘲《じちょう》してみせているが、歓喜で飛び跳ねることなど最初から一度も夢見たこともないのは自分が一番よく知っており、治療もせずに自然に症状が軽くなることなどあり得ないことも知っているのだから、ハサミ一丁や切り抜き一枚を奇跡だと思って自分を慰めるぐらい構わないではないかと思い、そんな自分がけなげで、真知子はほんの少し泣いてみたのだ。しかし、奇跡は起こらないほうがよかったのかも知れなかった。一心に明るい山に見入る若者の静かな横顔が、普段と少々様子が違うと気づいたとき、真知子は《あいつ》が叫んだり嗤《わら》ったりするのとはまた別の、新たな困惑に陥り、ただ看護婦の直感で、あまりよくないことが起こっていると感じ取ったものだった。これまでくっきりと立っていた《明るい山》と《暗い山》の境界が、突然溶けはじめたような感じ。誰にも覗《のぞ》くことが出来ないその坊主《ぼうず》頭のなかで、これまで明敏に飛び交っていたなにがしかの神経伝達物質が、突然日が陰るように鳴りをひそめてしまった感じ。そうして何だか急に静かになったり、鈍い感じになったりを繰り返して、あるとき全く静かになってしまう終わりの始まり。そんな患者を一年に一人や二人は見ているので、真知子はとっさにそうと判断したに過ぎなかったが、一方では医者ではない気楽さで、とにかくすぐにどうかなるわけではないからと思い直して自分を落ちつかせたのだった。

裕之は初め、壁の写真に見入ったまま、自分自身に確認するような独り言を漏らし続けた。

「これは北岳だ。これは北岳だ。北岳。明るい北岳。暗い北岳は無い。無い——」そんな言葉の次には「夜は暗い北岳がある。夜は暗い、暗い——」といった呟《つぶや》きになり、さらにはまた「北岳、北岳」の連呼が続く。本人の山の話に、具体的な固有名詞が出てきたのは初めてのことで、「そう。これは北岳というのね」と真知子は思わず応じていた。

「大きくて明るい山だわ。山登りなんか出来ないけど、あの頂上に立ったら空の向こう側が見えるのね。あの頂上の向こう側には何があるのかしらね——」

真知子がそう言ったとき、裕之の口から突然飛び出してきたのは「富士山」の一言だった。真知子はびくりとしてその顔を覗き込み、「富士山が見えるの？」と尋ね返すと、若者の口からは「富士山」という一言が再び谺《こだま》のように返ってきた。

二つ目の固有名詞！　真知子は性懲りもなくどきどきしてしまい、「あなた、この山に登ったことがあるの？」とさらに畳みかけたが、返事はもうなかった。

「とにかく、この北岳は素敵だわ。時間が出来たら、一緒に登りたいわ——」

　真知子はそんな根も葉もない言葉を漏らしてから、たぶん一生登ることなどないだろう山のカラー写真を若者と一緒に眺め、そういえば自分は富士山も見たことがないのだと思った。看護学校を出てから働き詰めで、稼ぐ端から男に貢《みつ》いでは逃げられ、気がつくと旅行一つしたことがない。同僚のように春はグアム、夏はハワイといった生活に興味はないが、一生のうちに富士山ぐらいは見てみてもいいではないか。登山は無理でも、箱根の温泉から富士山を見るぐらいのことは、してもいいではないか。突然そんな気分になっている自分が無性に頼りなく可笑《おか》しく感じられて、真知子はまた少し泣きそうになり、急いで夕飯の支度に立ったが、裕之の二番目の変化はそのときに起こった。

　台所で味噌《みそ》汁に入れる大根を切っていると、裕之が「まちこ」と呼んだのだ。いつの間にか後ろに立っていた裕之は、何か言いたげな幼児のような渋面をつくっており、「誰かがここにいる」と呟いて自分の頭を拳《こぶし》で叩《たた》いてみせた。「何かとても変だ。誰かがここにいる。何かここで起こってる——」

　裕之に病識がある——？　それは二つの山の名前以上に真知子を驚かせ、困惑させた。ほんの少しよい方向へ針が振れたのかその逆なのかを判断出来ないまま、真知子はとっさには返事も出来なかった。代わりに、いつも病院の患者たちにするように虚《むな》しい笑みをつくった。

「どこか痛いところはある？　お医者さんに診てもらう？　お薬が要る？」

「頭がすかすかなだけだ。ここにいる奴《やつ》が、脳味噌を食ってるんだ。どんどん物忘れがひどくなる。何も覚えていられない。俺、富士山の話をした――？」

「ええ。北岳の向こうにある富士山の話をした」

真知子が言うと、裕之は肯定も否定もせず、代わりに眉間《みけん》の皺《しわ》を深くして「そうか」と呟いたが、何かを思い出したわけでも納得したわけでもなさそうだった。それから、不快でどうしようもないといったふうに丸刈りの頭を掻《か》きむしり、部屋へ戻って横になると、もう石になってしまって、結局夕飯も食べなかった。

とにかく時間が必要なのだ。じっと待ってやればいいのだ。真知子は何度となく自分に言い聞かせながら、卓袱台の向こうで身じろぎもしない若者の横顔を眺め続けた。肘《ひじ》枕《まくら》に頭を載せた若者は、忘れたころにパチリと瞬《まばた》きをする以外、しばし器官だけの身体になったかのようで、生身の人間という感じもなかった。ひとり眼球だけが反射的に動き、自らの眼底の裏側か、その先の脳髄を見渡すようにぐるりと回転しては、あらぬ方向を向いて止まり、またびくりと動く。頭のなかにいるという何者かと直結しているようなその不随意運動は、これまでも見られたのか、それとも今日初めて現れたのか。真知子はもう確かには思い出せなかったが、これまで若者のなかで元気に跳ね回っては、ひょいと飛び出してきて奇怪な笑い声を立てていた《あいつ》がいまは無性に懐《なつ》かしかった。本人はあまり気に入っていないようだったが、その声が元気なときは裕之も元気で、よく食べ、よく動き、よく眠った。盛んに《あいつ》に働きかけ、張り合い、諍《いさか》い、押し退けて、またふいにこの世界に戻ってくると、そばにいるどこかの女にびっくりし、これは誰だったかな、思い出せないぞ、困ったなという顔をして最後は恥ずかしそうに背を向け、寝たふりをする。《あいつ》がいるときは、ちょっと粗暴で堪《こら》え性《しょう》がなく、いないときは引っ込み思案でおとなしい、恥ずかしがり屋の野良《のら》犬みたいな子。回復は困難と分かっていても、昏迷《こんめい》と寛解の間を行ったり来たりで安定しているのならそれで十分だった、あの昨日までの生活が懐かしかった。

「《あいつ》は今夜は声を出さないの？　もう喋《しゃべ》るのに飽きてしまった？　どうして隠れているのよ。いるのは分かっているのよ。裕之と二人して黙りこくって、このままどこかへ消えてしまうつもり？　いいわよ、そうなったら私はもう待たないからね。あんたたち、病院へ入れるよ。聞こえてる？　返事をしないと、ほんとうに病院へ入れるよ――！」

脅したり懇願したりする真知子の声は、しかし、相手には耳の周りに飛んできたハエでしかなかった。裕之は片手でそれを払うような仕種《しぐさ》をしただけで、寝返りを打って真知子に背を向けた。それはこれまでと同じ、見た目だけは憎らしいほど眩《まぶ》しい若い男の背だった。初めて会ったとき、思わず手をのばして触れそうになった背。この十月一日に突然転がり込んできてからは、好きなだけ撫《な》で回してきた背。そして、それももうすっかり忘れてしまったと言わんばかりで、よく見ると何のことはない、ほかの男たちの身体と同じ、身勝手な固い肉と骨の塊に返ってしまった背。——いやというほど見てきた背。

真知子は独りごち、その後は自棄《やけ》でひとりビールを呑《の》み始めて、やがて音一つない部屋に侘《わび》しさを感じてテレビをつけた、そのときだった。横たわったままの若者のジーパンの尻《しり》ポケットから紙切れがはみ出しているのを見、慰みにそっと引き出して開いた。新聞の折り込み広告をちぎったそれには、一字一字力をこめられた鉛筆書きの拙《つたな》い文字が右へ左へのたくるように、這《は》うように書きつけられていた。

最初に『十月十二日月曜日』。続いて『空が黒い』『悪化している』『時間がない』『待てない』と短い言葉が連ねられた後には、『考えたことはすぐに書いておくこと』とあった。そして、次の一行は『十三日。六時。上野。電話。袋』。

これは何だと思う間もなく、次の一行が『真知子』。

さらに一行、『金があったら、真知子は何をしたいか』。

真知子は酔いの回った頭と目で、自分の名前が書かれた一行を何度も繰り返し追った。いつから始まったのか、なにがしかの自分の身体の異変を感じ取った裕之が、思うようにならない自分の記憶や言葉に難渋しながら、何とか書き留めたわずかな言葉だと無条件に信じた。これまでの経験をそれなりに思い出し、とにかく考えたことをその場で書いておけば何とかなると考えたのだろう、その言葉が『金があったら、真知子は何をしたいか』。

何ということだ。『金があったら』などという突飛な発想がどこから出てきたのかは別にして、適当に世話になるだけなって逃げていったこれまでの男たちとは、何という違いだ。人並みの記銘力も見当識《けんとうしき》も社会性もなく、おおかた真知子というのが何者かもはっきりとは分かっていないのは確かな若者が、『金があったら、真知子は何をしたいか』。

お金があったらしたいこと？　いっぱいあるわよ。

真知子はその紙の余白に、大きな読みやすい字で箇条書きにした。
一、『さかき』で大トロを食べる。

一、最高級マスクメロンを丸かじりする。
一、富士山を見る。
一、ぜんぶ、裕之と一緒に。
それから、その紙を丁寧に畳んで若者の尻ポケットに返して、真知子はまた少し泣いた。そうして自分自身の涙や声に感情や五感の全部が溶け込んでさらに昂《たかぶ》った結果、その夜の紙切れにあったもう一行、すなわち『十三日。六時。上野。電話。袋』は、真知子の意識からすっかり抜け落ちたのだった。

（下巻へ続く）

高村 薫著

黄金を抱いて翔べ

大阪の街に生きる男達が企んだ、大胆不敵な金塊強奪計画。銀行本店の鉄壁の防御システムは突破可能か？ 絶賛を浴びたデビュー作。

高村 薫著

神の火（上・下）

苛烈極まる諜報戦が沸点に達した時、破天荒な原発襲撃計画が動きだした――スパイ小説と危機小説の見事な融合！ 衝撃の新版。

高村 薫著

リヴィエラを撃て（上・下）
日本推理作家協会賞／日本冒険小説協会大賞受賞

元ＩＲＡの青年はなぜ東京で殺されたのか？白髪の東洋人スパイ《リヴィエラ》とは何者か？ 日本が生んだ国際諜報小説の最高傑作。

高村 薫著

レディ・ジョーカー（上・中・下）
毎日出版文化賞受賞

巨大ビール会社を標的とした空前絶後の犯罪計画。合田雄一郎警部補の眼前に広がる、深い霧。伝説の長篇、改訂を経て文庫化！

池澤夏樹著

きみのためのバラ

未知への憧れと絆を信じる人だけに訪れる、一瞬の奇跡の輝き。沖縄、バリ、ヘルシンキ。深々とした余韻に心を放つ8つの場所の物語。

絲山秋子著

ばかもの

気ままな大学生と勝気な年上女性。かつての無邪気な恋人たちは、喪失と絶望の果てにようやく静謐な愛に辿り着く。傑作恋愛長編。

内田幹樹著

査察機長

成田―NY。ミスひとつで機長資格を剥奪される査察飛行が始まった。あなたの知らない操縦席の真実を描いた、内田幹樹の最高傑作。

内田幹樹著

拒絶空港

放射能汚染×主脚タイヤ破裂。航空史上最悪の事態が遂に起きてしまった！　パイロットと地上職員、それぞれの闘いがはじまる。

上橋菜穂子著

狐笛のかなた

野間児童文芸賞受賞

不思議な力を持つ少女・小夜と、霊狐・野火。森陰屋敷に閉じ込められた少年・小春丸をめぐり、孤独で健気な二人の愛が燃え上がる。

上橋菜穂子著

精霊の守り人

野間児童文芸新人賞受賞
産経児童出版文化賞受賞

精霊に卵を産み付けられた皇子チャグム。女用心棒バルサは、体を張って皇子を守る。数多くの受賞歴を誇る、痛快で新しい冒険物語。

江國香織著

東京タワー

恋はするものじゃなくて、おちるもの――。いつか、きっと、突然に……。東京タワーが見える街で繰り広げられる狂おしい恋愛模様。

江國香織著

ウエハースの椅子

あなたに出会ったとき、私はもう恋をしていた。出会ったとき、あなたはすでに幸福な家庭を持っていた。恋することの絶望を描く傑作。

大江健三郎著
美しいアナベル・リイ
永遠の少女への憧れを、映画製作の夢にのせて――「おかしな老人」たちの破天荒な日論見の果ては？　不敵なる大江版「ロリータ」。

小野不由美著
黒祠の島
私は失踪した女性作家を探すため、禁断の島を訪れた。奇怪な神をあがめる人々。凄惨な殺人事件……。絶賛を浴びた長篇ミステリ。

小川洋子著
博士の愛した数式
本屋大賞・読売文学賞受賞
80分しか記憶が続かない数学者と、家政婦とその息子――第1回本屋大賞に輝く、あまりに切なく暖かい奇跡の物語。待望の文庫化！

恩田陸著
ライオンハート
17世紀のロンドン、19世紀のシェルブール、20世紀のパナマ、フロリダ……。時空を越えて邂逅する男と女。異色のラブストーリー。

恩田陸著
夜のピクニック
吉川英治文学新人賞・本屋大賞受賞
小さな賭けを胸に秘め、貴子は高校生活最後のイベント歩行祭にのぞむ。誰にも言えない秘密を清算するために。永遠普遍の青春小説。

川上弘美著
センセイの鞄
谷崎潤一郎賞受賞
独り暮らしのツキコさんと年の離れたセンセイの、あわあわと、色濃く流れる日々。あらゆる世代の共感を呼んだ川上文学の代表作。

北森鴻著
凶笑面
―蓮丈那智フィールドファイルI―
封じられた怨念は、新たな血を求め甦る――。異端の民俗学者・蓮丈那智の赴く所、怪奇な事件が起こる。本邦初、民俗学ミステリー。

北森鴻著
触身仏
―蓮丈那智フィールドファイルII―
美貌の民俗学者が、即身仏の調査に赴いた村で、いにしえの悲劇の封印をほどき、現代の失踪事件を解決する。本格民俗学ミステリ。

黒川博行著
疫病神
建設コンサルタントと現役ヤクザが、産廃処理場の巨大な利権をめぐる闇の構図に挑んだ。欲望と暴力の世界を描き切る圧倒的長編！

小池真理子著
無伴奏
愛した人には思いがけない秘密があった――。一途すぎる想いが引き寄せた悲劇を描き、『恋』『欲望』への原点ともなった本格恋愛小説。

小池真理子著
恋
直木賞受賞
誰もが落ちる恋には違いない。でもあれは、ほんとうの恋だった――。痛いほどの恋情を綴り小池文学の頂点を極めた直木賞受賞作。

小手鞠るい著
エンキョリレンアイ
絵本売り場から運命の恋が始まる。海を越えて届く切ない想いに、涙あふれるキセキの物語。エンキョリレンアイ三部作第1弾！

佐々木 譲著

エトロフ発緊急電

日米開戦前夜、日本海軍機動部隊が集結し、激烈な諜報戦を展開していた択捉島に潜入したスパイ、ケニー・サイトウが見たものは。

佐々木 譲著

制服捜査

十三年前、夏祭の夜に起きてしまった少女失踪事件。新任の駐在警官は封印された禁忌に迫ってゆく——。絶賛を浴びた警察小説集。

佐々木 譲著

警官の血（上・下）

初代・清二の断ち切られた志。二代・民雄を蝕み続けた任務。そして、三代・和也が拓く新たな道。ミステリ史に輝く、大河警察小説。

佐藤友哉著

1000の小説とバックベアード

三島由紀夫賞受賞

二十七歳の誕生日に〝片説家〟をクビになった僕。謎めく姉妹。地下他界。古今東西の物語をめぐるアドヴェンチャーが始まる。

佐藤友哉著

デンデラ

姥捨てされた者たちにより秘かに作られた隠れ里。そのささやかな平穏が破られた。血に飢えた巨大羆と五十人の老婆の死闘が始まる。

白川 道著

終着駅

〈死神〉と恐れられたアウトロー、視力を失いながら健気に生きる娘。命を賭けた恋が始まる。『天国への階段』を越えた純愛巨編！

志水辰夫著
飢えて狼
牙を剝き、襲い掛かる「国家」。日本有数の登山家だった渋谷の孤独な闘いが始まった。小説の醍醐味、そのすべてがここにある。

志水辰夫著
裂けて海峡
弟に船長を任せていた船は、あの夏、大隅海峡で消息を絶った。謎を追う兄が触れたのは、禁忌。ミステリ史に残る結末まで一気読み！

志水辰夫著
背いて故郷
日本推理作家協会賞受賞
スパイ船の船長の座を譲った親友が何者かに殺された。北の大地、餓狼の如き眼を光らせ真実を追い求めるわたしの前に現れたのは。

真保裕一著
ホワイトアウト
吉川英治文学新人賞受賞
吹雪が荒れ狂う厳寒期の巨大ダムを、武装グループが占拠した。敢然と立ち向かう孤独なヒーロー！ 冒険サスペンス小説の最高峰。

真保裕一著
繫がれた明日
「この男は人殺しです」告発のビラが町に舞った。ひとつの命を奪ってしまった青年に明日はあるのか？ 深い感動を呼ぶミステリー。

嶋田賢三郎著
巨額粉飾
日本が誇る名門企業〝トウボウ〟の崩壊。そして、東京地検特捜部との攻防――。事件の只中にいた元常務が描く、迫真の長篇小説！

瀬名秀明著

デカルトの密室

人間と機械の境界は何か、機械は心を持つか。哲学と科学の接点から、知能と心の謎にダイナミックに切り込む、衝撃の科学ミステリ。

谷村志穂著

海猫（上・下）

島清恋愛文学賞受賞

薫——。彼女の白雪の美しさが、男たちを惑わすのか。許されぬ愛に身を投じた薫と義弟・広次の運命は。北の大地に燃え上がる恋。

谷村志穂著

雪になる

抱きしめてほしい。この街は、寒すぎるから——。『海猫』『余命』で絶賛を浴びた著者が描く、切なくて甘美な六色の恋愛模様。

竹内真著

自転車少年記

—あの風の中へ—

僕らは、夢に向けて、ひたすらペダルを漕ぎ続ける。長距離を走破する自転車ラリーを創った。もちろん素敵な恋もした。爽快長篇！

筒井康隆著

銀齢の果て

70歳以上の国民に殺し合いさせる「老人相互《シルバー・》処刑制度《バトル》」が始まった！　長生きは悪か？「禁断の問い」をめぐる老人文学の金字塔。

筒井康隆著

ダンシング・ヴァニティ

コピー&ペーストで執拗に反復され、奇妙に捩れていく記述が奏でる錯乱の世界。文壇の巨匠が切り開いた前人未到の超絶文学！

津原泰水著
ブラバン
一九八〇。吹奏楽部に入った僕は、音楽の喜び、忘れえぬ男女と出会った。二十五年後、再結成話が持ち上がって。胸を熱くする青春組曲。

手嶋龍一著
ウルトラ・ダラー
拉致問題の謎、ハイテク企業の陥穽、外交官の暗闘。真実は超精巧なニセ百ドル札に刻み込まれた。本邦初のインテリジェンス小説。

天童荒太著
孤独の歌声
日本推理サスペンス大賞優秀作
さぁ、さぁ、よく見て。ぼくは、次に、どこを刺すと思う？　孤独を抱える男と女のせつない愛と暴力が渦巻く戦慄のサイコホラー。

天童荒太著
幻世《まぼろよ》の祈《いの》り
家族狩り　第一部
高校教師・巣藤浚介、馬見原光毅警部補、児童心理に携わる氷崎游子。三つの生が交錯したとき、哀しき惨劇に続く階段が姿を現わす。

帚木蓬生著
逃亡（上・下）
柴田錬三郎賞受賞
戦争中は憲兵として国に尽くし、敗戦後は戦犯として国に追われる。彼の戦争は終わっていなかった――。「国家と個人」を問う意欲作。

帚木蓬生著
聖灰の暗号（上・下）
異端として滅ぼされたカタリ派の真実を追う男女。闇に葬られたキリスト教の罪とは？構想三十年、渾身のヒューマン・ミステリ。

マークスの山《やま》（上）

新潮文庫　た－53－9

平成二十三年八月一日発行

著者　髙《たか》村《むら》薫《かおる》

発行者　佐藤隆信

発行所　株式会社　新潮社

郵便番号　一六二―八七一一
東京都新宿区矢来町七一
電話　編集部(〇三)三二六六―五四四〇
　　　読者係(〇三)三二六六―五一一一
http://www.shinchosha.co.jp

価格はカバーに表示してあります。

乱丁・落丁本は、ご面倒ですが小社読者係宛ご送付ください。送料小社負担にてお取替えいたします。

印刷・株式会社精興社　製本・株式会社植木製本所

ISBN978-4-10-134719-6 C0193